MICHAEL ENGLER

Lea und das Labyrinth der Zeit

MICHAEL ENGLER

Lea und das Labyrinth der Zeit

Roman

Boje

Dieser Titel ist auch als E-Book erschienen.

MIX
Papier aus verantwortungsvollen Quellen
FSC® C014496

Originalausgabe

Umschlaggestaltung: Sandra Taufer, München, unter Verwendung von Motiven von © nereia/shutterstock; Julia Murchenko/shutterstock; SimplyDay/shutterstock; Bokeh Blur Background/shutterstock
Satz: hanseatenSatz-bremen, Bremen
Gesetzt aus der Goudy Old Style
Druck und Einband: GGP Media GmbH, Pößneck

Printed in Germany
ISBN 978-3-414-82590-2

5 4 3 2 1

Sie finden uns im Internet unter boje-verlag.de

PROLOG

Irgendwo da draußen, in einer längst vergangenen Zukunft, tobt ein Kampf zwischen den Dynastien der Zeit und des Nichts. Durch den Diebstahl des Sphärischen Amuletts hat die Dynastie der Zeit schweren Schaden genommen. Von nun an ist sie verletzbar. Würde sie vernichtet, bedeutete dies das Ende der Zeit, der Universen und des ganzen Rests. Deshalb brachte man das Kind der Herrscher der Zeit auf einem langweiligen Planeten am Rande des Universums in Sicherheit. Wenn die Zeit gekommen ist, wird man ihn oder seine Nachkommen rufen. Aber erst dann.

KAPITEL 1

Die Fahrt mit dem Überlandbus schien Lea in diesem Jahr extrem viel länger zu dauern als in den Jahren zuvor. Drehte der Fahrer etwa ihr zu Ehren ein paar Extrarunden durch Maisfelder und an endlosen Rapsfeldern vorbei? Schließlich kam bestimmt nicht jeden Tag eine Fremde in diese Gegend. Wobei sie ja durchaus keine richtige Fremde war. Aber sie sah aus wie eine. Und allein deshalb hatte der Fahrer sie schon beim Einsteigen angestarrt. Lea hatte mit den Augen gerollt und sich einen freien Platz gesucht.

Es war Sommer. Der Himmel sollte blau sein, die Felder golden und die Seen erfrischend. Stattdessen klatschte seit über einer Stunde dichter Regen gegen die Frontscheibe des Busses. Und die schweren Wolken am Horizont versprachen noch sehr viel mehr davon.

So eine Plörre. Lea fragte sich, warum sich die Scheibenwischer überhaupt bewegten. Draußen war doch ohnehin alles grau und grün und nass. Einfach öde. Es lohnte sich gar nicht rauszugucken.

Morgen würde zu Hause der neue Jugendclub eingeweiht.

Lea gab sich sehr viel Mühe, nicht daran zu denken. Bloß nicht. Nicht an ihre beste Freundin Sarah, die morgen ganz bestimmt mit Lisa zur Einweihungsparty gehen würde. Nicht daran, dass sie nun niemals würde sagen können, dass sie von Anfang an dabei gewesen war. Niemals! Das würde jetzt Lisa übernehmen. Und die würde es jedem jederzeit ungefragt erzählen. Sie wollte nicht an die Party denken, bei der Lisa sich garantiert wieder ganz prächtig in den Vordergrund tanzen würde. Und Lisa würde in den nächsten zwei Wochen immer wieder hingehen und sich einschleimen.

Denn Lisa war nicht im Urlaub. Und auch Sarah war noch nicht weggefahren. Nur Lea war schon im Zwangsurlaub. Vierzehn Tage Ackerverschickung.

Sie hatte ihre Mutter um eine Verschiebung von drei Tagen gebeten. Sie hatte gebettelt, mit Tränen in den Augen, sie wäre bereit gewesen, nahezu alles zu versprechen. Nur diese drei Tage, um wenigstens bei der Einweihung dabei zu sein. Aber ihre Mutter ließ sich nicht erweichen. Nicht mal, als Lea ihr erklärte, dass Sarah sonst bestimmt mit Lisa gehen würde. Ihre Mutter verstand nicht mal das Problem!

Aufhören. Jetzt!

Sie würde ab sofort nicht mehr an Lisa denken, bloß nicht, die war doch nur –

Leas Kopf knallte gegen den Vordersitz. Der Fahrer machte eine Vollbremsung, die Fahrgäste rutschten aus ihren Sitzen, dann schlingerte und rutschte der Bus quietschend über die nasse Landstraße. Lea umklammerte mit beiden Händen den Vordersitz. Sie schmeckte Blut. Hatte sie sich auf die Lippe gebissen?

Der Bus holperte wie ein Radiergummi über die Landstraße, dann kam er mit einem Ruck schwankend zum Stehen.

»Verdammtes Arschloch!«, brüllte der Fahrer jetzt. Die Tür öffnete sich zischend, der Fahrer sprang auf, hielt sich am Rahmen fest und lehnte sich nach draußen. Er sah sich um. Suchte etwas im endlosen Grün. Sprang schließlich aus dem Bus.

Die wenigen Fahrgäste rappelten sich auf und sahen sich fragend an. Manche guckten aus dem Fenster, andere gingen zur vorderen Tür. Sie tuschelten aufgeregt miteinander.

Das wird bestimmt richtig spannend hier, wenn die wegen einer Vollbremsung schon dermaßen aus dem Häuschen sind, dachte Lea. Sie kroch unter den Sitz, um die Sachen aufzusammeln, die aus ihrer Tasche gefallen waren. Ihr Notizbuch, ein Lippenstift, bei dem sie sich fragte, was sie hier überhaupt damit machen sollte, ihr Smartphone, das hier im Nirgendwo natürlich keinen Empfang anzeigte. Sie nahm einen Stift und schrieb:

Ich befinde mich zum ersten Mal in meinem Leben seit einer Stunde in einem Funkloch. Wenn Tante Marie und Onkel Benno immer noch kein funktionierendes WLAN haben, drehe ich durch. Warum glaubt meine Mutter, dass Ferien am Arsch der Welt eine gute Idee sind? Was soll ich hier? Mit wem soll ich reden? Die Bevölkerung hier ist mental ausbaufähig. Ich muss mich nur umschauen. Der Bus hat gerade gebremst, und alle sind vollkommen aufgeregt. Meine Güte, ein Bus hat gebremst. Hallo?!

Der Busfahrer stieg schwer atmend wieder ein. »Da ist mir eben einer fast vor den Bus gerannt«, erklärte er den Fahrgästen.

Einer sagte »Jau«, die anderen nickten schweigend.

»Und ich glaube, der hatte nicht mal was an!«, fügte der Fahrer hinzu.

Die Fahrgäste nickten noch einmal und setzten sich wieder.

Es ist noch schlimmer, als ich dachte. Es sieht ganz danach aus, dass die Menschen hier aus Verzweiflung versuchen, sich nackt gegen Busse zu werfen. Das kann ja heiter werden.

Eine Viertelstunde und etliche Maisfelder später rollte der Bus am Ortsschild von Veldhaus vorbei und kam hundert Meter danach schnaufend unter ein paar riesigen Eichen zum Stehen. Endlich hatte es aufgehört zu regnen, dafür tanzten jetzt kleine schwarze Wolken vor den Scheiben. Es dauerte einen Augenblick, bis Lea erkannte, dass es Gewitterfliegen waren. Aber das mussten Millionen sein; es wirkte wie wildes Schneetreiben – nur eben mit Fliegen.

Da entdeckte Lea schon ihre Tante und ihren Onkel durch die tropfnassen Scheiben. Sie hatten sich seit dem letzten Sommer kein bisschen verändert. Vermutlich trugen sie sogar noch dieselben Klamotten.

»Lea! Ich hätte dich beinahe nicht wiedererkannt!«, rief ihre Tante Marie und umarmte sie, während Onkel Benno die schwere Tasche aus dem Bus wuchtete.

»Was sind das denn für Fliegen?«, fragte Lea, während sie mit beiden Händen wedelte, um sie wenigstens von ihrem Gesicht fernzuhalten.

»Fransenflügler«, antwortete ihre Tante, die gerne die richtigen biologischen Bezeichnungen verwendete. »Seit ein paar Tagen scheinen die unser Dorf ganz besonders gernzuhaben«, erklärte sie lachend.

Regentropfen lösten sich von den Blättern der Eiche und klatschten weich und kalt auf Leas Stirn. Sie zitterte und fühlte sich innerlich durchgefroren. Es war doch Sommer!

»Kann ich gleich bei euch heiß duschen?«, fragte sie.

»Natürlich kannst du das. Aber jetzt lass dich erst mal

anschauen, Kleines«, sagte Onkel Benno und presste Lea an seine breite Brust.

»Sag bloß nicht, dass ich groß geworden bin!«, rief sie lachend, dann bekam sie für einen Moment keine Luft mehr – meistens unterschätzte ihr Onkel seine eigene Kraft. Sein Hemd roch vertraut nach Schafstall und abgebranntem Kaminholz.

»Ich soll euch von Mama grüßen!« Lea lächelte die beiden an. Ohne auf eine Reaktion zu warten, schob sie gleich die für sie dringende Frage hinterher: »Funktioniert euer WLAN eigentlich?«

»Sicher«, sagte Onkel Benno. »In der Küche läuft das ganz prima. Manchmal jedenfalls.«

»Du sollst dich doch sowieso erholen und nicht ständig in deinen Computer gucken«, fügte Tante Marie aufmunternd hinzu.

»Das ist ein Scherz, oder?«, fragte Lea atemlos, plötzlich panisch. »Oder?«

Ihr Onkel und ihre Tante sahen sie jedoch nur verständnislos an.

Beim Abendessen saßen sie zu dritt am großen Tisch in der gemütlichen Küche. Lea hatte ein Handtuch um ihre nassen Haare gewickelt. Ihr war endlich wieder warm, und sie roch wohlig nach Milch und Honig. Das stand zumindest auf dem Duschgel in der Badewanne.

Obwohl es noch recht früh war, mussten sie die Lampe über dem Tisch anschalten. Lea schaute aus dem Fenster. Draußen hingen die grafitgrauen Wolken so tief, dass es schien, als würde es gleich Nacht werden.

Im nahe gelegenen Wald sah Lea kurz ein gelbes Augenpaar aufblitzen. Aber vielleicht hatte sie sich auch vertan, denn als sie noch mal hinsah, war es verschwunden.

Onkel Benno schenkte Tee ein, und Tante Marie schnitt extradicke Scheiben vom frischen Brotlaib ab.

»Nimm was von dem Schinken, der ist besonders gut gelungen«, forderte Benno seine Nichte auf.

Lea zögerte.

»Du bist doch nicht etwa Vegetarierin?«, fragte er.

»Noch nicht«, antwortete sie, nahm etwas Salat aus der Schüssel und belegte dann ihr Brot dick mit Schinken. Sie lächelte Benno an: »Siehste?«

»Ist vom Nachbarn, der Schinken«, sagte Tante Marie. »Die Tiere sind immer draußen auf der Wiese. Ist also sozusagen alles Bio.«

Lea sah nach draußen in Richtung des Nachbargrundstücks. Da waren keine Schweine auf der Wiese. Da waren überhaupt keine Tiere. »Ich sehe keine Schweine.«

»Jau«, murmelte Onkel Benno, und Tante Marie fragte schnell, was die Schule so machte. Zu schnell.

»Wie immer.« Lea sah ihre Tante ernst an. »Warum sind da draußen keine Tiere?«

»Weil es regnet«, sagte Onkel Benno. Und damit war das Thema für ihn abgeschlossen.

»Was machen wir morgen?«, fragte Lea später, als sie ihrer Tante half, die Küche aufzuräumen.

»Erhol dich doch erst mal«, gab Marie zurück.

»Vielleicht hört der Regen ja auf, und wir können schwimmen gehen«, schlug Lea hoffnungsvoll vor.

Marie sah aus dem Fenster und schüttelte den Kopf. »Glaub nicht, dass der Regen morgen aufhört.«

»Regnet es denn schon den ganzen Tag?« Lea schaute ebenfalls nach draußen.

»Seit Tagen, und das hört auch wohl so schnell nicht mehr auf«, erwiderte Marie.

Auch das noch! Nachdem Lea festgestellt hatte, dass das WLAN tatsächlich nicht bis in ihr Zimmer reichte, stand für sie nun endgültig fest: Dies versprach der ödeste Urlaub seit Menschengedenken zu werden. Aber so leicht gab sie nicht auf. »Habt ihr so eine gelbe Jacke? So eine für Regen?«, fragte sie.

»Regenjacke? Natürlich. Wozu?«

»Dann guck ich mir einfach mal die Gegend an. Bevor

ich hier den ganzen Tag im Haus rumsitze. Ich meine, das hätte ich auch zu Hause machen können, das Rumsitzen.«

»Alleine?«, fragte Marie zögernd.

»Du kannst ja mitkommen.«

Marie antwortete nicht sofort. Sie wischte mit dem Geschirrtuch noch einmal die Arbeitsplatte ab, schloss die Spülmaschine und faltete das Handtuch sehr umständlich zusammen. Dann endlich sah sie wieder auf.

»Ist besser, im Haus zu bleiben. Wenigstens im Moment. Glaub mir, passieren komische Dinge da draußen«, sagte sie.

Lea lächelte. »Und ich dachte schon, hier würde überhaupt nichts passieren.«

Tante Marie reagierte nicht.

»Na, lieber komisch als gar nichts, oder?«, fügte Lea hinzu. Doch ihre Tante schien den Gag immer noch nicht zu verstehen.

»Die Ulmen sterben«, sagte sie stattdessen und sah dabei so ernst aus dem Fenster, als könnte sie mit diesem Blick die Ulmen retten. »Eine nach der anderen.«

»Bäume sterben nun mal«, meinte Lea. »Bei uns haben sie auch in der ganzen Straße die Pappeln gefällt. Angeblich waren die nicht mehr sicher. Aber die wachsen ja auch wieder nach. Natur vergeht nicht.«

»Und dann der Regen.«

»Klimakatastrophe, was erwartest du?«, fragte Lea.

»Da soll es aber heiß und trocken werden, oder?«, meinte Marie.

»Nein«, erwiderte Lea. »Das Wetter wird extremer. Und da sind nasse und kalte Sommer durchaus auch drin. So wie jetzt.« Sie sah, dass Marie noch immer über etwas nachdachte, deshalb schob sie hinterher: »Siehst du, es gibt für alles eine Erklärung.«

»Und es gibt einen Wolf«, sagte Tante Marie mit Grabesstimme.

Was auch immer sie mit diesem Satz erreichen wollte, der jetzt wie ein Granitblock in der Küche stand, sie erreichte das Gegenteil.

Lea war augenblicklich wie elektrisiert. Ihre Augen blitzten auf. Sie lief zur Tür, öffnete sie und sah hinaus. »Ein Wolf? Echt wahr? Hast du ihn schon gesehen?« Ihr fiel das gelbe Augenpaar von vorhin wieder ein. Hatten Wölfe nicht gelbe Augen? »Wie groß ist er? Seit wann lebt er hier? Hast du eine Ahnung, ob er allein ist oder im Rudel? Ist er gefährlich? Hat ihn schon jemand fotografiert?«

Noch während sie ihre Fragen ausstieß, stand Tante Marie plötzlich neben ihr, drückte die Tür zu und schloss ab.

»Lea!«

»Was denn?«

»Sei froh, dass du eine Tür zwischen dir und der Gefahr hast.« Ihre Tante blickte sie streng an.

»Aber es ist doch nur ein Wolf.« Maries Reaktion irritierte sie.

»Ein Wolf ist ein Raubtier und nichts, worüber man sich freut. Die reißen unsere Schafe, fallen Kinder an. Und dieser ganz besonders.«

»Wölfe greifen Menschen nicht an. Das ist Unsinn. Wir gehören nicht zu ihrem Beuteschema«, erklärte Lea vorsichtig.

»Und woher weißt du das?«, schoss Tante Marie ungewohnt scharf zurück. »Aus der Stadt? Wo sich so viele von denen rumtreiben?«

Lea schluckte. Wahrscheinlich war es besser, das Thema ruhen zu lassen.

Tante Marie wischte sich die Hände an ihrer Hose ab und lächelte Lea an. »Komm, lass uns ins Wohnzimmer gehen und fernsehen.«

Lea zögerte. »Ich muss nur noch schnell Sarah bei WhatsApp schreiben.«

»Aber die Tür bleibt zu.«

»Natürlich, Tantchen, natürlich.«

»Willst du nicht mal deine Mutter anrufen?«, fragte Marie.

»Wozu?« Lea seufzte.

»Vielleicht macht sie sich Sorgen.«

»Die macht sich garantiert Sorgen. Und daran ändert sich auch nichts, wenn ich sie anrufe. Sie macht ja eigentlich den ganzen Tag nichts anderes mehr, als sich um mich zu sorgen. Ständig will sie wissen, wo ich bin, wo ich war, wo ich hinwill. Ständig muss ich erzählen, was ich gemacht habe. Und vor allem mit wem.«

»Mit wem?« Maries Augen blitzten neugierig auf.

»Sie meint Jungs.«

Marie lächelte. »Gibt es denn einen?«

»Oh, bitte!« Lea schnaubte verächtlich. »Wenn ich mich zwischen Pickeln und einem Jungen entscheiden müsste, würde ich die Pickel nehmen plus Herpes und Zahnschmerzen.«

»Das wird sich ändern«, meinte Tante Marie vorsichtig.

Lea rollte mit den Augen. »Nicht solange die Jungs so sind wie die an meiner Schule.«

»Hast du das meiner Schwester je gesagt? So, wie du es mir gerade gesagt hast?«

»Das sollte sie wissen«, sagte Lea trotzig.

»Ihr solltet vielleicht mehr miteinander reden.«

»Vielleicht. Aber immer nur Frage- und Antwortspiele sind kein Miteinander-Reden.«

»Schick ihr wenigstens eine SMS. Sie sollte wissen, dass du sicher angekommen bist. Und wenn du erst mal ein paar Tage zur Ruhe kommen konntest, sieht die Welt bestimmt ganz anders aus. Du kannst sie ja die Tage mal anrufen. Oder noch besser: Lade sie fürs Wochenende ein. Da ist hier Schützenfest.«

Nachdem Tante Marie ins Wohnzimmer gegangen war, zog Lea ihr Smartphone aus der Tasche und tippte an Sarah:

Lea: Bin angekommen. Es ist öde, öde, öde. Aber! Das ist vollkommen irre: Hier gibt's einen Wolf! Einen richtigen, echten Wolf. Und das hat mir vorher niemand gesagt! Ich versuche mal, ein paar Fotos von ihm zu machen. Mein Forschergeist ist geweckt. Wenigstens ein Lichtblick in der Ödnis. Vermisse dich.

KAPITEL 2

Ein Wolf! Das war Leas erster Gedanke, als sie am nächsten Morgen aufwachte. *Wölfe sind so cool!* Seit sie diese Doku über die Rückkehr der Wölfe gesehen hatte, wünschte sie sich, endlich einmal einen in freier Wildbahn zu sehen. *Natürlich greifen Wölfe keine Menschen an. Das weiß doch jeder. Ja, es sind Raubtiere,* sagte sie sich, *und man muss etwas Abstand halten. Aber wenn man sie mit Respekt behandelt, verhalten sie sich ruhig. Als ob sie Menschen anfallen! Vielleicht in Sibirien, wenn sie monatelang nichts zu fressen haben. Aber hier? In unseren Wäldern, die doch voll sind mit Wild. Wie soll ein Wolf da auch nur in die Nähe des Verhungerns kommen? Das weiß man doch, wenn man sich informiert. Aber wer informiert sich hier schon?*

So sind die eben. Hier auf dem Land. Mit Argumenten braucht man denen nicht zu kommen. Alles wird immer so gemacht, weil es schon immer so gemacht wurde. Das ganze Leben besteht hier aus dummen Sprichwörtern und blöden Bauernregeln.

In der Küche, beim Frühstück, sagte Lea natürlich kein Wort über den Wolf. Sie hatte sich entschieden. Sie musste nur warten, bis sie endlich allein war.

Und das war sie schon bald. Am späten Vormittag war der Hof verwaist. Onkel Benno war mit dem Traktor unterwegs und Tante Marie zum Einkaufen in die nächste Stadt gefahren.

Es hatte aufgehört zu regnen. Doch die dunklen Wolken hingen immer noch schwer und drohend wie eine Betondecke über den Wiesen. Deshalb hatte Lea vorsichtshalber die Regenjacke angezogen, die Tante Marie ihr rausgelegt hatte. Wahrscheinlich gehörte die Onkel Benno, denn Lea musste die Ärmel dreimal umkrempeln, um ihre Finger wieder sehen zu können. Sie machte probeweise ein paar Schritte und hatte das Gefühl, in einem Zelt durch die Gegend zu laufen.

Aber wenn man groß wirkt, hält das vielleicht sogar einen richtig bösen Wolf in Schach, sagte sie sich und ging los.

Die Luft war warm und feucht. Drückend. Und es war still. Natürlich war es auf dem Land ruhiger als in der Stadt, aber das war schon eine sehr stille Stille. Und diese Fliegenschwärme überall, dicht wie schwarze Schatten, waren doch wirklich sehr seltsam. Genauso wie die Nebel, die plötzlich aus dem feuchten Gras hochdampften. Alles war irgendwie merkwürdig.

Oder auch nicht, beruhigte sich Lea, *das kommt nur von dem ganzen Zeug, das Tante Marie erzählt. Macht einen ja vollkommen kirre.*

Sie schüttelte ihren Kopf, um diese Gedanken zu vertreiben. Dann klopfte sie die Taschen der Regenjacke ab. Ja, sie hatte an alles gedacht: ihr Telefon, das Notizbuch und ein paar Stifte, Müsliriegel und eine Flasche Wasser. Sie sah sich ein letztes Mal um, holte tief Luft und lief rasch über die Schafwiese ohne Schafe in den Wald.

Lea wusste aus ihren letzten Urlauben hier im Ort, dass man den Wald in einer knappen halben Stunde durchqueren konnte. Dabei ging es die ganze Zeit leicht bergauf. Am Ende des Waldes fiel der Hügel steil nach unten ab, bis er an einen kleinen Fluss stieß. Mit seinen weitverzweigten Nebenarmen ließ der Fluss das Gelände dort brackig, dumpf und gefährlich werden.

Aber noch hatte Lea das Ende des Waldes nicht erreicht. Denn sie ging sehr langsam, achtete auf Spuren. Oder auf alles, was eine Spur sein könnte. Abgebrochene Zweige zum Beispiel, mit harten grauen Haaren daran. Oder Pfotenabdrücke auf den schlammigen Stellen unter den Bäumen.

Lea war um elf Uhr losgegangen, und das Ende des Waldes war noch nicht einmal in Sicht. Sie fragte sich, wie lange sie wohl schon unterwegs war, und linste auf die Uhr ihres Handys: 15:03. Das konnte nicht sein! Sie war auf gar keinen Fall seit vier Stunden unterwegs.

Oder doch?

Ihre Beine fühlten sich schwer an.

Sie sollte sich ausruhen. Etwas essen und trinken.

Gerade, als sie sich auf einen umgestürzten Baumstamm setzen wollte, entdeckte sie doch noch etwas: In einer Mulde links von ihr lagen Knochen. Große Knochen. Lea sah sich vorsichtig um und ging dann langsam zu der Mulde hinüber.

Es roch herb nach altem Laub und Pilzen, süßlich nach verwesendem Fleisch. Und nach Hund. Sie ließ den Blick schweifen und entdeckte weitere Knochen. Das Laub rundherum war flach gelegen. Dies könnte der Schlafplatz des Wolfs sein. Aber wo war er jetzt? Auf der Jagd? Und wann würde er zurückkommen? Oder war er schon längst wieder da und beobachtete sie aus sicherer Entfernung?

Lea machte schnell ein paar Fotos, dann ging sie leise rückwärts zurück.

Als sie dachte, weit genug entfernt zu sein, kletterte sie auf einen Baum, dessen Stamm von Büschen umgeben war. Von dort oben hatte sie eine gute Aussicht auf die Mulde und war doch sicher. Sie machte sich klein und verschmolz mit dem Ast. Zumindest glaubte sie das.

Nach einer Weile packte sie einen Müsliriegel aus, biss hinein, trank einen Schluck Wasser.

Die Uhr auf dem Handy zeigte 16:12.

Unmöglich.

Wahrscheinlich ging ihr Handy langsam kaputt.

Ganz großartig!

Das kam ja genau zur richtigen Zeit.

Lea langweilte sich.

Denn auf Wölfe zu warten ist ungefähr so spannend wie Angeln. Vor allem, wenn das Aufregendste, das rundherum passiert, von Blättern rutschende Regentropfen sind und das Handy überhaupt keinen Empfang mehr hat.

Lea versuchte, sich alles ins Gedächtnis zu rufen, was sie über Wölfe wusste. Es war nicht viel. Zu allem Übel schweiften ihre Gedanken auch noch ständig zu Sarah, zur Party, zu Lisa. Sie wollte nicht daran denken.

Vor lauter Verzweiflung zog sie ihr Notizbuch aus der Tasche und schrieb auf, was sie soeben entdeckt hatte: Mehrere Knochen, cirka 30 cm lang, dick. Oberschenkelknochen? Muss noch rausfinden, von welchem Tier. Das Lager = eine Mulde, vielleicht zwei Meter lang und breit. Liegt gut geschützt hinter Anhöhe mit etlichen Bäumen als Deckung. Kein Wolf zu sehen.

Erst jetzt fiel ihr auf, wie still es war. Waren sonst nicht ständig und überall Geräusche in einem Wald? Vogelgezwitscher, das Rascheln von Mäusen im Laub, Wind in den Blättern. Lea schnippte mit ihren Fingern und war beruhigt. Sie war eindeutig nicht taub geworden, wenigstens das Geräusch ihrer schnippenden Finger konnte sie hören. Aber sonst?

Lea sah sich noch einmal um. Hinter sich entdeckte sie jetzt auf dem Waldboden ein paar Äste, die nicht so aussahen, als würden sie zufällig dort liegen. Das war ihr vorhin gar nicht aufgefallen. Doch von hier oben betrachtet, entstand ganz eindeutig ein Muster. Es sah aus wie ein Gang, ein Weg oder ein Plan. Ein Irrgarten? Wahrscheinlich waren das die Überreste eines Spiels, das die Dorfkinder im Wald spielten. Oder lag das schon sehr viel länger hier auf dem Waldboden? Es war auf keinen Fall zufällig entstanden. Sie versuchte, die Äste zu fotografieren, doch immer waren ihr irgendwelche Zweige oder Blätter im Weg.

Dann kam der Nebel.

Er kam von der anderen Seite, und sie bemerkte ihn erst jetzt. Er kroch über den Boden, wand sich zwischen den Bäumen hindurch, stieg. Rasch, unaufhörlich.

Es war diese Art Nebel, die man aus Filmen kennt. Aus Filmen, nach denen man meist schlecht schläft. Binnen weniger Minuten sah Lea nicht einmal mehr den Waldboden. Sie musste zurück.

Jetzt!

Vorsichtig stieg sie vom Baum herunter. Ihre Schritte klangen gedämpft auf dem Laub. Sonst hörte sie immer noch nichts. Der Nebel schluckte alle Geräusche.

Auch die vom Wolf?

Vorsichtig tastete Lea sich voran. Aber war das überhaupt richtig? Oder ging sie in die falsche Richtung? Von wo würde der Wolf kommen? War es nur einer oder doch ein Rudel? Auf einmal spürte sie einen Ball aus Eis in ihrem Magen. Kalte Angst. Sie sollte nicht an den Wolf denken. Können Wölfe im Nebel riechen?

Lea versuchte, ruhig zu atmen. Jetzt bloß nicht panisch werden!

Denk nach!

Es ging leicht bergab. Sie war bergauf hierhergekommen. Die Richtung stimmte also.

Plötzlich hörte sie ein Knacken. Sie konnte nicht sagen, woher es kam. Von vorne? Von hinten?

Nein, es kam von überall!

Kalter Schweiß stand auf ihrer Stirn. Sie fragte sich, wie sie auf die dämliche Idee gekommen war, allein nach einem Wolf zu suchen. Nach einem Wolf! Das war ein Raubtier! Der würde sie in seine Mulde zerren, dort töten und dann fressen. Vielleicht würde er sie auch gar nicht sofort töten, sondern erst mal mit ihr spielen. Oder machten das nur Katzen? Lea wurde schlecht. Der Müsliriegel rumorte in ihrem Magen.

Schritte!

Direkt hinter ihr.

Oder hörte sie doch nur das Echo ihrer eigenen?

Ein Schatten huschte an ihr vorbei. Eindeutig. Aber

das war kein Wolf, das war etwas, das aufrecht ging. Oder beinahe aufrecht. Was auch immer es war, es verschwand zwischen den Bäumen. Doch es reichte, dass Leas Haut schlagartig kalt wie ein Gefrierfach wurde, ihr Atem aussetzte und ihr Herz wie ein wild gewordener Presslufthammer in ihrer Brust rumorte.

Lea rannte.

Ihr war egal, dass Zweige in ihr Gesicht klatschten.

Ihr war egal, dass der Wolf sie hören könnte.

Das andere, dieser Schatten, das machte ihr plötzlich viel mehr Angst.

Sie rannte, wirbelte Laub auf, sprang über Äste, rutschte über Moos, stolperte, fing sich, sprintete zwischen Bäumen hindurch. Ihre Kehle war trocken, ihr Atem brannte. Blut pochte hinter ihren Schläfen.

Sie wollte zurück auf den Hof. Sie wollte nach Hause. Sie würde die Stadt nie wieder verlassen. In der Stadt gab es keine Wölfe.

Da vorne waren weniger Bäume.

Da vorne war Licht.

Die Wiese.

Und dahinter mehr Licht!

Vollkommen außer Atem stolperte Lea auf den Hof ihrer Tante und ihres Onkels. Sie drehte sich um. Der Nebel über der Wiese lichtete sich. Nichts verfolgte sie.

Absolut *nichts*.

Sie hatte sich alles nur eingebildet. Wie ein dummes, kleines Mädchen!

Ihre Angst schlug in Ärger über ihre Angst um.

Da war nichts.

Vor *nichts* hatte sie Angst gehabt.

Der Wagen ihrer Tante rollte auf den Innenhof. Sie hupte, winkte und rief Lea zu: »Willst du etwa allein rausgehen?«

Lea zwang sich ein Lächeln ins Gesicht und schüttelte den Kopf. Bloß nichts sagen, ihr rasender Atem würde sie verraten.

»Aber wozu hast du dann eine Regenjacke an?«

Schulterzucken.

Marie stieg aus und öffnete den Kofferraum. Er war voller Einkaufstüten.

»Hilf mir beim Ausladen, dann können wir gleich vielleicht noch mal kurz zusammen rausgehen. Der Nebel verzieht sich ja schon wieder.«

Lea nahm eine Tüte vom Beifahrersitz. Dabei fiel ihr Blick auf die Uhr am Armaturenbrett: 12:43.

Sie zog ihr Handy aus der Tasche und drückte kurz drauf.

12:43.

KAPITEL 3

Als Lea am frühen Abend in ihr Zimmer ging, dämmerte es draußen. Das Zimmer war klein und die Decke niedrig. Es war unglaublich gemütlich, mit Blick über Wiesen auf den nahen Wald, aber das Licht war wegen des kleinen Fensters natürlich sehr gedämpft. Sie schaltete die Lampe noch nicht an, sondern schaute zunächst einen Moment über die Wiese zum Wald hinüber.

Keine Augen, die sie aus dem Dunkel anblitzten.

Nachdem sie den Nachmittag über Tante Marie auf dem Hof geholfen hatte, war sie auch wieder viel ruhiger. Von ihrer Entdeckung hatte sie, mit einer Prise schlechtem Gewissen, kein Wort berichtet. Mittlerweile war sie sehr froh, es nicht getan zu haben. Denn vielleicht hatte sie sich das heute Vormittag auch alles nur eingebildet. Nebel bringt schließlich die Sinne durcheinander. Da hört man schon mal Dinge, die es gar nicht gibt, und sieht Dinge, vor denen man sich fürchtet.

Rational betrachtet war der ganze Vormittag Unsinn.

Man sollte immer alles rational betrachten, sagte Lea sich. *Allein diese springenden Uhrzeiten auf dem Handy! Kann ja alles gar nicht sein.*

Dennoch: Sie war insgesamt nicht ganz zwei Stunden weg gewesen. Gefühlt war sie die Hälfte der Zeit gelaufen. Das müsste eine Stunde gewesen sein. Wieso war sie dann nicht auf der anderen Seite des Waldes herausgekommen?

Dafür würde es bestimmt eine logische Erklärung geben.

Lea stieß ihren Atem aus und schüttelte diese Gedanken zunächst ab. Denn jetzt gab es wichtigere Dinge, um die sie sich kümmern musste. Ihre beste Freundin, zum Beispiel. Die Einweihungsparty des Jugendclubs. Und die blöde Kuh Lisa.

Lea: Hi. Bist du auf der Party?

Lea zögerte einen Moment, dann drückte sie auf Senden.

Sie wartete.

Oh, nein!

Lea: Hab dich lieb!

Das schickte sie schnell hinterher. Und fragte sich dann sofort, ob das wirklich richtig war.

Das klang jetzt eifersüchtig, oder? Als ob sie ihre Freundin kontrollieren würde, oder? Bittend und bettelnd? Lea hätte nur fragen sollen, wie die Party ist. Voraussetzen, dass Sarah auf der Party war. Alleine. Das hätte besser geklungen. Souveräner jedenfalls als: *Bist du mit dieser ultradämlichen Zicke Lisa auf der Party?* Natürlich hatte sie das nicht geschrieben, aber Sarah kannte sie und verstand mehr als Worte. Niemand kannte sie so gut wie Sarah.

Das Handy vibrierte in ihrer Hand. Lea traute sich nicht nachzusehen.

Tat es dann aber natürlich doch.

Sarah: Bin nicht auf der Party. Wär auch öde ohne dich. Liege auf meinem Bett und höre Musik. Vermisse dich.

Lea sah aus dem Fenster, und ihr Herz raste wild vor lauter Glück. Sarah war eben doch die allerbeste Freundin auf der Welt!

Die untergehende Sonne brach zwischen den Wolken durch und trieb goldene Strahlen über die Wiese. Auf den Gräsern funkelten Milliarden Regentropfen und reflektierten das Licht strahlender, als Lea es je für möglich gehalten hatte. Sie kniff ihre Augen leicht zusammen. Die Welt war schön. Die Welt war zauberhaft, und dieser Moment gehörte ihr.

Dann sah sie ihn.

Er war nackt.

Meine Güte, nein!

Er trug einen Lendenschurz.

Lendenschurz?!

Der Junge lief gebückt über das Gras. Wahrscheinlich hatte ihn die Sonne ebenfalls überrascht. Er wirkte auf der riesigen Wiese wie auf einem Präsentierteller.

Wilde Haare, schulterlang, rotblond, goldene Haut. Er huschte nach vorne gebeugt. Was machte er hier auf dem Grundstück? Und wieso zuckte sein Kopf nach links und dann nach rechts? Wild. Gehetzt. War er vor etwas auf der Flucht?

Lea sah sich um. Aber da war weiter nichts.

Plötzlich drehte der Junge sich um, und einen Wimpernschlag lang glaubte Lea, dass sich ihre Blicke trafen. Dann wandte er sich von ihr ab. Rannte weiter in Richtung Wald. Sonnenstrahlen funkelten wie ein Umhang aus Lichterketten in den Tropfen auf seinem Rücken.

Spät, viel zu spät erst kam Lea auf die Idee, ein Foto von ihm zu machen. Als sie die Kamera am Handy endlich aktiviert hatte, huschte der Junge bereits in den Schatten der ersten Bäume. Lea machte trotzdem ein Foto.

Und nur mit sehr viel gutem Willen erkannte sie darauf *etwas*.

Verärgert löschte sie das Foto wieder. Bloß keinen Speicherplatz verschwenden.

Es war ohnehin höchste Zeit, Sarah zu antworten.

Lea: Dann gehen wir demnächst ZUSAMMEN das ERSTE MAL in den Club.

Sarah: Gleich nach meinem Kreta-Urlaub.

Lea: Wann geht's los?

Sarah: Morgen früh um 6. Stöhn.

Lea: Aber dann hast du zwei Wochen Sonne. Hier regnet's andauernd.

Sarah: Sonne und Gyros. Danke.

Lea: Und Zaziki.

Sarah: Würg! Geht vorbei. Ist immer vorbeigegangen.

Lea: Kannst du von da schreiben?

Sarah: Keine Ahnung. Hoffe, die haben WLAN. Oder überhaupt Empfang. Kann doch nicht zwei Wochen ohne dich sein.

So ging das noch eine ganze Weile hin und her, dann legte Lea ihr Handy auf den Nachtschrank, knipste das Licht aus und drehte sich um.

Sie hatte den Jungen nicht erwähnt. Aber Sarah würde ihr ohnehin nicht glauben, dass hier halb nackte goldene Jungen über Wiesen rannten. Oder vielleicht würde sie auch gar nichts anderes erwartet haben. Sarah war noch nie auf dem Land gewesen, und sie verstand auch nicht, was man da überhaupt sollte. »Da sind doch nur kackende Kühe und stechende Mücken«, hatte sie gesagt.

Egal. Wichtig war doch nur, dass Sarah nicht mit Lisa zur Party gegangen war. Oh, das war wichtig!

Kurz vorm Einschlafen dachte Lea dann aber noch mal kurz an den Jungen. Woher er wohl kam? Das war kein Junge aus dem Dorf. So einer würde niemals nie mit einem Lendenschurz rumlaufen. Nein, der war anders. Lea spürte das. Seine Haltung, das Nervöse, das ihn umgab. Wusste er von dem Wolf? Fürchtete er sich vor ihm? Ahnte er überhaupt die Gefahr, in der er sich befand?

Sie sollte das gleich morgen mit ihrer Tante und ihrem Onkel besprechen. Vielleicht hatten sie auch schon etwas über den Jungen gehört. In so einem Kaff blieb doch nichts lange ein Geheimnis.

Und dann könnte sie sich entweder auf die Suche nach dem Wolf machen oder gucken, was es mit diesem Jungen auf sich hatte. Endlich war hier was los! Endlich eine Aufgabe, endlich was zu tun!

Aber *gleich morgen* machte Lea erst mal gar nichts. Denn der Nieselregen kehrte zurück. Draußen war es grau und dunkel.

Typisch Sonntag auf dem Land, dachte Lea.

Und er wurde noch typischer. Nach dem Frühstück sollte sie ihrer Tante helfen, einen Kuchen zu backen, dann räumten sie gemeinsam die Küche auf.

»Wo ist eigentlich Onkel Benno?«, fragte Lea zwischendurch. Denn der war nach dem Frühstück aufgestanden und wortlos gegangen. Später hatte Lea beobachtet, wie andere Männer auf der Straße vorm Haus in Richtung Dorf gingen. Gerade so, als hätten sie sich verabredet.

»Im Ort«, antwortete Tante Marie.

»Wie? Im Ort?«

»Da treffen sich ein paar Männer.«

Lea wartete, ob noch mehr käme. Aber Tante Marie war plötzlich sehr mit dem Aufräumen einer ohnehin perfekt aufgeräumten Schublade beschäftigt.

»Und was machen die da?«, wollte Lea wissen.

»Männersachen.«

»Wegen dem Wolf?«

»Es fehlt ein Schaf«, erklärte Marie.

»Hier? Bei uns?«

»Drüben, bei Strunk«, sagte Marie, schon leicht genervt.

»Vielleicht ist es nur weggelaufen.«

»Lea! Da war Blut, da waren Wollflocken. Da muss was geschehen! Und zwar sehr, sehr bald.«

»Könnt ihr nicht die Polizei anrufen? Oder einen Tierarzt, der den Wolf betäubt?«, schlug Lea vor.

»Der Wolf ist böse. Der muss weg«, sagte Marie bitter.

Das war der Punkt, an dem Lea entschied, nichts von dem Jungen zu erzählen. Kein Wort. Nicht mal eine Silbe. Wer wusste denn schon, was *Männersachen* bedeutet oder was sonst noch alles *weg* musste? Nein, diesen Jungen würde sie selbst suchen.

Und sie würde ihn finden.

Doch als sie sich später heimlich aus dem Haus schleichen wollte, brach ein Unwetter los, wie sie es noch nicht erlebt hatte. Innerhalb weniger Minuten verdunkelte sich der Himmel, wurde grau wie Asphalt, dann schwarz wie die Nacht, und Sekunden später rasten Blitze kreuz und quer über den Himmel. Als ob irgendwer da oben richtig schlechte Laune hätte. Aber wirklich merkwürdig war, dass das Gewitter einfach nicht weiterzog. Es schien genau über Veldhaus festzuhängen.

Onkel Benno kam später total durchnässt und wild fluchend nach Hause. Da sich das Wetter nicht besserte, spielten die drei bis in den Abend hinein Brettspiele im Wohnzimmer. Wobei Benno noch wortkarger war als sonst. Lea hatte keine Möglichkeit, ihn wegen der *Männersachen* auszuquetschen. Er ignorierte ihre Fragen und Anspielungen einfach.

Und so konnte Lea sich erst am Montagmorgen auf die Suche nach dem Jungen machen. Oder nach dem Wolf. Was auch immer ihr zuerst über den Weg laufen würde. Weil sie ihrem Handy nicht mehr vertraute, nahm sie den kleinen

Wecker mit, den Tante Marie an ihr Bett gestellt hatte. Nur vorsichtshalber.

Es war 10:12, als sie den Hof verließ.

Der Dauerregen hatte nachgelassen, und manchmal brach die Sonne durch die Wolkendecke. Kleine schwarze Kissen aus winzigen Fliegen tanzten über den Wiesen. Ihrer Tante hatte Lea gesagt, dass sie sich nur auf den Weiden und in Sichtweite bewegen würde, um ein paar Pflanzen für den Bio-Unterricht zu fotografieren und zu skizzieren.

Mit schnellen Schritten huschte Lea nun durch die niedrig wachsenden Büsche. Dornen piksten durch ihre Jeans. Vielleicht hätte sie doch lieber die Gummistiefel anziehen sollen? Aber mit ihren Turnschuhen konnte sie schneller laufen. Das war unter Umständen wichtiger – und wen störten schon ein paar Stiche am Bein?

Als sie die Mulde erreichte, in der die Knochen lagen, zeigte das Handy 16:24 an. Lea zog den Wecker aus der Manteltasche. Er zeigte 16:25.

Sie war nicht länger als zehn, fünfzehn Minuten gelaufen.

Lea machte einen Screenshot und ein Foto des Weckers.

»Verdammter Mist, was ist hier los?«, flüsterte sie. Obwohl weit und breit niemand war, der sie hätte hören können.

Oder?

Denn seit ein paar Minuten hatte sie das Gefühl, beobachtet zu werden. Wenn sie abrupt stehen blieb, glaubte sie, hinter sich noch einen weiteren Schritt zu hören. Oder war das nur das Echo ihrer eigenen Schritte zwischen den Bäumen?

Obwohl sie für den restlichen Monat nur noch 123 MB Datenvolumen hatte, machte Lea Google Maps an. Sie sah das E am oberen Bildschirmrand. Edge. E-he-hedge. Langsamer als unendlich langsam. *Wie unerträglich lang Zeit doch werden kann*, dachte Lea. Zwanzig Sekunden. Dreißig Sekunden, die sich hinzogen wie eine Stunde Mathe!

Dann plötzlich gar kein Empfang mehr.

Nicht jetzt! Bitte nicht jetzt!

Lea ging zur Seite. Andere Seite. Sie hielt das Handy hoch. Da! Empfang!

Google Maps funktionierte. Langsam, aber immerhin. Der pulsierende Punkt war ungefähr da, wo sie ihn vermutet hatte. Wenn auch eigentlich sechs Stunden früher. Auf der Karte sah sie den Hof von Benno und Marie, den Fluss, ein paar weitere Höfe, die nächste Ortschaft. Im Osten lagen ein paar Teiche und dahinter der Ortskern von Veldhaus. Das Waldgebiet dehnte sich noch sehr weit nach Westen aus.

Lea bewegte sich also weiter in westlicher Richtung.

Bald setzte der Nieselregen wieder ein. Sie zog die Kapuze über ihren Kopf und stellte erschrocken fest, dass ihr

Sichtfeld dadurch sehr eingeschränkt war. Was aber noch viel schlimmer war: Sie hatte das Gefühl, nichts mehr zu hören. Wenn jetzt ein Wolf hinter ihr auftauchte, würde sie ihn dann bemerken?

Sie ging sehr, sehr vorsichtig weiter. Langsam, sich immer wieder abrupt umdrehend. Aber bald war sie davon überzeugt, hier nichts mehr entdecken zu können.

KAPITEL 4

Als Lea die Hütte entdeckte, zeigte die Uhr auf ihrem Handy 13:32.

Sie schaute gar nicht erst auf den Wecker.

Lea kannte die Hütte nicht und hatte auch nicht gewusst, dass es hier überhaupt so etwas gab. Wem sie wohl gehörte? Vermutlich jemandem, der schon vor Jahrzehnten in die Zivilisation ausgewandert oder gestorben war. Sie bestand aus ein paar zusammengenagelten Brettern, vollkommen windschief. Nicht größer als ein paar große Schritte in jede Richtung. Auf dem Dach lag Erde, mit Moos bewachsen. Spinnweben überzogen die Wände, und das Holz sah insgesamt nicht besonders stabil aus. Es war mehr ein Unterstand als eine Hütte. Vielleicht wurde sie von einem Jäger benutzt, um sich vor dem Wild zu verbergen.

»Hallo?«, sagte Lea vorsichtig. Sie traute sich nicht zu rufen.

Entschlossen hob sie einen Ast auf, kletterte vorsichtshalber auf einen Baum und warf den Ast gegen die Hütte. Wäre ein Tier darin, würde es fliehen oder angreifen. Sie wäre dann hoffentlich hoch genug, um sicher zu sein.

Der Ast prallte dumpf gegen das feuchte Holz und fiel zu Boden. In der Hütte rührte sich nichts. Lea sah sich noch mal um, dann kletterte sie vorsichtig vom Baum herunter und ging zur Hütte hinüber.

Sie zog die Tür auf.

Moderiger Geruch schlug ihr entgegen. Es roch nach nassem Laub und Tier. Lea hielt die Luft an. Nach einigen Augenblicken hatten sich ihre Augen an die Dunkelheit gewöhnt. Sie achtete auf jedes Geräusch. Nichts würde sich unbemerkt anschleichen können. Nichts und niemand. Sie glaubte sogar, die Spinne auf dem Türrahmen trappeln zu hören.

Da klingelte ihr Handy.

Lea wurde aus ihrer Konzentration gerissen und schnappte nach Luft. Reflexartig riss sie das Telefon hoch. Sie sah aufs Display: MAMA.

Nicht jetzt!

Lea drückte den Anruf weg. Als sie wieder hochsah, war sie fest davon überzeugt, dass jemand direkt hinter ihr stand. Sie hörte etwas atmen. Das war bestimmt der Junge. Und sie konnte nur hoffen, dass er wirklich harmlos war.

Wie blöd kann man nur sein?

Sie holte tief Luft, nahm all ihren Mut zusammen, dann

wirbelte sie herum. *Nichts*. Aber da hatte doch etwas geatmet! Sie hatte es gespürt, wie sie jetzt die Gänsehaut auf ihren Armen spürte!

Das ist unmöglich!

So unmöglich wie ständig wechselnde Uhrzeiten.

Nein, da war tatsächlich niemand. Vielleicht war es doch nur eine akustische Täuschung gewesen?

Die Ausrede aller, die nicht an ihrem Verstand zweifeln wollen.

Langsam, ganz langsam ging Lea weiter in die Hütte. In der Ecke lag etwas Stroh, darauf eine Decke. Voller Löcher und sehr schmutzig. Eine abgebrannte Kerze stand davor, daneben lag ein altes Plastik-Feuerzeug. Lea ging in die Hocke, um besser sehen zu können. Instinktiv zückte sie ihr Notizbuch und schrieb:

Hütte: gehört wem? Erkundigen.

Eine Art Beil: Stein, mit Baumrinde an einen Ast gebunden. Sieht aus wie urzeitliches Werkzeug. Es ist perfekt. Notfalls tödlich. Daneben ein Messer aus dunklem Metall, es wirkt grob, aber die Schneide blitzt gefährlich hell.

Während Lea diese Dinge in ihrem Buch notierte, schossen ihr eine Menge Fragen durch den Kopf. Lebte der Junge hier? War das sein Zuhause oder ein Versteck?

Schnell notierte sie ihre Gedanken:

Ist der Junge ein Wilder? Denkbar: als kleines Kind in diesem Wald ausgesetzt. Warum?

Werkzeuge → Entstehen bei ihm gerade Intelligenz, Kreativität und Zivilisation? Wie viel Kontakt hat der Junge zur Außenwelt? Bin ich die Erste, die sein Versteck entdeckt hat? Und wenn nicht, was ist mit den anderen geschehen?

Hier hielt sie kurz inne. Der letzte Satz hatte sich fast von selbst geschrieben. Über die Antwort mochte sie gar nicht nachdenken. Sie wusste plötzlich, dass sie gehen sollte. Ganz schnell. Doch die Neugier siegte, und sie kritzelte weiter in ihr Buch:

Oder ist er nur ein einfacher Landstreicher und Dieb? → Doku über Diebesbanden, Waldverstecke. Sind hier noch mehr?

Lauter Fragen, denen Lea dringend nachgehen musste. Das alles könnte ein super Projekt ergeben. Denn vielleicht hatte sie gerade eine wahnsinnige Entdeckung gemacht, etwas, womit sie verdammt berühmt werden könnte.

Sie hatte vor kurzem einen Film über den *Wilden von Aveyron* gesehen. Ein Junge, der in den französischen Wäldern ausgesetzt worden war und nur mühsam mithilfe eines Lehrers zurück in die Zivilisation fand. Danach hatte sie gegoogelt und viele weitere solcher Fälle gefunden: Neben *Victor von Aveyron* gab es noch den *Wilden Peter von Hameln*, *Kamala und Amala*, *Andrei und Vanya*, *Kaspar Hauser*. So viele. Manche dieser Kinder fand man erst vor wenigen Jahrzehnten. Und seither hatte Lea sich immer gewünscht, auch so ein Kind zu finden. Sollte ihr Wunsch jetzt, hier und heute erfüllt werden?

Man nennt sie auch Wolfskinder!

Wolfskinder! Wölfe. Kinder. Lea konnte noch keinen klaren Gedanken fassen, aber sie glaubte, dass es irgendeine Verbindung zwischen dem Jungen und den Wölfen gab. Wenn sie erst mal in Ruhe nachdenken könnte, würde sie schon noch dahinterkommen. Bis dahin galt es, Spuren zu sichern.

Hier drinnen gab es nichts mehr zu sehen, also verließ sie die Hütte und skizzierte sie von außen in ihrem Notizbuch. Lea machte auch noch ein paar Fotos, und als sie sicher war, dass sie alles notiert und fotografiert hatte, ging sie. Vorsichtig, keine Spuren hinterlassend.

Dann lief sie los.

Sie wollte diese Neuigkeiten so schnell wie möglich ihrer Tante und ihrem Onkel erzählen. Denn ihr war ein neuer, grausiger Gedanke gekommen: Vielleicht gab es hier ja gar keine Wölfe, sondern nur diesen Jungen. Und dann mussten die Männer im Dorf augenblicklich von dem abgehalten werden, was immer sie jetzt gerade planten. Diese Männersachen. *Die können doch keinen Jungen jagen, auch wenn das nur aus Versehen passiert.*

Während sie darüber nachdachte, betrachtete Lea gleichzeitig die Möglichkeit, hierüber einen Artikel zu schreiben oder ein Video zu drehen, das sie hochladen könnte. *Dazu müsste ich natürlich erst mal einen Blog einrichten, besser gleich einen eigenen Kanal auf YouTube, aber warum auch nicht? Andere haben auch klein angefangen …* Während sie all dies dachte, hörte sie plötzlich, von der Seite kommend, ein Hecheln.

Und ein Knurren.

Noch bevor Lea sich umdrehte, wusste sie, wer das Geräusch machte. So wie man manchmal eben weiß, dass einem gleich ganz großer Müll bevorsteht.

Womit sie aber nicht rechnete, war, dass es zwei Wölfe waren, die zwischen den Bäumen auftauchten.

Lea erstarrte. Niemals versuchen, vor einem Hund wegzurennen, das hatte sie gelernt. Die sind immer schneller als du und empfinden das Wegrennen als Einladung, kräftig zuzubeißen. Jagdinstinkt, Killerinstinkt. Sie vermutete, dass das alles garantiert auch für Wölfe galt.

Der Größere machte einen Schritt auf sie zu. Die Zähne gebleckt. Lea hörte ein leises Knurren. Der andere Wolf drehte sich zur Seite und verschwand zwischen den Bäumen. Nur um plötzlich hinter ihr wieder aufzutauchen.

Damit war der Rückweg zur Hütte verstellt. Dieser Wolf bleckte nun ebenfalls seine Zähne, seine Nackenhaare sträubten sich, die Vorderläufe waren leicht gespreizt. So, als wäre er zum Sprung bereit.

Lea wirbelte herum. Der größere Wolf war näher gekommen. Sie bildete sich ein, seinen fauligen Atem zu riechen.

Eine Krähe zerriss krächzend die Stille des Waldes.

Augenblicklich sahen Lea und die Wölfe zu ihr hoch. Sie klappte ihre schwarzen Flügel auf und glitt zwischen den Bäumen davon. Das Flappen der Schwingen entfernte sich, und im Wald wurde es stiller als zuvor.

»Ihr wollt mir doch nichts tun, oder?«, flüsterte Lea und kam sich dabei ziemlich bescheuert vor. Aber schreien konnte sie unmöglich, denn sie ahnte, dass die Wölfe dann sofort angreifen würden.

Der Atem des großen Wolfs kam stoßweise. Er knurrte nicht mehr. *Der wird es also sein, der mich angreift*, dachte Lea. Sie wunderte sich darüber, dass sie in einem solchen Moment so klar denken konnte. Dass sie überhaupt denken konnte, denn ihr Körper war ansonsten sehr damit beschäftigt, nicht mehr zu funktionieren. Ihr Atem stockte, die Beine wurden schwer wie Blei. Dafür raste ihr Herz viel zu wild, und ihre Haut fühlte sich heißkalt und zerbrechlich an. Sie wusste, dass sie keine Chance mehr hatte.

Dann hoffte sie nur noch, dass es schnell gehen würde. Dass sie nicht mit ihr spielen würden.

Der große Wolf setzte zum Sprung an.

Es raschelte.

Lea nahm aus dem Augenwinkel einen Schatten wahr.

Der Wolf jaulte auf und flog zur Seite.

Der Junge! Er war aus dem Gebüsch gesprungen und hatte den Wolf einfach so zur Seite gestoßen. Der überschlug sich ein paarmal, rollte über Moos und landete an einem Baumstamm. Als er sich aufrappelte und zum erneuten Sprung ansetzen wollte, stieß der Junge einen Schrei aus, der Steine bersten und die Rinde von Bäumen platzen lassen könnte.

Lea presste die Hände auf ihre Ohren, trotzdem schrillte und vibrierte ihr Trommelfell.

Der Wolf zog seinen Schwanz ein und verzog sich jaulend im Dunkel des Waldes. Der zweite raste umgehend hinter ihm her.

Leas Herz hämmerte, und es schien, als würde es die Panik aus ihrem Körper pumpen. Doch ihr schneller Atem und das Zittern blieben an ihr haften.

»Die haben mich bedroht!«, stammelte sie entsetzt.

Der Junge war selbst noch vollkommen außer Atem, sog jetzt pfeifend Luft ein und sah sich hektisch, aber aufmerksam um. Dabei schüttelte er den Kopf und stieß etwas hervor, das klang wie *Taglock, Dacklog* oder so. Vermutlich kam er also doch aus einem anderen Land und sprach kein Deutsch.

Er hatte volles rotblondes Haar und die schönsten braunen Augen, die Lea je gesehen hatte. Sie waren mit goldenen Flecken gesprenkelt, wie ihre. Es gab nur ein Problem: Er war ein Junge, der fast nichts anhatte und merkwürdig roch.

Ohne nachzudenken, zeigte sie auf seinen Lendenschurz und fragte: »Trägt man das da, wo du herkommst?«

Im selben Moment wunderte sie sich, woher die Frage eigentlich kam. Sie war schließlich gerade knapp mit dem Leben davongekommen, und dann fragte sie ausgerechnet nach seinem Lendenschurz? Wahrscheinlich waren das ihre Nerven, die offenbar immer noch sehr durcheinander waren.

Der Junge antwortete nicht. Langsam beruhigte er sich, musterte Lea interessiert, fast so, als hätte er noch nie ein Mädchen gesehen.

Oder als würde er auf etwas warten.

Lea kam gerade zu der Überzeugung, dass der Junge sie wirklich nicht verstehen konnte, da murmelte er: »Nicht wo, sondern wann.« Dabei beobachtete er ihre Reaktion aufmerksam. Wie ein Raubvogel.

»Hä?«, machte Lea.

Jetzt sagte er nichts mehr, sondern sah sie wieder nur an.

Wann? Wieso wann?

Ihr fiel ein, dass sie gerade eben noch in seiner Hütte herumgeschnüffelt hatte. Wusste er das? Hatte er sie dabei beobachtet? Was sollte dieses *Wann?* Lea, die sonst immer sehr stolz war auf ihren klaren Verstand, verstand sich plötzlich selbst nicht mehr.

Und die ganze Situation wurde noch merkwürdiger.

Der Junge ging um sie herum und schaute sie weiterhin unverwandt an. Neugierig. Suchend. Er sah dabei so tief in ihre Augen, als könne er darin eine Antwort finden. Aber komischerweise empfand Lea das nicht als unangenehm. Dabei hätte sie Angst haben müssen und sollen. Er war vielleicht gestört oder nicht allein. Oder beides.

Da beschlich sie plötzlich das Gefühl, ihn zu kennen, ihm schon mal irgendwo begegnet zu sein.

»Sag mal, kennen wir uns?«, fragte sie unvermittelt.

Was für eine beknackte Frage! An einen Jungen im Lendenschurz würde ich mich auch in hundert Jahren noch erinnern!

Er antwortete nicht. Mal wieder.

Als die Stille unerträglich wurde, sagte Lea leise: »Danke. Ich glaube, du hast gerade mein Leben gerettet.«

Freundlichkeit hilft normalerweise, dachte sie.

In dem Fall aber wohl nicht. Der Junge ging ein paar Schritte zurück, sah sich wieder aufmerksam suchend um. Und sagte kein Wort. Es wurde immer unheimlicher. Aber wenn sie jetzt wegrennen würde, wann würden dann die Wölfe wieder auftauchen? Warteten die hinter dem nächsten Baum?

Lea versuchte, mehr in den Augen des Jungen zu entdecken. Er hatte doch gerade zwei gefährliche Wölfe vertrieben. Irgendwas musste in seinen Augen sein. Furcht, Aufregung, Stolz.

Aber jetzt sah er sie nahezu ausdruckslos an, lächelte unbeholfen mit weichen Lippen über strahlenden Zähnen.

Das alles half nicht, sie von ihrer Anspannung zu befreien. Mittlerweile fürchtete Lea ernsthaft, ihr Herz würde innerhalb der nächsten Sekunden vor Anspannung ihre Brust zerreißen.

»Geh«, sagte er dann endlich und verbeugte sich förmlich.

Verbeugte sich?

Anschließend verschwand er ebenso schnell, wie er gekommen war.

Da fiel sämtliche Anspannung von ihr ab. Lea wäre am liebsten auf die Knie gesunken, so sehr flatterte auf einmal ihr ganzer Körper. Aber sie dachte an die Wölfe und wusste nicht, wo die steckten. Die konnten jeden Augenblick zurückkommen. Sie wollte den Wald verlassen. So schnell, wie ihre weichen Knie sie tragen konnten.

Geh? *Was meinte er mit* Geh? *Will er nicht reden? Oder kann er gar nicht reden und nur* Geh *grunzen? Die meisten dieser Wolfskinder können ja nicht richtig sprechen, weil sie es nie gelernt haben. Logisch. Ich könnte es ihm vielleicht beibringen.*

Diese Fragen ließen Lea den ganzen Rückweg über nicht mehr los. Hundert Fragen, Wörter, Sätze wirbelten in ihrem Kopf herum. *Bleib ruhig*, ermahnte sie sich, nur um sich im nächsten Moment zu fragen, wieso er nicht mehr gesagt hatte? Nur dieses *Geh* …

Halt! Er hat mehr gesagt: Nicht wo, sondern wann. *Das war kein besonders gelungen formulierter Satz, aber immerhin ein Satz. Oder? Also konnte er reden. Aber offensichtlich nicht mit mir! Und er versteht Deutsch. Aber offensichtlich nicht meine Fragen.*

Leas Stimmung schlug langsam um.

Geh! *Hunga-Hunga, Habba-Habba, wie ein Neandertaler.*

Er hatte ja auch so wenig an wie ein Neandertaler. Wieso rennt man in einem Lendenschurz durch die Gegend? Weil man sich keine Kleidung leisten kann. Oder will. Oder nicht weiß, dass es sie gibt! Weil man noch nie zivilisierte Menschen gesehen hat. Aber kann das sein? So groß ist der Wald ja nicht, dass man ein Leben darin verbringen kann, ohne jemandem zu begegnen. Trotzdem sollte er froh sein, jemandem zu begegnen. Ich könnte ihm schließlich helfen. Aber nee, er spielt den Helden und ignoriert mich einfach.

Der Waldboden unter Leas Füßen gab schmatzende Laute von sich. Manchmal blieb sie stehen und lauschte nach anderen Geräuschen. Es blieb ruhig, ein paar Vögel zwitscherten, und weit, weit entfernt hörte man das Surren von Autoreifen auf nassem Asphalt.

Das Wort *Held* ging ihr nicht aus dem Kopf. Man konnte den Jungen als solchen betrachten. Man konnte die Angelegenheit aber auch ganz anders sehen:

Held? Ist er ein Held? Oder sieht das Ganze nicht irgendwie abgekartet aus? Wieso eigentlich war er im richtigen Moment da? Genau im richtigen Moment, wie in irgendwelchen Spektakel-Filmen, und nicht fünf Sekunden früher oder später?

Genau in dem Moment, nachdem sie in seiner Hütte war? Hatte sie da etwas entdeckt, und er wollte ihr mit dieser Nummer Angst machen? Dafür sorgen, dass sie den Wald nie wieder betrat? Je länger sie darüber nachdachte, desto merkwürdiger kam ihr das Ganze vor, und ein vollkommen neuer Gedanke tauchte auf: *Waren das etwa seine Wölfe? Abgerichtete Wölfe?*

Glaubt der etwa, dachte Lea, *ich hätte Angst gehabt vor ihm und seinen Wölfen? Was bildet der sich eigentlich ein? Wieso ist der einfach so gegangen und hat mich da stehen gelassen wie bestellt und nicht abgeholt?*

Jungen! Idioten, alle miteinander.

Im nächsten Moment fiel ihr schon die nächste Variante ein: Vielleicht war er ja auch irgendwo abgehauen, aus einem Heim oder so. Vielleicht brauchte er dringend Hilfe. Wobei … er wirkte nicht so, als würde er nicht klarkommen, da draußen.

Aber vielleicht war auch alles ganz anders, und er war tatsächlich so einer wie *Der Wilde von Irgendwas* in Frankreich. Oder Mogli. Im Dschungelbuch. Der war doch auch so einer. Ob der hier auch mit seinen Wölfen reden konnte? Das waren doch wohl seine Wölfe, oder? Jeder, der noch alle beieinander hatte, würde sich doch im Leben nicht trauen, sich mit Wölfen anzulegen. Mit zweien!

Natürlich sind das seine Wölfe! Bestimmt hat er sie mit einer Flasche großgezogen. Sehe ich doch ständig bei YouTube. Löwen-Babys, Tiger-Babys, Wolf-Babys.

Moment!

Vielleicht wurde er ja auch von den Wölfen großgezogen. Wolfskinder! Ja klar. So ergibt das alles einen Sinn! Genau wie bei Mogli. *Sie gehörten zusammen, aber* sie *hatten* ihn *großgezogen. Vielleicht wurde er als Kind ausgesetzt – oder gar von den Wölfen gestohlen, entführt? Vielleicht kam er jetzt mit dem Rudel irgendwo weit aus dem Osten. Russland. Rumänien. Kaparten. Da wimmelte es doch von Wölfen. Irgendwo unterwegs hat er dann ein paar Wörter aufgeschnappt. Aber wieso hat er sie dann so brutal zur Seite gestoßen? Ist das ihre Art untereinander?*

Vielleicht könnte er ihr sagen oder anders verständlich machen, was sie wirklich dachten und fühlten, diese grauen, unnahbaren, wundervollen Tiere. Vielleicht könnte sie, Lea Werner höchstpersönlich, anschließend diesem Abknallen von Wölfen ein Ende machen. Sie würde einen Artikel für die Schülerzeitung schreiben oder besser noch für Greenpeace oder GEO.

Aber vielleicht … vielleicht war der Junge selbst ja auch nicht uninteressant. Wissenschaftlich betrachtet. Vielleicht hatte sie da tatsächlich etwas entdeckt, was niemand mehr für möglich gehalten hat: ein Wilder mitten in diesem total zubetonierten Land.

Müsste sie dann nicht eigentlich Angst vor ihm haben? Er wäre dann schließlich ein Wilder. *Nicht so, wie er mich angesehen hat, als würden wir uns kennen,* dachte sie. *Ganz bestimmt nicht.*

Lea wurde immer aufgeregter.

Sie musste mit jemandem darüber sprechen. Mit ihrem Onkel und ihrer Tante. Jetzt gleich. Sie würde ihnen alles erzählen, und dann würden sie verstehen. Gemeinsam würden sie erst den Jungen retten und anschließend den Wölfen helfen.

Mit jedem Schritt, den sie ging, fiel der Schrecken mehr und mehr von Lea ab.

KAPITEL 5

Als Lea endlich in der Diele des Hauses von Marie und Benno stand, dröhnte eine fremde Männerstimme aus der Stube: »Das muss aufhören. Jetzt. Und wenn wir die einzeln totschlagen!«

»Jau«, sagte Onkel Benno. Für ihn war das ein vollständiger Satz.

Noch während Lea vorsichtig die Hand zur Türklinke ausstreckte, wurde diese plötzlich heruntergedrückt, und Tante Marie stand vor ihr.

»Lea, ich hab dich gar nicht kommen hören«, sagte sie erschrocken.

Lea versuchte, an Marie vorbei in die Stube zu gucken. Wer war das, der da wen auch immer totschlagen wollte? Da drinnen fand kein fröhliches Beisammensein statt, wie Lea es in diesem Haus schon oft erlebt hatte. Die Luft, die aus dem Raum kam, roch förmlich nach Problemen, nach Verzweiflung und Wut.

»Lea?«, fragte Tante Marie.

Der Mann saß im Sessel mit dem Rücken zu ihr.

»Was?«, fragte sie unkonzentriert und strich eine Haarsträhne aus dem Gesicht. Sie merkte erst jetzt, wie verschwitzt sie war.

»Hilf mir mal paar Kekse holen.« Damit schob Marie Lea vor sich in die Küche.

Während ihre Tante Wasser in die Kaffeemaschine füllte, nahm Lea die Keksdose aus dem Schrank und wollte gerade hineingreifen, als Marie ihren Arm festhielt.

»Hast du deine Hände gewaschen?«, fragte sie.

»Noch nicht.«

»Wo warst du denn, dass die so schmutzig sind?«

Jetzt wäre die richtige Gelegenheit, von dem Jungen zu erzählen. Tante Marie würde bestimmt verstehen, dass man dem Jungen helfen musste. Bei Onkel Benno war Lea sich nicht mehr sicher.

Und wenn wir die einzeln totschlagen! Jau.

Lea dachte an den Jungen, sie spürte eine merkwürdige, leise Zuneigung und eine große Sorge um ihn.

»Fotos machen«, erwiderte sie deshalb vage. Sie brauchte jetzt erst mal Zeit zum Nachdenken.

»Du siehst aber aus, als hättest du den Garten umgegraben. Geh dich ma' waschen.«

Als Lea in der Tür stand, fragte Marie: »Du warst aber nicht im Wald, oder?«

Lea drehte sich um und schüttelte den Kopf.

Mit dem nächsten Schritt stieß sie gegen etwas Hartes, Dunkles.

»Moin, Lea.«

»Hallo, Herr Strunk.«

Er war also derjenige, der *totschlagen* wollte. Sie hatte ihn zum letzten Mal bei ihrem Besuch vor zwei Jahren gesehen. Er war aber um mehr als zwei Jahre gealtert. Um viel mehr. Erschöpft und verbittert sah er sie an und zwängte ein Lächeln in sein Gesicht.

Das alles wegen eines Schafs?

»Du bist groß geworden«, sagte er.

»Sie auch.« Etwas anderes fiel ihr in diesem Moment nicht ein.

»Echt wahr?«, fragte er tatsächlich erstaunt und sah an sich hinab. Das hatte nun beinahe etwas Komisches. Als er schließlich laut loslachte, hatte Lea fast wieder vergessen, dass er *totschlagen* wollte.

Schon hob er seine Hände, groß wie Schaufeln, und legte sie auf ihre Schulter. Mit leichtem Druck schob er Lea zur Seite, beugte sich an ihr vorbei in die Küche.

»Ich muss los«, sagte er.

»Ja, aber der Tee«, widersprach Tante Marie.

»Nichts für ungut, die Zeit drängt. Ich muss noch rüber zu Stüve und dann zu Placke. Der war im vorigen Jahr Schützenkönig«, erklärte er.

»Soll der das machen?«, fragte Marie aus der Küche.

»Nee«, gab Strunk scharf zurück. »Da vertrau ich keinem, das mach ich selbst.«

»Worum geht's denn?«, fragte Lea möglichst unschuldig.

»Ist 'ne Sache, die das Dorf betrifft«, antwortete er knapp.

Oh, wie ich es mag, immer noch wie ein Kleinkind behandelt zu werden.

»Hat das was mit den Wölfen zu tun?«, versuchte sie es sofort etwas direkter.

»Schützenfest«, sagte Herr Strunk wieder knapp. Dann tippte er an seine Mütze, drehte sich um und stampfte den Flur hinunter. Dort griff er in die Ecke und nahm etwas auf. Erst als er zur Tür hinaustrat und im Licht stand, erkannte Lea, dass es ein Gewehr und eine Mistgabel waren.

»Warum trägt der eine Mistgabel mit sich rum?«, fragte sie.

»Hab ich ihm letztens vom Baumarkt mitgebracht, heute hat er sie abgeholt. Wieso?« Tante Marie räumte geschäftig in der Küche herum. Sie sah Lea nicht an.

»Die wollen doch wohl keinen Wolf mit 'ner Mistgabel jagen, oder?«

»Lea, jetzt hör doch mal auf mit deinen Wölfen«, sagte Marie und drückte Lea einen Teller voller Kekse in die Hand. »Mach dich lieber nützlich und stell das auf'n Tisch.«

»Aber Herr Strunk ist doch gegangen.«
»Schmecken die Kekse deswegen weniger?«
»Ich gehe nach oben.«

Natürlich ging Lea zunächst nicht nach oben. Bei Tante Marie und Onkel Benno geht niemand nach oben oder sonst irgendwohin, wenn es Tee und Kekse gibt. Darauf bestehen sie einfach. Und es war nicht sonderlich schwer, Lea zu überzeugen, sich zu ihnen zu setzen, denn schon als der Geruch aus der Keksdose aufstieg, bemerkte sie, wie hungrig sie war. Außerdem waren Tante Maries Kekse mit Abstand die besten.

Lea stopfte sich hastig ein paar Kekse in den Mund. Sie überlegte, ob sie die Wölfe noch mal ansprechen sollte. Oder wenigstens den Jungen erwähnen musste, immerhin bewaffneten sich diese Bauern mittlerweile offenbar bis unter die Zähne. Und diese Männer wussten wahrscheinlich auch noch nicht, wen sie da unter Umständen sonst noch jagten. Vielleicht würden sie eine Hetzjagd veranstalten.

Lea öffnete schon den Mund, als ihr etwas einfiel.

Schützenfest.

Und schloss ihn wieder, ohne ein Wort gesagt zu haben. Denn sie wollte sich nicht zur Idiotin machen. Vielleicht war das hier tatsächlich auch alles ganz harmlos. Vielleicht ging es wirklich nur um irgendwas beim Schützenfest. Schützenfest war nämlich *das* Thema in diesem Kaff.

Schützenfest war wie Weihnachten, Ostern, Jahrtausendwende, ein Komet und ein Sechser im Lotto am selben Tag. Und würde sie jetzt die Wölfe ansprechen oder gar den Jungen, dann würden Benno und Marie sie sehr wahrscheinlich für verrückt erklären oder ›überspannt‹, wie ihre Mutter das nannte.

Und außerdem war es gerade echt gemütlich. So gemütlich wie immer bei Marie und Benno – genau wie es in der Zeit vor den Wölfen gewesen war. Jetzt redeten sie wieder über Schule, Klassenfahrt, über die Bücher, die Lea las, und die Serien, die sie guckte. Einfach so und ohne an die Wölfe zu denken.

Dabei ging es doch um viel mehr als nur Wölfe. Immer wieder lag es Lea auf den Lippen, von dem Jungen zu erzählen. Benno und Marie waren doch keine Unmenschen.

Doch je länger sie darüber nachdachte, desto klarer wurde ihr, dass ihr hier im Ort ohnehin keiner etwas erzählen würde. Denn Dinge, die das Dorf betrafen, blieben im Dorf. Daran änderte auch nichts, dass Marie ihre Tante war. Die Schwester ihrer Mutter. Lea könnte theoretisch mit dem halben Dorf verwandt sein, man würde ihr nichts erzählen, einfach weil sie nicht seit acht Generationen hier lebte. Mindestens acht Generationen. Lea würde also nichts sagen. Gar nichts. Sie sollte einfach den Mund halten. Zumindest vorerst.

»Jedes Lebewesen hat ein Recht auf sein Dasein«,

platzte es trotz all dieser Überlegungen aus ihr heraus. Das waren wohl doch noch die Nerven.

»Was meinst du damit?«, fragte Tante Marie.

»Die Wölfe. Ihr wollt sie töten, oder nicht?«, fragte Lea möglichst interessiert, neutral und offen.

»Haben die Schafe, die die Wölfe reißen, nicht ebenso ein Recht auf ihr Dasein?«, fragte Onkel Benno zurück. Allerdings in einem Ton, in dem er *Recht auf Dasein* in Anführungszeichen sprach.

»Das ist nur natürlich«, entgegnete Lea.

»Dass Herwart sich wehrt, ist ebenso natürlich«, sagte Benno.

»Wölfe sind fast vom Aussterben bedroht«, versuchte Lea es aus einer anderen Richtung.

»Sind wir das nicht alle?«, bekam sie von Benno zur Antwort.

»Hä?«

»Klimakatastrophe? Ihr jungen Leute sagt doch immer, dass die ganze Welt am Abgrund steht.«

Lea zeigte zum Fenster, wo schon wieder Nieselregen an den Scheiben runterlief, und sagte: »Ihr glaubt also doch an die Klimakatastrophe?«

»Das da?«, fragte Tante Marie. »Das ist keine Klimakatastrophe. Das ist was viel Schlimmeres.«

Lea verkniff sich die Frage, was wohl schlimmer sein könnte als das Ende der Menschheit. Sie ärgerte sich, dass sie den Mund überhaupt aufgemacht hatte. Mit dieser Landbevölkerung brauchte man über Tiere gar nicht zu reden. Entweder die Tiere bellten oder kamen in die Pfanne, das war die Einstellung in diesem Kaff. So was wie Empathie kannten die gar nicht.

Sie würde jetzt einfach schweigen und Kekse essen.

»Wo warst du denn heute überhaupt? Erzähl doch mal!«, fragte Tante Marie mit einem, wie Lea fand, vorwurfsvollen Ton.

Mit denen war einfach nicht zu reden. Lea musste dringend mit irgendwem reden, der sie verstand.

Sobald es ging, stürzte sie in ihr Zimmer und tippte eine Nachricht an Sarah:

Lea: Komme gerade vom Keksessen. Muss dir unbedingt was erzählen. Heute war ich im Wald. Abgesehen davon, dass da die Zeit verrücktspielt, bin ich zwei Wölfen begegnet. Aber dann kam der Junge mit dem Lendenschurz und hat sie vertrieben. Ich glaube, das ist ein Wilder. Ich kann hier mit keinem darüber reden, weil die mir nicht glauben, und außerdem wollen die ihn umbringen. Oder wenigstens die Wölfe!

Lea stand auf und ging zum Fenster. In Griechenland war es bereits eine Stunde später. Vielleicht war Sarah noch am Strand. Oder sie machte sich schon fürs Abendessen fertig. Ihre Mutter brauchte dafür auch im Urlaub immer einen halben Nachmittag. Und auch bei Sarah konnte das etwas dauern. Allein die Stunden, die sie für ihre Haare brauchte! In der Zeit konnten andere duschen, Pizza holen und fertig zu Abend essen. Trotzdem schaute Lea alle fünf Sekunden aufs Display. Und alle 20 Sekunden sah sie nach, ob die Nachricht schon zwei blaue Haken hatte. Grau. Aber immerhin zwei Haken.

Endlich plingte es!

Sarah: Was war in den Keksen, die du gegessen hast?

Bitte? Was sollte das denn jetzt?

Lea: Hallo? Wölfe! WÖLFE! Und ein Wilder! Und du fragst nach Keksen!!!!

Sarah: Ja, eben. Lendenschurz? Echt jetzt?

Lea: JA. Lendenschurz. Den hab ich vor zwei Tagen schon gesehen.

Sarah: Schwingt der sich an Lianen durch den Wald und jodelt dazu?

Okay. Sarah schien nicht mal ansatzweise zu begreifen, worum es hier ging. Worum es hier *auch* ging!

Lea: Ich habe den entdeckt! Ich kann vielleicht berühmt werden. Aber ich weiß noch nicht, wie ich das anstelle.

Sarah: Gibt's den echt?

Lea: JA!!!!

Sarah: Geh nicht mehr in den Wald, wenn da so 'n halb nackter Irrer ist. Und Wölfe! Bitte!

Lea: Aber da muss ich hin, wenn ich was rausfinden will.

Sarah: Bitte! Ich will nicht, dass dir was passiert. Meine Eltern drängeln, die wollen heute überpünktlich zum Essen, die Spießer, ist nämlich Griechischer Abend.

Lea: Später?

Sarah: Ne, anschließend machen wir eine Bootstour bei Kerzenlicht. Kennst ja meine Eltern. Die machen doch jeden Scheiß mit. Morgen. Aber versprich mir, dass du bis dahin nicht mehr in den Wald gehst.

Lea: Okay.

Sarah: VERSPROCHEN?

Lea: Versprochen.

Lea nahm ihr Notizbuch und schrieb auf, was ihr zu dem Jungen einfiel. Viel war es nicht, aber es wäre sicherlich gut, noch einmal alles zu notieren und ihre Gedanken zu sortieren. Sie machte eine Liste damit, was für und gegen die Vermutung sprach, dass es sich bei ihm um einen Wolfsjungen handelte. Er ist süß, schrieb sie bei den Gegenargumenten. Dann strich sie es rasch wieder durch.

»Unwissenschaftlich«, murmelte sie. Der Wald ist eigentlich zu klein, schrieb sie dann. Das war wesentlich wissenschaftlicher, fand Lea.

Während sie schrieb, sah sie in Gedanken immer wieder seine goldgesprenkelten Augen. Und sein Lächeln. Dabei hatte er gar nicht gelächelt.

KAPITEL 6

»Lea, Liebes, willst du denn gar nicht aufstehen, ist doch schon spät«, murmelte jemand in ihr Ohr.

Lea kämpfte sich aus dem Schlaf ins echte Leben zurück.

»Was'n? Wie spät?«, fragte sie undeutlich.

»Schon acht!«, sagte Tante Marie vergnügt.

»Oh, Mann, ich hab Ferien!«, nörgelte Lea und zog das Kissen über ihren Kopf.

»Onkel Benno ist schon seit zwei Stunden draußen auf'm Feld.«

»Ihr seid ja auch Bauern und müsst das machen. Ich gehe zur Schule und brauche einfach mal'n bisschen Erholung.«

Dann aber stützte sie sich auf den Ellbogen ab und schaute kurz zum Fenster. Da draußen wartete ein trüber Dienstagmorgen.

Lea fragte ihre Tante: »Warum bist du eigentlich Bäuerin geworden und nicht wie Mama in die Stadt gezogen?

Du hättest doch auch alles Mögliche machen können, oder?«

»Oh, das hätte ich liebend gern gemacht, aber dann dachte ich mir, irgendwer muss ja eine Pension für meine Lieblingsnichte betreiben, also bin ich hier geblieben.«

»Was? Wegen mir?« Erst als die Frage raus war, bemerkte Lea das freche Lächeln um Maries Mund. Sie war gerade eben erst aufgewacht und noch nicht bereit für Humor.

Marie schüttelte den Kopf. »Es gefällt mir«, sagte sie. »Mir gefällt das Grün, die Luft, die körperliche Arbeit. Ich liebe den Geruch frischer Erde, und ich liebe deinen Onkel. Und Benno würde niemals nie hier weggehen. Also bleibe ich mit ihm hier. Und ich liebe die Tiere. Unsere Tiere.«

Aber keine Wölfe, dachte Lea und nahm sich vor, diesen Gedanken nicht auszusprechen.

»Aber keine Wölfe«, purzelte es schon eine Sekunde später aus ihrem Mund.

Marie lächelte immer noch, als sie erklärte: »Wölfe? Das sind wunderbare Tiere. Ich mag sie sehr. Aber ich mag sie nicht auf unseren Weiden und in unseren Wäldern. Da haben sie nichts zu suchen. Sie haben auch keine Schafe, Kaninchen oder Hühner zu reißen.«

»Und wenn das gar keine wilden Wölfe wären?«, fragte Lea vorsichtig.

»Wölfe sind immer wild. Ist deren Natur. Spätestens wenn sie Junge haben und du kommst in die Nähe der Wurfhöhle.«

Junge! … Welpen! … Das ist es!

Diese Wölfe hatten bestimmt Junge, und Lea war einfach nur in die Nähe der Welpen geraten. Kein Wunder, dass die Eltern versucht hatten, sie zu verjagen. Das war doch ganz natürlich.

Lea war über Maries Hinweis so glücklich, dass sie ihrer Tante einen Kuss auf die Wange gab.

»Danke! Für alles!« Lea lächelte, als Marie sie verdutzt anschaute.

Na schön, dann würde sie künftig eben aufpassen, nicht in die Nähe der Wurfhöhle zu kommen. Falls die Tiere nicht doch zu dem Jungen gehörten. Sie würde das schon noch rausfinden. Dann fiel ihr ein, dass sie Sarah versprochen hatte, nicht mehr in den Wald zu gehen.

Am späten Vormittag fuhr Tante Marie raus zu Benno aufs Feld.

Nachdem der gestrige Abend irgendwie doch schön gewesen war und sie am Vormittag lange und gut mit Marie gefrühstückt und geredet hatte, wollte Lea zum Dank etwas für sie und Benno machen. Lea hatte sich viel Mühe gegeben, nicht mehr an die Wölfe zu denken, und schon gar nicht an den Jungen. Und so hatte sie mit Marie über deren Kindheit geredet, über die Klimakatastrophe, die Marie doch schlimm fand, über das Leben auf dem Land und in der Stadt. Dabei war Lea langsam klar geworden, dass sie in den letzten Tagen vielleicht etwas zu gereizt reagiert hatte. Wahrscheinlich nur, weil sie anfangs lieber bei Sarah in der Stadt gewesen wäre. Weil sie anfangs sauer auf ihre Mutter gewesen war. Aber das war jetzt Vergangenheit.

Also ging sie zu Ballmeyer, dem Dorfladen, um alles Nötige für eine ordentliche Bolognese à la Lea zu besorgen. Es war das einzige Gericht, das sie absolut beherrschte. Und damit immerhin schon eines mehr als ihre Mutter. Bei dem Gedanken musste Lea grinsen. Im letzten Urlaub hatte sie das schon mal gekocht, und es hatte Marie und Benno sehr gut geschmeckt. Wenn sie heute Abend erschöpft vom Feld kämen, würden sie sich bestimmt sehr darüber freuen.

Während Lea im nassen Gras neben der schmalen Landstraße lief, sah sie hin und wieder zwischen Büschen und Hecken nach rechts zum Wald hinüber. Es war nur ein Wald, sagte sie sich, ein ganz normaler Wald, in dem nichts Aufregendes passierte. Sie würde sich an das Versprechen halten, das sie Sarah gegeben hatte. Sie würde vorläufig auf keinen Fall mehr dort hineingehen. Zu den Wölfen. Zu dem Jungen.

Und würden die Wölfe noch einmal auftauchen, wäre

sie für den Notfall besser vorbereitet. Lea klopfte auf das Messer, das tief in der Regenjacke steckte. Sie war ja weder blöd noch naiv. Diese Wölfe *hatten* sie bedroht. Ob es ihr gefiel oder nicht. Wobei sie nicht ernsthaft damit rechnete, dass es noch einmal geschehen würde. Es war ja ihr eigener Fehler gewesen. Und den würde sie nicht wiederholen. Lea wusste noch ungefähr, wo die Wölfe aufgetaucht waren. Da musste also irgendwo die Wurfhöhle sein, und von da würde sie sich eben fernhalten. So einfach ging das. *Ich sollte mich vielleicht wirklich vom Wald fernhalten*, dachte sie. *Bis die Welpen größer sind.*

Kurz vor der Brücke über den Mühlbach standen die ersten Häuser. Dort und später im Dorf fielen Lea die rasch zugezogenen Vorhänge an den Fenstern auf, die Schatten dahinter. Sie wusste, dass die Leute hier neugierig waren, immer wissen mussten, was um sie herum geschah. Aber dieses Mal war etwas anders. Es gab nur Schatten, nur Vorhänge. Niemand war in den Gärten, keine Kinder stromerten über die Felder oder rasten auf ihren Rädern vorbei. Der Schützenplatz und der danebenliegende Fußballplatz waren verwaist. Hier sah man sonst immer kickende Jungen und Mädchen oder heimlich rauchende Jugendliche. Selbst die Hunde, die sonst an ihren Ketten zerrten oder sich in ihren Zwingern die Seele aus dem Leib bellten, waren still. Gut, es nieselte mal wieder, aber das hielt in dieser Gegend normalerweise niemanden davon ab, vor die Tür zu gehen.

Als Lea mit dem Einkaufen fertig war, warteten gegenüber vor der Kirche drei Jungen auf sie. Zumindest wirkte es so, denn sie schauten auf den Boden und guckten erst hoch, als die Tür des kleinen Supermarkts hinter Lea ins Schloss fiel. Lea konnte sich nicht daran erinnern, die Jungen schon mal gesehen zu haben. Aber sie hatte auch selten Kontakt zu den anderen im Dorf, wenn sie bei ihrer Tante und ihrem Onkel war.

Noch standen sie auf der anderen Straßenseite. Regungslos, die Hände in den Taschen vergraben, die Gesichter ausdruckslos.

Wollten die ihr Angst machen?, fragte Lea sich. Aber sie fand keinen Grund, warum die drei das machen sollten. Vielleicht wollten sie auch einfach nur in den Laden und empfanden ihn mit Lea darin als vollkommen überfüllt. Lea hob eine Hand. Langsam. Es sollte nicht so aussehen, als würde sie die drei zu irgendwas auffordern. Sie konnte aber auch nicht länger so tun, als hätte sie sie gar nicht gesehen. Also grüßte sie. Ein wenig nur, weil man das so macht auf dem Dorf. Dennoch hoffte sie, dass die Jungen das bloß nicht als Aufforderung verstanden.

Die drei verstanden es natürlich sofort als Aufforderung und kamen über die Straße auf sie zu.

Doch dann blieben sie in einigem Abstand vor ihr stehen. Fast so, als wäre sie ansteckend. Der größte von ihnen, der Beine hatte wie ein Storch, sah seine Begleiter noch einmal an, dann wandte er sich an Lea und fragte sie schnell, so dass sie ihn kaum verstehen konnte: »Bist du die aus der Stadt?«

Die beiden anderen starrten Lea unverwandt an. *Wie eine Außerirdische*, dachte sie.

Lea sah die Jungen nun ebenfalls in Ruhe einen nach dem anderen an.

»Und seid ihr die Jungs aus der Provinz?«, fragte sie anschließend.

»Oh, Entschuldigung«, sagte der Junge. »Ich bin Nils, das da ist Hinnerk.« Dabei zeigte er nach links, zu dem Jungen, dessen rötliche Locken über einem sehr rundlichen Gesicht leuchteten. Lea vermutete, dass er der Sohn des Metzgers war. Nils strahlte Lea breit mit einer imposanten Zahnlücke an. Offensichtlich starrte sie dabei zu lange auf die Zahnlücke, denn Nils lief knallrot an und beeilte sich, entschuldigend zu erklären: »Ist beim Fußball passiert.«

Der dritte, schmächtig und nervös, stellte sich als Lennard vor. Er war schüchtern, doch seine Augen blitzten intelligent unter dunklen Augenbrauen hervor. Lea fand, dass er nicht zu den beiden anderen passte. Wobei sie nicht hätte sagen können, warum sie das dachte. Hier auf dem Land war die Auswahl an Freunden vermutlich nicht besonders groß, und man musste halt nehmen, was man so bekam. Aufmunternd lächelte sie Lennard an.

Kaum sah er ihr Lächeln, war er schlagartig weniger

nervös und fragte geradewegs: »Am Wochenende ist Schützenfest. Kommst du auch?«

Ach, darum geht es also. Jungsüberschuss auf dem Acker, dachte sie.

Dann zog sie eine Augenbraue hoch und antwortete mit einer Gegenfrage. »Und was soll ich da wohl machen? Mit euch tanzen?« Sie wusste sehr genau, welche Wirkung das Wort *tanzen* auf Jungs hat. Im Moment wollte sie einfach nur in Ruhe nachdenken und sich nicht mit drei Jungen beschäftigen müssen. Sie hatte Erfolg. Die drei waren augenblicklich sehr still.

»Also dann ...« Lea wandte sich ab.

Sie war schon ein paar Schritte gegangen, als Lennard unvermittelt fragte: »Hast du auch die Wölfe gehört?«

Lea war wie elektrisiert.

Dennoch fragte sie zunächst vorsichtig: »Welche Wölfe?« und drehte sich wieder um. Aus dem Augenwinkel nahm sie wahr, dass Lennard soeben von Hinnerk geschubst worden war.

»War nur'n Scherz«, sagte Lennard jetzt entschuldigend.

»Ach, und um das festzustellen, muss dich der Dicke anrempeln?«

Mit einem »Wer ist hier dick?« auf den Lippen schob sich Hinnerk nach vorne und blitzte Lea aus zusammengekniffenen Augen an.

Doch die ging gar nicht darauf ein. Sie ließ sich schließlich von niemandem Angst machen. Schon gar nicht von tumben Landeiern. Stattdessen wandte sie sich an Lennard und Nils: »Ich habe zwei von ihnen gesehen.«

»Echt wahr?«, entfuhr es Nils.

»Es sind mehr«, sagte Lennard.

Hinnerk blitzte seine Freunde an. Offensichtlich gefiel es ihm nicht, dass sie über die Wölfe sprachen.

»Und was genau ist dein Problem?«, fragte Lea ihn deshalb.

»Mein Problem sind die Leute aus der Stadt, die meinen, dass Wölfe kleine Kuscheltiere sind oder sonst was Besonderes. Wölfe. Sind. Killer. Monster. Blutrünstig! Du möchtest ganz bestimmt keinem Rudel ausgehungerter Wölfe begegnen. Aber solche Leute, die Wölfe total super finden, laufen dann immer gleich mit Zeitungen und Fernsehen auf, machen Selfies und tröten das Ganze ins Internet, so dass wir nichts mehr gegen die Wölfe machen können, ohne dass es 'ne Menge Ärger gibt. So. Verstehst du jetzt, was genau mein Problem ist?«

»Du magst keine Wölfe?«, fragte Lea unschuldig.

Hinnerk lief vor Wut knallrot an. »Nein! Ich mag keine scheiß Wölfe!«, platzte es aus ihm heraus.

»Und was würdest du gegen sie unternehmen wollen?«, fragte Lea.

»Abknallen.«

»Was? Du? Selbst?«

»Warum nicht? Ich würde das genauso machen wie mein Vater und mein Bruder und die meisten hier im Ort. Wir müssen unsere Tiere auf der Weide und in den Ställen schützen. Die Tiere vertrauen uns nämlich.«

»Ja, darauf, dass ihr sie bald zum nächsten Schlachthof bringt«, entgegnete Lea. Sie war sehr froh, dass ihr das so spontan eingefallen war. Immerhin führte das dazu, dass Lennard sich zur Seite drehte und leise vor sich hin gluckste. Der war offenbar gar nicht so verkehrt.

Doch Hinnerk blitzte Lennard böse an, dann wandte er sich wieder an Lea: »Und genau das werden wir machen. Unsere Tiere beschützen!«

»Du bist doch viel zu jung, um mit einem Gewehr rumzulaufen«, entgegnete Lea.

Hinnerk sah sie bloß an. Eiskalte Augen und ein dünnes Grinsen quer übers Gesicht. Dieser Blick sagte alles: *Wen interessiert das schon?*

Lea ahnte, dass er recht hatte. Hier fuhren die Kinder mit zehn Jahren den Trecker ihrer Eltern, hier drehten sie mit fünfzehn ihre ersten Runden mit dem Auto. Zunächst auf dem Hof, später auch auf den Landstraßen. Hier interessierten solche Sachen genau genommen niemanden. Solange sie es nicht übertrieben.

»Ach ja?«, konterte Lea dennoch. »Wölfe töten ist nur leider verboten.«

»Ach ja?«, gab Hinnerk zurück. »Was, wenn das hier im Ort niemanden interessiert?«

Lea entging keineswegs die Wut, die in seinen Augen loderte. Sie wusste sehr genau, dass es keinen Sinn hatte, Hinnerk irgendwas zu erklären oder auch nur einen Satz länger mit ihm zu diskutieren. Ein Strohballen wäre aufnahmefähiger als dieser Junge.

»Ihr glaubt ja wohl nicht, dass ich mit drei Halbwilden zum Schützenfest gehe«, zischte sie, nahm ihre Einkaufstüte und ging.

»Du wärst doch sowieso nicht mit uns gegangen! Also tu jetzt nicht so!«, rief ihr Nils hinterher. Dabei sah er Anerkennung heischend zu Hinnerk. Der nickte großzügig.

»Das werdet ihr nun leider niemals rauskriegen!«, rief Lea über ihre Schulter zurück, dann verschwand sie um die Ecke.

Lea ging schnell. Denn sobald sie etwas langsamer wurde, sammelten sich diese winzigen Fliegen auf ihrer Haut. Solange sie ging, blieben die Viecher in der Luft, umschwirrten sie und blieben dicht an ihr. Aber die ein oder andere verirrte sich auch so in Leas Nasenlöcher oder Ohren.

Wer weiß, wo die vorher gesessen haben?

Der Himmel um sie herum sah mit den unzähligen Fliegen aus wie ein graues Mohnbrötchen. Lea war schon fast auf der Hälfte der Strecke, als sie hinter sich das monotone

Quietschen einer Fahrradkette und das Sirren von Reifen auf nassem Asphalt hörte. Es nieselte wieder, und sie hatte sich gerade die Kapuze über den Kopf gezogen, aber in der Stille hier draußen klangen alle Geräusche doppelt laut. Sie nahm sich vor, sich nicht umzudrehen, und ging stoisch weiter. Doch sie spürte, wie ihr Gesicht kalt wurde. Sollten es der Dicke und seine Wolfshasser sein, würden sie allerhöchstens dumme Sprüche bringen. Mehr passierte hier bestimmt nicht, versuchte sie sich zu beruhigen.

»Jetzt warte doch mal!«, rief ein Junge hinter ihr. Es war Lennard. Lea erkannte seine Stimme, ohne dass sie ihn sah.

»Willst du mir auch Vorträge übers Töten von Wölfen halten, oder was?«

»Nein!«

Mittlerweile hatte Lennard Lea eingeholt und stieg vom Rad. Da sie aber einfach weiterging und rasch wieder ein paar Schritte Vorsprung hatte, musste er sich sehr beeilen aufzuholen.

»Und, mit welcher Ausrede hast du dich bei deinen Freunden losgeeist?«

»Sie wissen, dass ich anderer Meinung bin. Da brauche ich keine Ausreden.«

»Und du darfst sogar ganz allein mit einem Mädchen die Straße entlanggehen?«, fragte Lea schnippisch.

»Ehrlich gesagt«, sagte Lennard, »da das Mädchen die

Wölfe sogar schon gesehen hat, mache ich mir ein wenig Sorgen um das Mädchen.«

»Oh, ein heldenhafter Beschützer«, erwiderte Lea theatralisch, obwohl sie eigentlich gar nichts gegen Lennard hatte. Ihr steckte nur noch die Wut auf diesen Hinnerk im Bauch. Die musste raus, und so hatte es eben Lennard erwischt. Doch den schien das nicht weiter zu stören.

»Kann man so sehen, ja«, sagte er gelassen.

»Aber warum hast du deine andere Meinung nicht vorhin rausgelassen, als der Dicke mir gedroht hat?« Offensichtlich war Leas Wut noch nicht ganz verraucht.

»Übertreib nicht. Er hat dir nicht gedroht. Außerdem kennen die beiden meine Meinung und akzeptieren sie. Ich respektiere ja auch deren Meinung. Man muss nicht immer einer Ansicht sein, um befreundet zu sein.«

Lea sah sich um. Sie zeigte auf das einzige Haus, das zwischen dem Dorf und dem Hof ihrer Tante lag. »Vielleicht liegt das daran, dass es hier draußen so wenig Angebot an Freunden gibt. Da muss man halt nehmen, was man kriegt, oder?«

Lennard schnaubte laut: »Du verstehst zumindest echt, wie man sich Freunde macht.«

Und tatsächlich schlich sich daraufhin etwas wie ein Lächeln um Leas Mundwinkel.

Danach gingen sie eine Weile schweigend nebeneinanderher. *Lennard hat mir nichts getan*, dachte Lea. *Und viel-*

leicht ist er ja wirklich einer Meinung mit mir, was die Wölfe betrifft. Also gibt es eigentlich keinen Grund, ihn so anzupampen wie die beiden anderen. Eigentlich.

Schließlich murmelte sie halblaut: »Ich habe schlechte Laune.«

Lennard nickte. »Ich glaube, sie sind hier, um sich zu rächen«, sagte er leise.

»Was? Deine Freunde?«, sagte Lea erschrocken und drehte sich um. Die Straße hinter ihnen war leer. Die Wiesen links und rechts ebenfalls.

»Die Wölfe«, antwortete Lennard dunkel.

Lea sah ihn an. Ernst und fragend. Er verzog keine Miene, er meinte das todernst.

»Vor ungefähr zweihundertfünfzig Jahren trieb sich in dieser Gegend ein Rudel Wölfe rum. Sie holten sich hier ein Schaf, schnappten sich da ein paar Hühner. Nichts Wildes. So war das eben zu der Zeit. Aber aus irgendeinem Grund stieß das hier im Ort auf eine Menge Hass. Denn anstatt ein, zwei Wölfe zu töten und die anderen damit zu vertreiben, organisierten sie eine Hetzjagd. Sie wussten, wo sich das Rudel aufhielt, und sie trieben die Wölfe durch den Wald vor sich her. Bis zur Mühle. Da hatten sie aus Ästen und Zweigen eine Art Mauer oder Wall gebaut, die sie jetzt anzündeten. Den Wölfen blieb nichts anderes übrig, als in den Mühlteich zu fliehen. Die Dorfbewohner standen um den Teich. Mit Rechen, Dreschflegeln, Stöcken bewaffnet.

Und jedes Mal, wenn ein Wolf sich ans Ufer retten wollte, trieben sie ihn zurück ins Wasser. Wieder und wieder. Das ging den ganzen Tag so. Sie hörten nicht auf. Ließen nicht locker. Bis spätabends auch der letzte Wolf ertrank.«

Die Geschichte erschütterte Lea wie ein inneres Erdbeben. Sie merkte erst jetzt, dass sie stehen geblieben war und Lennard förmlich an den Lippen hing.

»Woher weißt du das?«, fragte sie.

»Das weiß hier im Dorf jeder. Bis vor kurzem waren sie auch noch sehr stolz darauf, denn nach dieser Aktion hat sich nie wieder ein Wolf auch nur ansatzweise in diese Gegend verirrt.«

»Aber die Wölfe heute, das könnte doch auch Zufall sein, oder?«

»Ach ja? Wölfe sind doch wohl sehr mystische Tiere, die mehr Geheimnisse in sich bergen als jedes andere Wesen. Außer vielleicht der Mensch.«

»Sag mal, übst du solche Sätze vorher zu Hause?«, unterbrach Lea ihn. Dabei huschte schon wieder so etwas wie ein Lächeln über ihr Gesicht.

»Ich schreibe das alles auf. Ich möchte gerne eine Dorfchronik machen, verstehst du? Geschichte interessiert mich eben. Deswegen zitiere ich mich vielleicht selbst. Aber gut: Was meinst du, warum die Wölfe jetzt immer an der alten Mühle heulen?«

»Tun sie das?« Das wusste Lea nämlich wirklich nicht.

Die alte Mühle war ihr komplett entfallen. Aber die war auf jeden Fall nicht da, wo ihr die Wölfe begegnet waren. Die war viel weiter östlich, beim Dorf, am Fluss. War das womöglich ein anderes Rudel?

Lennard nickte.

»Vielleicht weil sie im Teich genug Wasser zu trinken haben?«, schlug Lea vor. Das war doch eine logische Erklärung.

»Das glaubst du doch nicht ernsthaft, oder?«

Lea stutzte.

Lennard sah sie sehr ernst an, dann sagte er mit Nachdruck: »Sie wissen, was dort passiert ist, damals.«

»War da auch ein Junge beteiligt?«, fragte Lea möglichst beiläufig.

»Was für ein Junge?«, fragte Lennard zurück.

»Einer mit einem Lendenschurz.«

Lennard sah sie enttäuscht an. Sämtliche Begeisterung war aus seinem Gesicht gewichen, gerade so, als hätte man Luft aus ihm herausgelassen. Er schnaufte laut, dann drehte er sich um und stieg auf sein Rad.

»Ey, was ist los?«, rief Lea ihm hinterher.

»Ich dachte, du wärst anders. Ich dachte, mit dir kann man reden!«, rief Lennard durch den jetzt mal wieder fallenden Regen zurück.

»Aber das kann man doch«, murmelte Lea leise. »Du hast mich missverstanden!«, rief sie. Aber das hörte Lennard nicht mehr. Oder er wollte es nicht hören.

Ein Massaker also.

Aber was hatte dieser Lendenschurz-Junge mit den Wölfen zu tun?

Liebend gern wäre Lea jetzt auf der Stelle zum Teich an der Mühle gegangen. In den Wald. Zwar nicht in *den Wald* hinter ihrem Zimmer. Aber eben in einen Wald auf der Suche nach Wölfen. Doch damit hätte sie ihr Versprechen Sarah gegenüber gebrochen. Außerdem wollte sie ja für Marie und Benno kochen.

Dennoch ließen die Fragen Lea nicht mehr los. Später beim Kochen brannte das Fleisch an, die Tomaten waren zermatscht und die Spaghetti so weich gekocht, dass sie sich beinahe im Wasser auflösten.

Tante Marie und Onkel Benno taten beim Essen trotzdem so, als würde es ihnen schmecken. Sie lächelten tapfer, kauten und schwiegen.

»Kennt ihr die alte Geschichte von den Wölfen an der Mühle?«, fragte Lea betont beiläufig.

»Nö«, sagte Onkel Benno knapp.

Tante Marie schien auszuweichen: »Hast du dich schon bei deiner Mutter gemeldet?«

»Vergessen.« Lea lächelte. »Ich schick ihr gleich 'ne Nachricht.«

»Anrufen geht doch viel schneller«, meinte Onkel Benno.

»Ja, ja. Mach ich gleich.«

Aber dann war es doch viel dringender, Sarah über die neuesten Ereignisse auf dem Laufenden zu halten. Ihre Mutter könnte sie ja auch morgen noch anrufen.

Lea: Das wird immer spannender. Ich bin einer total irren Geschichte auf der Spur.

Sarah: Die Wölfe? Oder der Junge?

Lea: Das ist alles viel älter. Vielleicht rächen sie sich für etwas, was ihnen früher angetan wurde.

Sarah: Wölfe? Hunde sind doch eher vergesslich. Oder der Junge?

Lea: Ich rede von 250 Jahren oder so.

Sarah: Der Junge ist 250 Jahre alt???????

Lea: Ich gehe morgen in den Wald, ich muss das jetzt klären. Empfang heute ganz schlecht.

KAPITEL 7

Als Lea am Mittwochmorgen aufwachte, warteten acht Nachrichten von Sarah auf sie. Sie wusste genau, was Sarah ihr geschrieben hatte. Also musste sie keine dieser Nachrichten lesen. Immerhin könnte sie das doch noch von ihrem Plan abbringen. Sarah war nämlich manchmal sehr überzeugend.

Leas Plan war eigentlich vollkommen verrückt, das wusste sie selbst. Und sie hatte auch keine Ahnung, wohin sie das alles führen würde. Aber alles war besser, als hier rumzusitzen und zu warten, dass etwas passierte. Vielleicht war es auch gefährlich. Aber hätte sich die Welt je zum Besseren verändert, wenn nicht Wissenschaftler zu allen Zeiten Gefahren auf sich genommen hätten? Das war eben das Schicksal einer echten Wissenschaftlerin. Man sollte sich der Gefahr nur bewusst sein und Risiken minimieren. Also zum Beispiel nicht in eine Wurfhöhle trampeln. Dann würde das schon zu irgendwas führen.

Nachdem sie schnell in der Küche gefrühstückt hatte,

ging Lea wieder nach oben und packte eine Jeans und das weiteste T-Shirt, das sie dabeihatte, in ihren Rucksack.

Tante Marie war draußen im Garten. Sie stand vornübergebeugt zwischen den Beeten und jätete Unkraut.

»Ich geh mal kurz in den Ort!«, rief Lea, als sie aus der Haustür trat.

»Wozu?«

»Ich hab da gestern ein paar Jungen getroffen, die vielleicht mit mir zum Schützenfest wollen«, erklärte Lea und hoffte, dass jetzt keine Frage mehr käme und sie nicht noch mehr würde lügen müssen.

»Dann wünsch' ich dir viel Spaß!«, sagte Marie. »Wer sind denn die Jungs?«

»Nils und Lennard und noch einer.«

Marie lächelte zufrieden.

Lea ging zur Straße, die zum Dorf führte.

Der Mühlbach umfloss den Wald im Süden, dort lag auch das Sumpfgebiet. Dann machte er einen Knick, wurde sehr viel breiter und floss kurz in nördlicher Richtung, bevor er dann erneut abknickte. Früher hatte er das Dorf vermutlich mal umflossen. Aber in den letzten Jahrzehnten waren rund um den Schützenplatz ein paar neue Siedlungen entstanden, sodass der Bach nun durch Veldhaus floss. Die alte Wassermühle lag versteckt in dem Gebiet zwischen dem Wald und Veldhaus. Dorthin führte heute nur noch ein schmaler Feldweg.

Zwanzig Minuten später bog Lea in genau diesen Feldweg ein. Der Boden war hier vollkommen durchweicht, und sie musste aufpassen, dass sie nicht ausrutschte und rückwärts im Matsch landete. Sie versuchte, nicht zu viele Geräusche zu machen, und lauschte auf das Gekläffe von Wolfswelpen.

Da vorne war die alte Wassermühle. Lea erinnerte sich daran, dass sie mal mit Onkel Benno auf dem Traktor hier vorbeigefahren war. Damals hatte ihr das halb verfallene Fachwerkgebäude Angst gemacht. Sie hatte sich alle möglichen Wesen vorgestellt, die zwischen den Balken und Brettern hausten. Heute wusste sie, dass es diese Wesen nicht gab. Das Gebäude machte ihr trotzdem Angst.

Es war still. Nur der Regen tröpfelte leise auf den Teich, der gleich hinter der Mühle lag.

Hier also war es geschehen.

Lea suchte das Ufer ab. Sie entdeckte sogar Spuren und ärgerte sich, dass die ihr so viel sagten wie Blindenschrift. Es waren Pfoten, Tatzen, jedenfalls keine Hufe. Aber stammten sie von einem Wolf oder doch nur von einem Hund, der aus dem Teich getrunken hatte?

Sie kniete sich hin und ließ ihre Fingerkuppen durch die Abdrücke gleiten. Regen rann an ihrem Hals herab. Ihr wurde kalt. Die Abdrücke waren groß. Größer als ihre Handfläche!

Reflexartig schoss ihre andere Hand zur Tasche der Regenjacke. Beruhigt tastete Lea über die Form des Messers.

Als sie ihre Hand in den Abdruck legte, lief ihr ein eisiger Schauer über den Rücken.

Sie schaute sich ängstlich um. Dabei entdeckte sie ein Haarbüschel an einem Strauch. Helle Haare, silbergrau. Lea zupfte das Büschel ab und rollte es zwischen ihren Fingern. Die Haare waren hart, borstig. Lea hatte in ihrem Leben schon etliche Hunde gestreichelt, keiner von ihnen hatte so hartes Fell gehabt.

Jetzt erst bemerkte sie, dass ihre Sneaker im weichen Matsch am Teichufer eingesunken waren.

»Verdammter Scheiß, die kriege ich nie wieder sauber«, schnaubte sie.

Als sie wieder aufschaute, entdeckte sie am gegenüberliegenden Ufer eine kleine Hütte. Sie war gut versteckt zwischen Schilf und dicht belaubten Büschen. Sehr gut versteckt. Und wie jedes Versteck barg auch sie sicher ein Geheimnis.

Lea zog ihre Schuhe aus dem Matsch und rieb sie mit einem Grasbüschel ab. Dann näherte sie sich langsam und sehr vorsichtig der Hütte, immer wieder schaute sie sich um. Aber hier war nichts. So tot wie ein Friedhof.

Dieser Gedanke verflog allerdings, als sie endlich vor der Hütte stand. Von wegen nichts. Von wegen gut versteckt: Bierdosen und Zigarettenkippen lagen wild herum. Dazwischen Wasserflaschen und Chipstüten. In einer Ecke lehnten Angelkescher mit kaputten Netzen.

Wie kann man nur von der Natur leben und gleichzeitig so rücksichtslos mit ihr umgehen?, fragte sich Lea, als sie den Müll rund um die Fischerhütte sah. Diese Hütte war also keineswegs geheim. Wahrscheinlich traf sich hier die ganze Dorfjugend zum Biertrinken und Angeben.

»Hallo?«, rief sie durch den Nieselregen.

In der Hütte blieb es still.

Aber die Tür war nur angelehnt. Was, wenn sich irgendwer darin verborgen hielt? Was, wenn es vielleicht der Junge mit dem Lendenschurz war?

Oder Hinnerk?!

»Ich komme jetzt rein«, sagte sie. Genau so, wie das amerikanische Detectives machen, bevor sie eine Tür aufbrechen.

»Ich komme jetzt wirklich rein«, sagte Lea noch einmal, als sie nur noch eine Armlänge von der Tür entfernt war. Sie griff nach der Klinke.

Zog die Tür auf.

Eine schwarze Wolke stürzte auf sie zu.

Lea schrie! Sie spürte heißen Sand und Asche – *was?!* – in den Augen, Krümel im Mund und Kribbeln in der Nase. Sie warf sich herum, ging in die Knie und presste ihre Arme schützend über den Kopf. Zu spät. Es waren Fliegen, diese kleinen Viecher waren überall. Sogar in den Ohren krabbelten sie herum. Lea wagte kaum zu atmen, aus Angst, diese Dinger zu verschlucken.

Sie versuchte, die Luft anzuhalten.

Es ging nicht.

Sie schnappte nach Luft wie eine Ertrinkende und spürte die Krümel in ihrer Luftröhre kitzeln, kratzen, krabbeln. Tränen schossen in ihre Augen und spülten die Dinger zumindest dort raus.

Dann würgte sie das Frühstück aus. Und würgte und würgte. In dem Erbrochenen tummelten sich kleine schwarze Fliegen, Heerscharen weiterer Fliegen stürzten sich sofort darauf.

Widerlich.

Lea kauerte am Boden. Sie spuckte und spuckte und spuckte und ärgerte sich über sich selbst. Was gingen sie diese dämlichen Wölfe an? Was interessierte sie sich für diesen Lendenschurz-Tarzan? Warum war sie nicht einfach auf dem Hof bei Tante Marie geblieben? Im Trockenen, bei einer Tasse Tee und Keksen?

Schluss. Aus. Vorbei. Entschied sie würgend.

Sie würde jetzt umkehren und zum Hof zurückgehen.

Sollen doch die Wölfe allein mit den Bauern klarkommen. In ein paar Tagen wäre sie sowieso wieder zu Hause. Und Sarah wäre ebenfalls da. Sie hätten noch drei gemeinsame Wochen. Ohne schießwütige dicke Jungen, Fliegen und diesen verdammten Regen. Zu Hause schien die Sonne. Freibad. Jugendzentrum. Party. Spaß! Und nicht Kuhkacke, Wölfe und diese ekelhaften Fliegen überall!

Scheiß drauf!

Dann fielen ihr die Jeans und das T-Shirt ein.

Ich leg das dahin und verschwinde wieder. Aber mehr auch nicht, dachte Lea, als sie sich dann doch noch in Richtung der Hütte des Jungen im Wald auf den Weg machte.

Lea war ungefähr auf halber Strecke, als sie bemerkte, dass zwei Kaninchen ein paar Schritte neben ihr herliefen. Sie schienen keine Angst zu haben. Sie ging näher heran, aber die beiden setzten unbeirrt ihren Weg fort. Lea zückte ihr Smartphone. 19:53. Sie ignorierte die Uhrzeit und schaltete die Kamera an. Als sie die Kaninchen auf dem Bildschirm sah, stellte sie fest, dass es mittlerweile acht waren.

Wo kamen die her?

Lea machte ein Foto.

Als sie hochsah, blickte sie einem Reh in die Augen. Daneben ging noch eins und noch eins. Dann kam ein junger Hirsch. Dahinter Wildschweine. Füchse. Sie alle gingen friedlich nebeneinanderher. Sie, die doch eigentlich Todfeinde waren, bewegten sich still, langsam, gleichmäßig wie in einer Prozession.

Lea wischte auf die Videofunktion. Das würde ihr sonst niemand jemals glauben. Aber dieses Video würde alles beweisen. Damit käme sie garantiert ganz groß raus. So viel also zu den soeben gefassten Vorsätzen.

Vögel schwebten auffallend ruhig über den Tieren umher. Lea hielt das Smartphone weiter auf die Tiere gerichtet und sah sich um. Mittlerweile kam sie sich vor wie in einem Disney-Film. Sie rechnete jederzeit damit, dass gleich sieben Zwerge mit Spitzhacke und Schaufel fröhlich pfeifend neben ihr auftauchen würden.

Wohin gingen diese Tiere? Was lockte sie an? Dass sie nicht flohen, war offensichtlich, dazu bewegten sie sich zu langsam. Aber was war das gemeinsame Ziel so unterschiedlicher Tiere?

Lea ging ein paar Schritte rückwärts, um die gesamte Prozession im Bild zu haben. Es war fantastisch, phänomenal. Es war so überwältigend, dass sie keine Worte mehr dafür hatte. Ihr Mund wurde trocken, ihre Augen feucht. Das Bild auf dem Smartphone erinnerte sie an diese alten verkitschten Bilder, auf denen Hirsche mit Heiligenschein über Gänseblümchenwiesen trabten. Sie merkte, dass ihre Finger zitterten und ihr Kinn ebenso. Eine unglaubliche, aber sehr stille Freude erfüllte sie in diesem Moment. Sie spürte Leben, sie spürte Geborgenheit und Frieden. Ganz tief in sich spürte sie, dass die Welt gut war.

Dann wurde der Bildschirm schwarz.

Ausgerechnet jetzt!

Lea schüttelte das Smartphone, drückte auf der Glasfläche herum, hielt den Ein/Aus-Schalter gedrückt, aber nichts passierte. Sie konnte es nicht fassen.

Wütend warf sie das Handy ins Laub und rief: »Warum jetzt? Warum ausgerechnet jetzt?«

Lea erschrak vor ihrer lauten Stimme. Bestimmt hatte sie jetzt die Tiere verscheucht! Sie sah sich um, stellte aber fest, dass die Tiere sich von ihrem Geschrei nicht beeindrucken ließen und unbeirrt ihren Weg gingen.

»Okay«, murmelte Lea und hob das Handy wieder auf. »Ich habe immerhin ein paar Bilder und ein paar Sekunden Video. Ich habe Beweise. Richtige, echte Beweise, die mir niemand mehr nehmen kann. Und dann sollen die Dorfdeppen mal kommen und erklären, warum hier angeblich alles so ultra-super-gefährlich ist.«

Es ging immer tiefer in den Wald hinein. Und während Leas Augen noch die Tiere bestaunten, rasten ihre Gedanken bereits auf anderen Wegen.

Dir ist klar, dass du gerade immer tiefer in den Wald gehst?

Ich wollte sowieso zur Hütte von dem Jungen.

Die ist in einer anderen Richtung. Das hier ist beinahe so, als würde dich jemand leiten. Fort von der Mühle, hin zum Wald.

Quatsch!

Doch! Etwas leitet dich.

Und wie sollte Etwas *das hinkriegen, bitte schön?*

Bevor sie sich darauf eine Antwort geben konnte, zerriss ein schriller Pfiff die Luft. Die Tiere zuckten kurz, als wären sie aus einem Traum erwacht, und stoben auseinander.

»Welcher Vollidiot war das?«, brüllte Lea wütend und wirbelte herum.

»Ist das eine Begrüßung!«, sagte Lennard lächelnd, als er über einen kleinen Hügel auf sie zukam. »Ich wusste doch, dass ich dich hier finde.«

»Hast du eine Ahnung, was du angerichtet hast?«, giftete Lea ihn an.

»Vögel erschreckt?«, fragte er unschuldig zurück.

»Hier waren …«, sagte Lea. Dann fiel ihr ein, dass sie nicht wusste, wie weit sie Lennard trauen konnte, und verschluckte den Rest des Satzes.

»Was war hier?«

»Rehe.«

»Ja, und? Die sind hier öfters. Suchst du die Wölfe?«

»Nein, ich suche keine Wölfe. Wollte nur ein bisschen ungestört spazieren gehen.«

»Zufällig rund um die alte Mühle und den See?«

»Ach, ist die hier irgendwo?«

»Du hast nachgeguckt, gib's doch zu.«

Lea verzog ihre Lippen zu einem spöttischen Grinsen. »Du meinst deine Gruselgeschichte? Pass mal auf: Woher sollten Wölfe heutzutage wissen, was irgendwelchen ihrer Vorfahren vor Hunderten von Jahren passiert ist?«

»Gene.«

»Häh?«

»Sie geben schlechte Erfahrungen über ihre Gene an die nächste Generation weiter. So funktioniert das vermutlich in vielen Bereichen. Wahrscheinlich ist das, was wir Instinkt nennen, nichts weiter als vererbtes Wissen in unseren Genen.«

»Ach ja?« Lea lächelte siegessicher.

»Was?«

»Deine Theorie stinkt. Die Wölfe, von denen du erzählt hast, liegen tot am Boden des Teichs. Beziehungsweise nicht mehr. Die sind längst verrottet. Die waren gar nicht mehr in der Lage, auch nur ein einziges Gen weiterzugeben. Schlaumeier.«

Das machte Lennard tatsächlich für einen Augenblick nachdenklich.

»Okay«, murmelte er schließlich geknickt, nur um im nächsten Augenblick triumphierend zu sagen: »Dann eben doch die Viele-Welten-Theorie.«

»Was?«

»Viele-Welten-Theorie«, wiederholte er, dabei jede Silbe betonend.

»Das habe ich schon verstanden«, sagte Lea. »Aber was genau ist das?«

»Eine Theorie. Von Hugh Everett, der war ein amerikanischer Wissenschaftler und …« Hier brach Lennard ab. »Ist kompliziert«, murmelte er schließlich.

»Ach, und du meinst, ich bin zu blöd, um deine komplizierten Theorien zu verstehen?«, fragte Lea wütend.

Abwehrend hob Lennard seine Hände. »Nein, nein, ganz bestimmt nicht«, antwortete er. Und sie glaubte es ihm.

»Quantenphysik«, fuhr Lennard fort. »Also, da kann ein Teilchen zwei Zustände haben.«

»Gegessen und noch nicht gegessen?«, fragte Lea.

Lennard sah sie fragend an, und Lea musste lachen.

»Teilchen?«, fragte Lea. »Gebäck? Puddingteilchen?«

»Ach so«, murmelte er vollkommen humorlos. »Nein, ein Teilchen, kleiner als ein Atom, ein Photon zum Beispiel, kann hier sein und gleichzeitig auf dem Mars.«

»Das ist die Theorie?«

»Nein, das weiß man. Die Theorie ist, dass jedes Mal, wenn man etwas ändert, die ganze Welt sich ändert.«

Lea dachte kurz darüber nach.

»Was ist daran so besonders?«, fragte sie. »Wenn ich meine Klamotten aufräume, sind meine Klamotten nachher aufgeräumt, und die Welt ist eine andere. Und wenn ich sie nicht aufräume, tickt meine Ma aus, und die Welt ist auch eine andere. Also, was soll daran so besonders sein?«

»Laut Everett entsteht je nach Aktion eben auch ein vollkommen anderes Universum drum herum. Demnach gibt es dann eine Welt, in der deine Mutter austickt und eine, in der sie das nicht tut.«

»Welt? Geht's 'ne Nummer kleiner?«

»Nein«, erwiderte Lennard ungerührt.

»Okay?«, sagte Lea gedehnt. Dann lachte sie kurz auf und fragte: »Und warum lernen wir in der Schule nichts darüber?«

»Ist ja nur 'ne Theorie, und nicht jeder glaubt daran. Aber immer mehr.«

»Nehmen wir mal an, ich würde daran glauben. Wie kommen dann die Wölfe hierher, und woher kommen sie? Ich meine, können die vielleicht aus einem anderen Universum stammen?«

»Das muss man eben irgendwie rausfinden«, sagte Lennard und deutete auf seinen Rucksack. »Ich habe alle Daten, Fotos, Spuren und, und, und. Aber ich verstehe es noch nicht. Ich habe Tabellen über ihr Auftauchen angelegt und Karten, auf denen ich ihre Spuren verfolge.«

Lea sah ihn lange an. Er hielt ihrem Blick stand, und sie spürte, dass er von seiner Idee überzeugt war. Aber nur weil irgendwer von einer Idee überzeugt ist, musste das noch lange nicht Lea überzeugen.

»Und wenn das wirklich einfach nur Wölfe sind, die Junge haben und die jetzt Durst haben und zum nächstgelegenen Wasser gehen?«, fragte sie. »Meistens sind die einfachsten Erklärungen die richtigen.«

»Ja, aber die Fliegen!«, rief Lennard aus. »Der Regen! Und guck mal auf deine Uhr! Das muss dir doch auch aufgefallen sein!«

»Und was hat das mit deiner Theorie zu tun?«

»Die Welt ist durcheinander. Das ist doch alles nicht normal, oder?«

Lennard wedelte mit seinem Arm vor Leas Gesicht. Er

zeigte auf seine Armbanduhr. »Hier auf meiner Uhr wird im Wald eine Zeit angezeigt, die einfach nicht sein kann! Nicht. Sein. Kann. Und sag nicht, dass es bei dir anders ist. Es ist so, als ob ich in einer anderen, schnelleren Zeit stecken würde.« Er machte eine kurze Pause, um dann mit einem weiteren Satz zu schließen: »Oder in einer anderen Welt.«

In der es eine friedliche Existenz zwischen Tieren gibt, dachte Lea. *Das Paradies.* Aber schon fielen ihr wieder die beiden Wölfe ein, und ihr Gedanke vom Paradies platzte wie eine Seifenblase.

Lea sah Lennard skeptisch an, dann fragte sie: »Was sagen eigentlich die Leute im Dorf zu deiner Theorie?«

»Bist du verrückt?«, gab er aufgeregt zurück. »Die bringen mich sofort in die Klapse, wenn ich das laut sage. Aber du ... ich glaube, du bist anders. Du verstehst das vielleicht. Und wenn wir uns zusammentun, kommen wir vielleicht dahinter, wie das alles zusammenhängt.«

»Müsste man nicht so eine Art Maschine haben, um in eine andere Welt zu reisen?«, fragte Lea noch immer skeptisch.

Lennard druckste eine Weile herum, dann sprudelte es aus ihm heraus: »Ja, wahrscheinlich. Ich hab das noch nicht alles rausgefunden. Aber nur, weil noch ein Puzzleteil fehlt, heißt das nicht, dass die ganze Theorie falsch ist. Denn die Realität hier im Wald, die ist nicht die, die wir kennen!«

Lea betrachtete ihn genauer. Wie er aufgeregt und

schnell atmend vor ihr stand. Seine Augen funkelten unbeherrscht wild, und seine Hände rotierten wie Windräder mit jedem Satz. Lennard wirkte plötzlich wie einer dieser verrückten Professoren in Filmen, nur eben jünger. Vielleicht wäre es besser, sich von ihm fernzuhalten. Immerhin könnte dieser Lennard auch gefährlich sein. *Wer weiß schon, was für Theorien der sonst noch in seinem Kopf hat?*, dachte Lea. Sie hatte nicht vor, im Mühlteich zu enden.

»Wollen wir?«, drängte er.

Bevor sie antworten musste, klingelte Lennards Handy. Er ging sofort dran. Drehte sich um. Murmelte. Lea verstand nur Satzfetzen wie »einkaufen«, »sofort«, »nein«, »habe ich nicht vergessen«, »sofort«.

Dann steckte er das Handy wieder in seine Hosentasche.

»Ich muss los«, sagte er entschuldigend.

»Waren das deine Homies?«, fragte Lea.

»Was? Wer?«

»Vergiss es.«

Er verabschiedete sich und ging, aber Lea ahnte, dass sie ihn schon bald wiedersehen würde.

Ziemlich durchgeknallt. Das kommt vielleicht davon, wenn man sonst nicht so viel erlebt, dachte Lea.

Dann fielen ihr wieder die Sachen in ihrem Rucksack ein.

Als sie endlich die Hütte im Wald sehen konnte, wurde sie unsicher. Hier waren vorgestern Wölfe gewesen. Die Wölfe, die ihr sehr nahe gekommen waren.

Sie trat besonders laut auf. Die Wölfe würden das hören, ihre Welpen umgehend in Sicherheit bringen und eben nicht angreifen. *Oder?*

Aber was, wenn Lennard mit seiner Vererbungstheorie doch recht hatte? Was, wenn sie tatsächlich wild waren und sauer und das alles nichts mit den Welpen zu tun hatte oder sie vielleicht auch nicht von dem Jungen im Lendenschurz abgerichtet waren? Denn diese Möglichkeit hatte Lea immer noch nicht endgültig ausgeschlossen. Das wäre zum jetzigen Zeitpunkt unwissenschaftlich. Noch sprach nämlich nichts gegen diese Theorie.

Sie sah sich um. Keine Wölfe zu sehen.

Aber zeichnete nicht gerade das Wölfe aus?

Ihre Unsichtbarkeit?

Hatte sie nicht genau das gerade erst selbst erlebt? Hier, ganz in der Nähe?

»Hallo?«, rief Lea vorsichtig.

Sie ging weiter auf die Hütte zu.

Ihre Hand bewegte sich zur Tür.

Dann entschied sie sich anders und zog die Hand zurück. Noch so eine Fliegenattacke würde sie nicht überstehen. Und sie wollte auch gar nicht wissen, was sich sonst noch alles in dieser Hütte aufhalten konnte.

Also sah sie sich um: Der winzige Vorsprung am Dach bot einen gewissen Schutz vor dem Regen. Lea zog das T-Shirt und die Jeans aus ihrem Rucksack und legte die Sachen möglichst dicht an die Hütte.

Warum machst du das, Lea Werner?, fragte sie sich. *Hast du nicht gerade eben noch entschieden, dich hier rauszuhalten?*

Es sind nur eine alte Jeans und ein T-Shirt, das ich schon ewig nicht mehr anhatte. Ich lege das da hin und gehe zum Hof. Fertig.

Glaubst du das selber?

Oh, Mann!

Um 18:32 legte sie die Sachen ab.

Dann ging sie auf direktem Weg zurück zum Hof von Tante Marie und Onkel Benno, denn sie wollte weder Fliegen noch Wölfe herausfordern. Heute nicht mehr. Der Junge würde sich schon bei ihr melden, wenn er die Sachen fände. Er wusste ja schließlich, wo sie wohnte.

Um 12:14 erreichte sie den Hof.

»Lea!«, rief Tante Marie. »Wie war's im Ort?«

Lea zuckte die Schultern. »Ganz okay. Aber ich glaube, der eine ist ein Spinner.«

»Wer? Lennard?«

Lea nickte.

Tante Marie putzte ihre Hände an der alten blauen Jacke ab und kam aus dem Garten. »Ich weiß nicht«, sagte sie nachdenklich. »Ein paar Leute hier im Ort halten ihn für einen Spinner. Das spricht eigentlich dafür, dass er keiner ist. Aber was genau ist denn passiert?« Sie öffnete die Tür und ließ Lea vor sich ins Haus gehen. »Tee?«, fragte sie. »Kekse?«

Lea lächelte zufrieden. Genau so hatte sie sich das vorgestellt.

Ihre gute Laune zerfiel allerdings schlagartig, als sie später ihr Handy auflud. Nachdem die Akkuleistung bei 20% angelangt war, öffnete Lea die Foto-App. Sie scrollte zum heutigen Datum.

Alle heutigen Dateien sahen aus wie Schneesturm bei Nacht im Licht eines Autoscheinwerfers. Weiße Streifen und Blitze vor einem schwarzen Hintergrund. Dabei hatte sie doch alles auf dem Bildschirm gesehen, wie konnte in den Dateien etwas anderes sein?

Lea sah noch einmal genauer hin, wischte zum Anfang des Videos zurück. Dann zum Ende. Die Aufnahme dauerte drei Stunden.

Drei Stunden?

Sie fragte sich einen Augenblick lang, ob das alles etwas mit dieser schrägen Zeit-Theorie von Lennard zu tun haben könnte. Dann fiel ihr wieder ein, dass die nahliegenden Antworten meist die richtigen sind. Und die einfache Antwort lautete: *Das Ding ist kaputt, ich brauche dringend ein neues Handy.*

Entnervt schleuderte sie das Handy auf ihr Bett.

Es plingte.

Sarah: Lea? Warum meldest du dich heute nicht?

Lea: Schlechte Laune.

Sarah: Wegen der Wölfe? Oder dem Jungen?

Lea: Es ist eine irre und irrsinnig lange Geschichte.

Sarah: Erzähl. Schnell.

Lea: Können wir telefonieren?

Sarah: Muss mich fertig machen, wir machen einen Ausflug.

Lea: Ich dachte, ihr macht Urlaub. Diese andauernden Ausflüge sind doch Stress!

Sarah: Kannst du gerne meinen Eltern sagen.

Lea: Wann bist du zurück?

Sarah: Melde mich. Hab dich lieb!

Lea: Ich BIN durcheinander.

Sarah: Okay?

Lea: Musst du nicht los?

Sarah: Mach schon.

Lea: Offenbar gab es hier mal eine Art Massaker an Wölfen, aber das ist vielleicht gar nicht der Grund, warum sie wieder hier sind. Vielleicht liegt das auch an den vielen Welten.

Sarah: Lea! Ich verstehe kein Wort. Vielleicht schreibst du mir lieber 'ne Mail. Was ist mit dem Lendenschurz?

Lea: Ich bin SCHWER durcheinander. Hier stimmt irgendwie gar nichts mehr.

Sarah: Ist das nicht immer so auf dem Land? Len-den-schurz?!?

Lea: Dem habe ich eine alte Jeans und ein T-Shirt gegeben.

Sarah: Du hast WAS?!

Lea: Ich schreib dir ne Mail.

Sarah: Nein, halt! Du hast WAS getan?????

An: SarahBestFriend4ever@gmx.de
Betreff: Mein Kopf

Hey Liebes,
das war gerade der Akku. Ich habe nicht einfach aufgehört zu schreiben! Mein Handy tickt gerade voll aus. Zeigt ständig falsche Uhrzeiten und speichert Fotos nicht, die ich gemacht habe. Heute Nachmittag war im Wald (okay, ja, ich hatte versprochen, es nicht zu tun. Entschuldige, aber ich lebe ja auch noch) so 'ne Art Prozession der Tiere, mega friedlich und total schön. Aber vorher wurde ich von Fliegen angegriffen. Lach nicht! Es waren zwar nur Fliegen, aber Millionen von den Dingern, und wenn du die in Mund und Nase hast und du glaubst, gleich zu ersticken, wird dir ganz anders.
Im Ort habe ich drei Jungen kennengelernt. Bei zweien ist jedes Wort Verschwendung. Aber Lennard wirkte am Anfang ganz

nett, heute hat er mir was von einer komischen Theorie erzählt, wonach es ganz viele Welten gibt. So wie in SF-Filmen. Er glaubt daran. Vielleicht ist er doch etwas komisch.
Aber irgendwas stimmt hier tatsächlich nicht. Und ich fühle mich total unsicher. Der Junge mit dem Lendenschurz zum Beispiel … bei dem habe ich das Gefühl, ihn zu kennen oder irgendwie mit ihm (… lach nicht …) verbunden zu sein. Und trotzdem macht er mir ein bisschen Angst, weil ich so gar nichts über ihn weiß und mir einfach nicht erklären kann, was er mit den Wölfen zu tun hat. Vielleicht hat er sie abgerichtet, vielleicht wurde er von ihnen aufgezogen, vielleicht hat er aber auch überhaupt nichts mit ihnen zu tun …
Du wirst jetzt vorschlagen, das alles mit Onkel und Tante zu besprechen, aber die würden es nicht verstehen. Und was die Wölfe betrifft, würden sie die lieber jetzt als gleich abschießen. Wie alle anderen hier im Kaff. Außer Lennard vielleicht.
So sieht's in meinem Kopf aus. Vielleicht sollte ich mich einfach aus allem raushalten, ein dickes Buch lesen und hier im Zimmer abwarten, dass es wieder nach Hause geht. Dann sehen wir uns endlich wieder, und ich kann dir alles in Ruhe erzählen. Es ist spät. Ich bin müde.
Vermisse dich so sehr!

Lea

KAPITEL 8

Der kleine Wecker neben Leas Bett stand auf kurz vor acht. In der Küche rappelte und klapperte es, als Tante Marie das Geschirr in die Schränke räumte. Lea stützte sich auf. Sie sah noch mal zum Wecker. Immer noch kurz vor acht. Aber draußen war es stockdunkel. Seit wann drehte die Uhrzeit auch in diesem Zimmer am Rad?

Sie setzte sich auf, ihre nackten Füße berührten die weichen Holzdielen. Es knarrte.

»Kommst du gleich runter?«, rief Marie sogleich nach oben.

Also konnte es nicht mitten in der Nacht sein. Unmöglich. Es sei denn, eine Kuh kalbte oder so. Ansonsten schliefen selbst Benno und Marie zu dieser Jahreszeit wie Steine vom frühen Abend bis die ersten Sonnenstrahlen über dem Wald aufleuchteten. Aber dann würde Marie doch nicht erwarten, dass Lea nach unten käme.

Sie knipste die Lampe an und stand auf. Lea ging zum Fenster. War der Himmel jetzt schon so sehr von bleistiftgrauen Wolken verhangen, dass es tagsüber Nacht wurde?

Lea schaute aus dem Fenster und sah nichts. Absolut nichts, vollkommene Dunkelheit. Sie drehte den Fenstergriff. Das Fenster vibrierte, und Millionen winziger Fliegen stoben wie eine zusammenhängende Wolke auf. Sie stürzten sich auf die Wiese hinab und schossen sofort wieder hoch in den grauen Himmel. Lea kannte das von Vogelschwärmen oder Fischen. Bei YouTube hatte sie schon eine Menge dieser Videos angeschaut. Sie liebte die Muster, die dabei entstanden. Sie liebte die innewohnende Harmonie und dass offensichtlich jeder jederzeit wusste, wo er sich im Schwarm befand und was er als Nächstes zu tun hatte.

Lea beobachtete den Schwarm fasziniert, als sie plötzlich etwas Merkwürdiges entdeckte: Die Fliegen bildeten ein Gesicht am Himmel. Ein Furcht einflößendes, grimmiges Gesicht, das zu ihr herunterstarrte. Augen wie Schlitze, riesige Zähne in einem weit aufgerissenen Mund.

Lea schüttelte sich.

Stopp! Dein Gehirn versucht, Muster zu erkennen. Das ist nichts. Nichts!

Und wirklich, da war nichts mehr. Nur noch ein wilder Schwarm ekelhafter kleiner Fliegen, in den man alles Mögliche hineindenken konnte.

Es war einfach nur ekelhaft!

Schon spürte Lea wieder die Krümel im Hals und in der

Nase. Die Vorstellung, dass Millionen dieser Viecher durch das geöffnete Fenster hätten hereinkommen können, jagte ihr eine Gänsehaut über den ganzen Körper. Sie schüttelte sich und wünschte sich eine Dose Insektenspray, um diesem Ekel ein Ende zu machen. Hundert Dosen!

Dann sah sie ihn am Waldrand stehen. Den Jungen. Mit seinen rotblonden Haaren und diesen braunen Augen.

Er trug ihr gelbes T-Shirt und ihre Jeans. Aus dieser Entfernung sah das sogar ganz passabel aus. Als hätten sie und er die gleiche Größe. Er sah zum Haus.

Er winkte.

Lea musste lächeln.

Ich dachte, du hättest damit abgeschlossen, mit dem Jungen, den Fliegen und den Wölfen?

Das war nur ein Reflex.

Ach ja?

Er kann das von da hinten eh nicht sehen.

Aber wenn sie zu dem Jungen sah, loderte dieses kleine Kribbeln in ihr auf. Ihr wurde warm. Ob sie es wollte oder nicht. Was war das? Sie kannte ihn doch nicht. Wusste nichts über ihn. Überhaupt nichts. Er konnte doch alles Mögliche sein. Ein Wolfsjunge. Ein Wilder. Gefährlich. Und unberechenbar.

Trotzdem wurde ihr warm.

Als würde ich ihn irgendwie kennen.

Super. Und woher?

Bevor sie sich darauf eine Antwort geben konnte, rief Marie von unten: »Lea!«

»Komme!«

Er winkte noch einmal. Wahrscheinlich war das seine Art, Danke zu sagen. Lea drehte sich um und zog sich an. Als sie ihr Shirt überstreifte, sah sie noch mal zum Fenster hinaus. Der Junge war verschwunden.

»Hast du dich eigentlich bei deiner Mutter gemeldet?«, war die Frage, mit der Marie sie am Frühstückstisch begrüßte.

Ohne meine Mutter müsste ich jetzt nicht hier sein, sondern könnte schön im Freibad liegen.

Zu Hause schien nämlich die Sonne, das hatte ihr Handy gerade noch angezeigt, während es behauptete, 100% Akku zu haben.

»Vergessen«, antwortete Lea.

»Sie kommt am Samstag.«

»Was? Warum das denn?«

»Sie hat mich heute Morgen vor der Arbeit angerufen. Dein Telefon war wohl ausgeschaltet.«

»War es nicht!«

Da fielen ihr wieder die Bilder ein, die es nicht mehr gab. Die Tierprozession. Wenn sie davon nur ein einziges Foto gehabt hätte. Nur eins! Vielleicht waren die Tiere heute wieder da? Vielleicht gab es noch mal so eine Prozession.

Vielleicht würde es ihr dann gelingen, ein paar ordentliche Fotos oder Videos zu machen. Sie würde gleich ein paar alte Bilder löschen, Platz schaffen und es dann noch mal versuchen. Außerdem: 100% Akku. Dieses Mal musste es einfach klappen.

»Lea?«, wurde sie aus ihren Gedanken gerissen.

»Was?«

»Was hältst du davon? Freust du dich denn gar nicht? Wir vier gehen aufs Schützenfest! Gemeinsam. Wie früher.«

»Das wird bestimmt ganz toll«, antwortete Lea und biss in ihr Brot. Sonntag war noch weit entfernt.

Etwas später schlich Lea durch den Wald und versuchte, sich zu orientieren. *Wo war diese Prozession gestern?*, fragte sie sich. Sie ging rasch in Richtung der alten Mühle, da hatte ihr Weg schließlich angefangen. *Prozession der Tiere*, das hatte was. Würde sich gut machen in einem Artikel oder als Hashtag auf Instagram. Aber sie brauchte Fotos. Ohne Fotos war das alles nie passiert. Niemand würde ihr das glauben, und alle würden über sie denken, was sie selbst manchmal über Lennard dachte.

Auf dem Handy war genügend Speicherplatz. Der Akku stand immer noch bei 100%. Die Uhrzeit zeigte 19:28. Das Telefon spann also mal wieder, denn es war noch nicht mal

Mittag. Zum Mittagessen wäre sie wieder zurück, hatte sie Tante Marie gesagt.

»Nur ein paar Fotos, dann bin ich wieder da.«

Es war still im Wald, und langsam wurde es nebelig. Die Luft war nass. Schon bald klebten Leas Haare an ihren Wangen. Weit und breit war kein Tier zu sehen, nicht mal ein Vogel. Lea hörte deutlich ihre Schritte im feuchten Laub, sie hörte einen Trecker, der auf den Feldern seine Runden drehte.

Und sie hörte ein Pferd. Es schnaubte. Seine Hufe trommelten über den Waldboden. Dumpf und kräftig.

Lea drehte sich um. Doch da war nichts. Sie nahm die Kapuze ab. Hier im Nebel war es schwierig, genau zu sagen, von wo ein Geräusch kam. Lea merkte, dass sie die ganze Zeit den Atem angehalten hatte.

Kein Wunder nach den Erlebnissen der letzten Tage.

Sie ließ die Luft leise und gleichmäßig durch beide Nasenlöcher ausströmen, immer darauf bedacht, sich nähernde Geräusche wahrzunehmen.

Es gab keine Geräusche.

Im Wald war es jetzt wieder absolut still.

Wahrscheinlich war der Reiter oder die Reiterin längst irgendwo abgebogen. Es war sicher eine Reiterin, sagte Lea sich, hier auf dem Dorf ritten doch alle Mädchen. Früher wollte sie das auch mal. Aber dann war sie dreimal von einem Pferd gefallen, und am Ende hatte das Vieh sie sogar gebissen.

Da war es wieder. Das Getrappel. Kräftig. Stampfend. Das war nicht nur *ein* Pferd. Lea machte reflexartig einen Satz zur Seite und wirbelte herum.

Hinter ihr ragten nasse Bäume gelangweilt ins Laubdach empor.

Das Getrappel kam näher. Viel zu schnell. Es war laut und donnernd und jagte ihr eine Riesenangst ein. Lea hielt sich mit beiden Händen an einer Buche fest. Wie beruhigend die glatte Rinde auf ihrer Haut wirkte. Dieser Baum war stark und dick und kräftig, und er würde ihr Schutz bieten. Kein Pferd konnte einen Baum umrennen.

Oder?

Sie schaute vorsichtig um den Baum herum. Nichts. Aber die Geräusche kamen eindeutig von vorne! In ihrem Nacken begann es zu kribbeln. Jedes einzelne Härchen dort und auf den Armen richtete sich auf. Und auch wenn nichts zu sehen war, gar nichts, wusste Lea schlagartig, dass ihre Angst berechtigt war.

Dann wurde es dunkel.

Innerhalb weniger Sekunden war es im Wald schwarz wie in der Nacht. Als hätte jemand eine schwere Decke über die Welt geworfen. So etwas ging doch gar nicht! Das alles konnte nicht sein!

Augenblicklich wurde das Hämmern der Hufe stärker.

Lauter. Wilder. Es kam immer näher. Lea drückte sich an den Baum, ging in die Knie, drückte sich noch fester gegen den Baum. Hob ihre Arme über den Kopf, als könnte sie so wenigstens ihren Kopf retten. Die Hufe schlugen ganz in ihrer Nähe auf. Der Boden erzitterte. Lautes Wiehern gellte durch die Luft.

Lea schrie. Sie wusste, dass sie sich besser still verhalten sollte. Aber das war ein Reflex. Das war schiere Angst, die aus ihrem Brustkorb nach draußen drängte. Sie schrie. Die Pferde wieherten. Ihr Puls hämmerte, und es fühlte sich an, als krabbelten tausend Ameisen über Leas Nacken und ihren Rücken und verbissen sich darin. Die Hufe stampften in den Boden. Irgendwo dicht neben ihr, aber Lea sah nichts. Sie brüllte. Lea kreischte und hielt sich die Ohren zu.

Die Pferde rasten an ihr vorbei.

Sie spürte den Luftzug, roch den Schweiß der dahinfliegenden Tiere.

Das Donnern der Hufe entfernte sich.

Allmählich wurde es wieder hell. Endlich. Leas Augen sahen wieder klar. Ihre Hände wurden langsam wieder trocken. Das Kribbeln, dieses fiese Kribbeln im Nacken und auf dem Rücken, verblasste. Verschwand. Ihr Herz hämmerte aber noch immer wie wild.

Dann überfiel Lea unvermittelt eine dunkle Gewissheit: Die Dunkelheit war noch nicht weg. Sie würde zurückkehren. *Die richtige und endgültige Dunkelheit kommt wieder. Bald. Sehr bald.* Das wusste Lea in diesem Moment so sicher, wie sie wusste, dass morgen die Sonne im Osten aufgehen wird. Und während sie noch überlegte, woher sie diese Gewissheit hatte, näherten sich Schritte im Laub.

Lea wirbelte zitternd herum.

»Alles gut«, sagte eine samtweiche Stimme.

»Bist du bescheuert, mir solche Angst einzujagen?«, schrie Lea ihn an. Den Jungen, der in ihrem T-Shirt und in ihrer Jeans vor ihr stand.

Er lächelte so ein Zahnpastawerbungslächeln und streckte seine Hand aus.

»Du hast es also auch gehört?«, fragte er vorsichtig.

Lea ignorierte die ausgestreckte Hand. »Holy Shit! Was zur Hölle war das?«, fragte sie atemlos.

Darauf antwortete er nicht. Stattdessen zeigte er an sich herab, wies dabei aufs T-Shirt und die Jeans. Als ständen sie gemeinsam in einer Umkleidekabine, um ihre gerade anprobierten Klamotten zu begutachten. Und nicht mitten in einem Wald, in dem gerade eine Stampede stattgefunden hatte.

»Sei bedankt!«, sagte der Junge und verneigte sich.

»Häh?«

Er richtete sich auf und sah in ihre Augen. Da war wieder dieser Blick, den er schon bei ihrer ersten Begegnung gehabt hatte. Neugierig, interessiert, aber auch wissend. Lea hatte wieder das Gefühl, dass ihr dieser Junge nicht vollkommen fremd war. Und für einen Moment vergaß sie die Pferde, den Wald, das Kaff.

»Warum guckst du so?«, fragte sie ihn unsicher.

Er sah sie weiter schweigend an. Das machte sie langsam nervös. Sie war schließlich allein mit ihm. Mitten im Wald. In einem Wald, in dem Tiere Prozessionen abhielten, Pferde rumrannten, die es gar nicht gab, und Wölfe umherstreiften.

»Hast du deine Wölfe heute nicht dabei?«, fragte Lea, um dem Jungen wenigstens irgendeine Reaktion zu entlocken.

»Es sind nicht meine!«, rief er ehrlich erstaunt aus. »Um Gottes willen, nein!«

»Sie sind also wild?«, fragte Lea irritiert.

»Es sind Wölfe«, sagte er dazu nur.

»Schon klar. Aber sind es wilde Wölfe?«

»Gibt es andere?«

Das Gespräch kam ihr zunehmend absurd vor. Zumal er sie die ganze Zeit so merkwürdig anschaute.

»Wie heißt du?«, fragte sie nun.

»Du bist eine von uns, oder?«, fragte er zurück. Und es klang nicht unbedingt wie eine Frage. Mehr wie eine Feststellung.

»Eine von uns?«, wollte Lea wissen. »Von was?«

»Lea? Hey! Hallo Lea?«, rief plötzlich jemand hinter ihnen, und schlagartig wurde Lea wieder bewusst, wo sie war und warum sie da war.

»Lea?« Das war eindeutig Lennard, der da nach ihr rief.

Der Junge sah sie fragend an.

»Das ist einer aus dem Dorf. Lennard. Ich fürchte, der ist manchmal nicht ganz dicht.« Und weil der Junge sie weiterhin fragend ansah, wedelte sie mit ihrer Hand vorm Gesicht hin und her. »Verrückt, verstehst du?«

Das verstand er offensichtlich, denn er griff Leas Hand und zog sie hinter sich her, immer tiefer in den Wald.

Lea wunderte sich, warum sie das mit sich machen ließ.

Dann wunderte sie sich über das Kribbeln in ihrer Hand. Sie fühlte sich sicher.

Ich kenne den doch gar nicht!

Sie folgte ihm einfach. Sprang sicher über Wurzeln, Äste und umgestürzte Bäume.

Und wenn er doch einer von den Bösen ist?, fragte sie sich.

»Nein, bestimmt nicht«, murmelte sie.

»Was?«, machte der Junge.

Da hatten sie gerade eine Lichtung hinter einem Hügel erreicht, und er ließ sie los.

Lea lächelte verlegen, während sie sich vorsichtshalber umsah, die Gegend abcheckte. Sie erinnerte sich nicht, schon einmal hier gewesen zu sein. Aber sie hatte das Gefühl, dass sie nicht weit von seiner Hütte entfernt waren. Die Lichtung war zu allen Seiten hin offen. Im Zweifelsfall könnte sie also fliehen.

KAPITEL 9

Lea und der Junge umkreisten sich auf der Lichtung. Sie wartete darauf, dass er etwas erklärte, irgendwas sagte. Aber er schaute sich nur um. Wieder und wieder. Dann endlich sagte er: »In meiner Obhut ist es sicher.«

»Obhut?«, fragte Lea. Er benutzte lauter alte Wörter. Also war er wohl doch kein Wolfsjunge. Oder er hatte sich Lesen und Sprechen mit einem Lexikon aus dem letzten Jahrhundert beigebracht.

Er aber lächelte nur und zuckte die Schultern. Dann fragte er nach dem Datum. Lea wusste nicht, was das mit ihrer Frage zu tun hatte. Sie sagte es ihm. Er fragte nach dem Jahr. Sie war zu verblüfft über diese Frage, um weiter darüber nachzudenken.

Er nickte wissend. So, als ob jetzt alles klar sei.

»Dir passiert hier nichts«, sagte er jetzt wesentlich weniger umständlich. Er verneigte sich auch nicht wieder. »Aber du solltest dich von dem Wald fernhalten. Es ist nicht sicher hier.«

»Hallo? Ich komme aus einer großen Stadt, dagegen ist das hier ein Streichelzoo. Fahr mal bei uns abends um elf mit der S-Bahn«, entgegnete Lea. Nicht, dass sie jemals abends um elf mit der S-Bahn fahren würde, aber sie hatte gehört, wie gefährlich das sein konnte.

Der Junge schaute wieder irritiert. Lea ignorierte das.

»Ich heiße Lea«, sagte sie stattdessen knapp und hielt ihm ihre Hand hin. »Und jetzt wüsste ich gerne, was genau du mit *eine von uns* meinst.«

Er zögerte.

»Na schön, fangen wir mit deinem Namen an?«, sagte sie abwartend.

Er schlug ein.

»Guten Tag, Lea«, sagte er.

»Und?«, fragte sie.

Er zog fragend die Augenbrauen hoch.

»Dein Name?«

»Ach so«, murmelte er. Er schien nachzudenken, sodass Lea sich unwillkürlich fragte, ob der Name, der gleich käme, wirklich sein richtiger war.

»Moritz.«

»Hallo, Moritz. War doch gar nicht so schwer. Und was ist jetzt mit *eine von uns?* Was war das für 'ne Nummer mit den Pferden? Und wo kommen die Wölfe her?«

»Das waren nur Geräusche.«

»Die Wölfe? Die waren ziemlich echt!«

»Die Pferde.«

»Dann waren das aber sehr echte Geräusche. Und ich habe diese Viecher auch gerochen, ich habe gespürt, wie der Boden unter mir bebte. Und trotzdem war anschließend nicht ein Blatt verweht, nicht ein Zweig zerknickt. Ganz zu schweigen von den fehlenden Hufspuren.«

»Weil es nur Geräusche waren.«

»Und die haben es auch gleich dunkel gemacht, weil sie sonst nichts zu tun hatten?«

»Dunkel?«

Ich hätte gerne wenigstens eine Antwort! Und nicht noch ein Fragezeichen.

Lea seufzte. »Und was ist mit den Wölfen? Wo stecken sie heute?«

»Woher soll ich das wissen?«

Darauf würde sie nicht reinfallen. Auf diesen Unschuldsblick. Sie verengte ihre Augen und zog die Brauen herunter. Sie wusste, dass das bedrohlich aussah, war sich aber nicht sicher, ob das, was auf dem Schulhof funktionierte, auch hier im Wald klappen würde.

»Ich sagte doch schon, dass es nicht meine Wölfe sind«, sagte er ruhig. »Aber ich schätze, dass heute keine Gefahr droht.«

»Du *schätzt* also? Soll mich das beruhigen? Was ist, wenn du dich verschätzt?«

Darüber dachte er tatsächlich länger nach. Dann neigte

er seinen Kopf zur Seite und sagte: »Ich bringe dich zurück.«

»Was?«, entfuhr es Lea empört.

»In Sicherheit.«

»In Sicherheit? Du?« Langsam wurde es Lea wirklich zu viel. »Du tauchst ständig an allen möglichen Orten aus dem Nichts auf und meinst echt, dass du mich hier hin und her kommandieren kannst, wie du willst? Ich kenne noch nicht mal deinen Namen.«

»Moritz«, unterbrach er sie. »Sagte ich doch schon.«

»Sagst du also? Und das soll ich dir glauben? Und ich soll dir vertrauen, dass du mich jetzt wieder in Sicherheit bringst? Als wir uns das letzte Mal begegnet sind, wurde ich gerade von zwei Wölfen bedroht. Heute rast eine Herde wild gewordener Pferde an mir vorbei. Und wieder tauchst du plötzlich aus heiterem Himmel auf! Ach so, und zwischendurch wurde ich von Milliarden Fliegen angegriffen – die übrigens mein Fenster belagert haben, als du unten auf der Wiese standst. Ganz schön viele merkwürdige Zufälle! Und die Uhren machen hier offensichtlich auch, was sie wollen. Außerdem regnet es ständig. Mein ganzer Sommer ist im Arsch, weil ich in diesem Kaff festhänge. Und du gibst mir keine Antworten! Nicht mal eine.«

»Sie sind nicht echt, diese Pferde.«

»Das fühlte sich aber verdammt echt an! Bevor ich auch nur einen weiteren Schritt mit dir mache, nennst du mir erst mal deinen ganzen richtigen Namen, und dann beantwortest du endlich meine Fragen!«

»Ist das alles?«

»Nein! Wenn du damit fertig bist, würde ich gerne noch wissen, was du überhaupt in diesem Wald machst. Wo kommst du her? Und was bedeutet dieses *eine von uns*? Wer ist *uns*?«

Der Junge schwieg.

»Fällt dir nichts mehr ein, oder was?«

Er griff nach ihrer Hand, aber Lea zog sie blitzschnell weg. »Ich habe dir Fragen gestellt«, zischte sie.

»Moritz«, murmelte er leise. »Ich möchte dich in Sicherheit bringen.«

»Das sagtest du bereits.« Lea verschränkte ihre Arme vor der Brust und sah ihm herausfordernd direkt in die Augen. »Und weiter?«

»Komm.«

»Nein. Erst dein Nachname!«

»In Sicherheit. Und danach solltest du vielleicht weit, weit weggehen. Es ist nicht mehr sicher. Nicht für dich, nicht für mich. Für niemanden.«

Jetzt reichte es ihr wirklich, und sie blaffte: »Bist du taub, oder was?«

Moritz sah sie entgeistert an. Das gab ihr den Rest.

Sie zückte ihr Notizbuch.

»Hier!«, sagte sie und tippte auf eine Seite: »Fliegenangriff am Teich. Da: Wölfe. Zwei. Und ein unbekannter Retter, der sich gleich wieder dünnemacht. Oder hier: Kleine Hütte mit selbst gebauten Waffen.«

»Du warst in meiner Hütte?«

»Wofür brauchst du ein Beil?«

Er zögerte.

Na, immerhin.

Es schien, als würde er wirklich überlegen, was er ihr erzählen konnte.

»Entschuldigung«, sagte er. Mit dieser marzipanweichen Stimme. Den Kopf hatte er schuldbewusst gesenkt. Dann hob er ihn und sah ihr in die Augen. Tief und fest. Und sie spürte, dass es ehrlich gemeint war. Er öffnete den Mund. Und sie spürte dieses Kribbeln wieder. Aber als er anfangen wollte zu sprechen, knackte es im Wald hinter ihr. Laut, sehr laut.

»Morgen, wir sehen uns morgen«, hörte sie Moritz flüstern, während sie herumwirbelte.

Lea rechnete mit allem. Mit Wölfen, Hengsten, Bären. Aber nicht damit: Lennard hatte offensichtlich ihre Spur verfolgt.

»Hey, Lea!«, brüllte er durch den Wald, während unter seinen Schuhen weiterhin Äste und Zweige krachend brachen. Erst jetzt wurde Lea bewusst, wie schön ruhig es bis eben gewesen war.

Moritz!

Sie drehte sich noch einmal um. Da, wo eben noch Moritz gestanden hatte, war … nichts. Es schien, als habe es ihn nie gegeben, genauso wie die galoppierenden Pferde.

Bilde ich mir das etwa alles ein?

»Was machst du hier?«, rief Lennard.

Lea verdrehte die Augen. Wonach sah das denn aus, was sie da machte? Sie stand im Wald rum, was sonst?

»Ich stehe im Wald rum«, sagte sie. Dann ging sie ein paar Schritte. Sie hoffte, damit Lennard von Moritz wegzulocken. Denn der konnte sich ja nicht einfach in Luft aufgelöst haben. Logischerweise musste er hier noch irgendwo sein.

»Deine Tante hat gesagt, dass du nur mal kurz ein paar Fotos machen wolltest«, sagte Lennard und blieb stehen. »Und ich habe dich die ganze Zeit gesucht. Wusste ja nicht, dass du so weit in den Wald gehen würdest.«

»Ich muss wohl die Zeit vergessen haben.«

»Zeig mal!«

»Was?«

»Die Fotos.«

»Ich habe keine gemacht, weil ich einfach noch kein passendes Motiv gefunden habe.«

»Du suchst also immer noch nach den Wölfen«, sagte Lennard wissend. »Die wirst du nicht vor die Linse bekommen. Schon gar nicht mit deinem Smartphone. 'Ne ordentliche Kamera mit Teleobjektiv könnte funktionieren. Besser noch eine Kamerafalle mit Lichtschranke.«

»Du passt in der Schule offensichtlich immer gut auf.«

»Ich gehe gerne zur Schule, ja. Aber ich lese auch GEO, National Geographic, Spektrum und so.«

»Warum hast du mich eigentlich gesucht?«, ging Lea dazwischen, die fürchtete, er würde ihr sonst gleich Abos für diese Magazine andrehen wollen oder seine ganze Bibliothek runterbeten.

Er wurde schlagartig still.

Lea ging ein paar Schritte weiter. Er folgte ihr schweigend.

»Also?«

»Ich wollte fragen, ob du dir das vielleicht noch mal anders überlegt hast. Mit dem Schützenfest.«

»Was mit dem Schützenfest?« Natürlich wusste Lea sehr genau, worauf er hinauswollte.

»Als du gesagt hast, dass du nicht mit uns hingehst.«

Lea stöhnte auf. »Lennard, versuch es doch bitte mal mit vollständigen Sätzen. Dann würde ich schneller verstehen, was du meinst, und dich nicht für einen Dorftrottel halten.«

»Du hältst mich nicht für einen Dorftrottel?«, fragte Lennard strahlend.

Lea schüttelte den Kopf.

Und wieder waren sie fünf Schritte weiter von Moritz

entfernt. Vielleicht saß er aber ohnehin schon längst in seiner Hütte. Oder er war überhaupt gar nicht hier gewesen, wie die Pferde. Wer wusste das schon.

»Hast du eigentlich vorhin auch Pferde gehört?«, fragte Lea.

»Was für Pferde? War die Stüve wieder reiten?«

»Nein, es waren mehrere Pferde. Eine ganze Herde.«

»Hier im Wald?«, fragte Lennard überrascht. »Unmöglich. Hier gibt es keine frei laufenden Pferde.«

»Na ja, vielleicht war es auch nur eine akustische Täuschung«, sagte Lea resigniert.

Lennard sah sich um und sagte: »Kann schon sein, der Wind zwischen den Bäumen und so. Das gibt manchmal echt komische Geräusche.«

Ohne Unterbrechung stellte er seine nächste Frage: »Gehst du mit mir zum Schützenfest?«

Lea ging weiter, ohne eine Antwort zu geben. Lennard trottete neben ihr her. Würde sie zusagen, müsste sie nicht den ganzen Tag zwischen ihrer Tante und ihrer Mutter verbringen. Sie hätte eine Ausrede, von den Erwachsenen wegzukommen. Und offenbar mochte ihre Tante Lennard.

»Okay.«

Einen Moment lang war er still. Aber nur diesen einen Moment. Dann redete Lennard, ohne Luft zu holen: »Was jetzt? Echt jetzt? Du gehst mit mir zum Schützenfest? Mit mir? Echt? Und nicht mit Nils und Hinnerk und mir, sondern mit mir ganz alleine? Nur wir beide und so?«

Das *Okay* tat Lea beinahe schon wieder leid.

Aber sie reagierte nicht. Ohne ein weiteres Wort gingen die beiden weiter.

Bald hatten sie den Waldrand erreicht. Das Haus ihrer Tante tauchte im Nebel hinter dem Feld auf.

»Seit wann ist der Nebel da?«, fragte Lea.

»Heute oder überhaupt?«

»Überhaupt.«

»Ehrlich gesagt habe ich mich das auch schon gefragt. Und die Antwort ist: Seit die Wölfe hier sind. Seit die Fliegen hier sind. Seit die Ulmen ihr Laub verlieren, mitten im Sommer, bei ausreichend Regen. Willst du eigentlich Schützenkönigin werden?«

Lea war von der Frage überrumpelt. Nicht nur, weil Lennard sie schon wieder ohne Pause an seine Aufzählung angeschlossen hatte, sondern weil sie nie im Leben darauf käme, Schützenkönigin zu werden.

Schützenkönigin! Sonst noch was?

»Hast du dir diese Sachen notiert?«, fragte sie, ohne auf Lennards Frage einzugehen. »Vielleicht sogar mit Datum?«

Er schüttelte den Kopf. Sagte kein Wort. Sie wusste warum, aber das war jetzt egal.

»Ich mache mir immerzu Notizen«, erklärte Lea und klopfte dabei auf ihr Notizbuch, das in ihrer Jackentasche steckte.

Was hat Moritz bloß mit alldem zu tun? Lea hoffte, dass er ihr morgen Antworten auf all ihre Fragen geben würde.

»Ich auch«, sagte Lennard. »Aber nicht von Anfang an. Am Anfang war noch nicht klar, dass so viele komische Sachen passieren.«

»Wir könnten unsere Notizen abgleichen«, schlug Lea vor.

»Ja, klar! Und was ist mit Schützenkönigin?«

»Ich glaube, meine Tante hat mich gerade gerufen«, sagte Lea.

»Ich hab nichts gehört.«

»Sie ruft immer sehr leise, weil sie ihre Stimmbänder schonen muss.«

»Das wusste ich gar nicht«, sagte Lennard entsetzt.

»Ja«, gab Lea knapp zurück. »Ich muss jetzt auch zum Essen.« Damit ließ sie ihn stehen und lief über die Wiese.

»Willst du Königin werden oder willst du nicht? Ich muss das wissen!«, rief Lennard ihr hinterher.

Lea warf ihre Arme in die Luft und schüttelte die Hände.

Das konnte alles bedeuten.

Oder auch gar nichts.

Lea: Er heißt Moritz.

Sarah: Wer?

Lea: Der Junge.

Sarah: Dieser Halbnackte? Über den wollte ich sowieso noch mal mit dir reden. Und die Wölfe. Was ist damit?

Lea: Die Wölfe sind verschwunden. Man sieht sie jedenfalls nicht mehr. Haben sich mit ihren Jungen verzogen. Und dieser Moritz meint immer, ich wäre einer von ihnen.

Sarah: Von wem? Und wieso: IMMER?

Lea: Eben. Weiß ich auch nicht, und er sagt es mir irgendwie nicht. Aber ich habe schon das Gefühl, dass ich ihm trauen kann.

Sarah: Du willst den doch nicht etwa wiedersehen?

Lea: Morgen.

Sarah: Das wirst du nicht!!!!

Lea: Moritz ist harmlos. Bei Lennard bin ich mir manchmal nicht sicher.

Sarah: Wer ist das denn jetzt schon wieder?

Lea: Einer aus dem Dorf, der will mit mir zum Schützenfest.

Sarah: Aha ;-)

Lea: Hör auf! Das ist ein totaler Nerd.

Sarah: Und dieser Moritz?

Lea: Erzähl ich dir später. Muss zum Essen.

Als Lea abends im Bett lag, blätterte sie noch mal in ihrem Notizbuch und fragte sich, wie das alles, vom Regen über die Wölfe bis zu den Pferden, miteinander zusammenhing. Oder hatte das doch nichts miteinander zu tun, und es war nur zufällig, dass diese Dinge alle gleichzeitig passierten? Sie wusste, dass Menschen dazu neigen, Muster zu erkennen, einfache Erklärungen zu finden, auch wenn da gar nichts war. Oder alles viel zu kompliziert war. So entstehen Verschwörungstheorien.

Lea ging die Punkte einzeln durch. Der Regen konnte mit der Klimakatastrophe zu tun haben. Die Ulmen starben vielleicht, weil es zu viel regnete. Sie ertranken ganz einfach. Wölfe kamen schon seit Jahren nach Deutschland, immer mehr und immer weiter in Richtung Westen. Und die beiden hatten nur ihre Jungen schützen wollen.

Und das Getrappel? Vielleicht hatte Lennard recht, und es war nur der Wind zwischen den Bäumen gewesen.

Alles rational. Alles logisch. Aber immer wieder tauchte Moritz in Leas Gedanken auf. Sie wusste nicht warum, doch sie hatte das Gefühl, dass er wie auch immer der Schlüssel zu alldem war.

Es war windstill im Wald!, schoss es ihr plötzlich durch den Kopf.

Was bedeutet dieses ominöse »Nicht wo, sondern wann«, das er gesagt hat, als ich ihn nach dem Lendenschurz fragte.

Was bedeutet dieses »eine von uns«? Eine von was? *Er ist ja kein Außerirdischer.*

Lea schrieb in ihr Notizbuch:

Wo kommt Moritz her? Was macht er hier? Fragen, die ich ihm dringend stellen muss. Und dieses Mal gibt es kein Ausweichen. Ich will Antworten!!!

Mir kam gerade noch ein Gedanke: Diese Geräusche im Wald und diese vielen Welten von Lennard … gibt es da einen Zusammenhang? Kommen die Geräusche vielleicht aus einer dieser Welten? Eine, die sozusagen nebenan liegt?

Auch beim Einschlafen kreisten Leas Gedanken immer noch wie wild. Wieder und wieder dröhnte das Gestampfe in ihren Ohren. Dieses wilde Aufschlagen von Hufen. Es kam näher, entfernte sich. Dann heulte ein Wolf. Es klang nicht mehr bedrohlich. Es klang wie eine Warnung. Lea war nicht sicher, ob das bereits ein Traum war oder noch die Realität. Aber sie war zu müde, um noch mal aufzustehen.

KAPITEL 10

Vom Getrappel der Pferde wurde Lea wieder wach. Überhaupt hatte sie das Gefühl, die ganze Nacht über stampfende Pferde und heulende Wölfe gehört zu haben.

Woher kommt das denn jetzt?

Lea rieb ihre Augen und wuschelte sich durchs Haar. Sie hoffte, damit diese dunklen Gedanken zu vertreiben. Alle dunklen Gedanken.

Sie sah auf das Notizbuch, das immer noch aufgeschlagen auf ihrem Bett lag. Das also war die Aufgabe für heute: zwei Jungs ein paar Fragen stellen und Antworten bekommen. Vor allem von Moritz.

Lea schaute zum Fenster, und ihr Herz machte einen Satz: Draußen schien die Sonne! Sie sah tatsächlich einen Flecken blauen Himmels. Was für ein herrlicher Morgen! Plötzlich spürte sie den Geruch von Sonnencreme in ihrer Nase und dachte an den Badeteich, an warmen Sand unter den Füßen, an Lesen und einfach nur die Augen zumachen. Endlich Badetag, also!

Unten in der Küche warf Tante Marie den Mixer an. Es klang wie Pferdegetrappel und riss Lea aus ihren Gedanken. Dann jaulte der Entsafter mit einem Geräusch wie ein klagender Wolf.

»Daher also die Träume«, murmelte Lea und stand auf. Zufrieden. Sie war immer beruhigt, wenn sie eine logische Erklärung gefunden hatte.

Jetzt wollte sie sehen, ob es tatsächlich ein so schöner Morgen war, wie das Stückchen Himmel versprach. Also öffnete sie das Fenster und lehnte sich weit hinaus.

Vielleicht ist ja Moritz …

Ja, auch der Rest des Himmels war blau. Keine Wolke zu sehen. Und auch keine Fliegen. Die Welt im Normalzustand. Lea schlüpfte in ihre Hose, zog ein T-Shirt über den Kopf und schaute noch mal kurz zum Fenster.

Moritz ist nicht zu sehen. Er hat doch gesagt, dass wir uns heute … Egal. Den kriege ich schon. Ich gehe vorm Baden in den Wald, dann taucht er schon wieder auf. Macht er ja eh immer.

Lea schloss die Zimmertür hinter sich und lief nach unten.

»Was für ein schöner Tag!«, rief sie fröhlich, als sie in die Küche kam.

»Nicht mehr lange«, dämpfte Tante Marie ihren Optimismus und zeigte zum Fenster.

Lea sah hinaus. Tatsächlich rollte von Westen her die

nächste Wolkenformation an. Und vor diesen mächtigen, finsteren Wolkenbergen radelte Lennard geradewegs aufs Haus zu.

Nicht jetzt! Erst muss ich mit Moritz sprechen.

»Der hat mir gerade gefehlt«, murmelte Lea.

»Wer? Lennard? Wieso das denn?«, fragte Marie, die so nah neben Lea stand, dass sich ihre Wangen fast berührten.

»Er will mit mir zum Schützenfest.«

»Dann frühstücken wir doch erst mal alle zusammen, oder nicht?«, fragte Tante Marie, stellte einen Topf Milch auf den Herd und wuselte durch Schubladen und Schränke.

»Aber ich will nicht …«, sagte Lea.

»Was? Keinen Kakao?«

»Das auch nicht. Lieber Tee. Aber ich will nicht, dass Lennard hier abhängt. Ich hab noch was vor.«

»Mag schon sein. Aber du willst ihn bestimmt auch nicht in so'n Unwetter zurückschicken.«

In der Küche wurde es sekündlich dunkler. Und schon trommelte der Regen auf das Dach.

Wie galoppierende Pferde.

Lennard klopfte an die Küchentür.

»Moin, Lennard, komm ma' rein!«, rief Tante Marie.

»Moin«, grüßte Lennard knapp in die Küche. Als er Lea entdeckte, blitzten seine Augen auf.

»Setz dich, gibt Frühstück«, forderte Marie ihn auf.

»Jetzt erst?«

»Lea schläft gern ein bisschen länger. Schönheitsschlaf«, sagte Marie und zwinkerte Lennard zu. Lea verdrehte ihre Augen und schnaubte hörbar.

Während Lennard sich setzte, sagte er, dass er eigentlich nicht viel Zeit habe, dass er eigentlich gar nicht frühstücken könne, dass er eigentlich –

»Und was treibt dich dann *eigentlich* zu uns?«, fragte Tante Marie.

»Ich muss was mit Lea besprechen.«

»Schön«, sagte Marie vielsagend und fragte Lea: »Ein Ei?«

»Kann ich auch zwei haben?«, fragte Lennard.

»Ich denk, du hast nicht viel Zeit.« Marie lachte.

»Nicht soo viel«, relativierte Lennard grinsend.

Während Marie Eier in die Pfanne schlug, sah Lea ihn fragend an.

»Und?«, fragte sie.

»Ich wollte dich was fragen.«

»Ja?«

»Vielleicht später?«, druckste er leise herum.

»Wenn ich dich dann auch was fragen darf.«

Da funkelten seine Augen, als wäre er ein kleines Kind und stünde Heiligabend vor einem riesigen Weihnachtsbaum.

Der Rest des Frühstücks verlief recht einsilbig. Bis plötzlich laute Schritte im Flur polterten. Man hörte, wie sich jemand seine Stiefel abstreifte. Weitere Schritte, dann wurde die Tür geöffnet, und Onkel Benno schaute kurz rein.

»Moin«, murmelte er. Er tauschte mit Marie nur einen kurzen Blick aus, nickte und verschwand im Wohnzimmer. Lennard schien er gar nicht bemerkt zu haben. Kurze Zeit später kam er wieder raus, mit einem länglichen Gegenstand unterm Arm. Wieder nickte er Marie knapp zu, grüßte Lennard auch kurz und war schon wieder verschwunden, bevor Lea überhaupt begriff, was los war.

»War das ein Gewehr?«, fragte sie.

Die Haustür knallte ins Schloss.

»Ich hab da nicht drauf geachtet«, sagte Marie.

»Aber was will er damit? Jetzt?«

»Vielleicht fürs Schützenfest üben.« Marie lachte. Aber in Leas Ohren klang das Lachen leer. Dann stand Marie auf und griff nach der Teekanne. »Noch jemand Tee?«

Lea sah Lennard an, der senkte seinen Kopf und tat so, als würde er Leas Blick gar nicht bemerken.

»Ich, bitte«, sagte er und hielt Marie die Tasse hin.

Als sie die Kanne zum Spülbecken brachte und ausspülte, flüsterte er: »Darüber wollte ich mit dir sprechen.«

Was?, formten Leas Lippen. Lennard schielte nach oben.

»Kannst du mir das mit diesen parallelen Welten noch mal erklären?«, fragte Lea laut.

»Klar. Hier?«, fragte Lennard zurück.

»Wir können auch nach oben gehen, da ist's ruhiger, oder, Marie?«

»Klar geht das.«

Schon stürmten die beiden die Treppe nach oben.

»Also, was wolltest du mir sagen?«, fragte Lea, kaum dass sie die Tür hinter sich geschlossen hatte.

»Gehst du jetzt immer noch mit mir aufs Schützenfest?«

»Ist das die Bedingung dafür, dass du mir antwortest?«

»Nein«, antwortete Lennard ernst. »Natürlich nicht.«

»Klar. Habe ich doch gestern schon gesagt.«

»Könnte ja sein, dass du es dir anders überlegt hast.«

»Lennard, bitte. Was wolltest du mir erzählen?«

»Würdest du auch Schützenkönigin werden wollen?«

»Was? Nein. Ich gehe mit dir dahin. Und das ist alles. Du wirst mich nicht zu irgendeiner Königin machen, ich werde nicht mit dir tanzen. Verstanden?«

Lennard nickte. Während er in seine Jackentasche griff und umständlich einen Stapel Fotos rausholte, erzählte er: »Ich war gestern Abend noch mal draußen. Drüben, östlich vom Wald.«

»Also Richtung Mühle?«

Lennard nickte und fuhr fort: »Schon etwas mehr in Richtung Sumpf. Du glaubst nicht, was ich da gesehen habe.«

»Meine Güte, mach's nicht so spannend.«

»Ein Rudel Wölfe«, verkündete er triumphierend und hielt ihr die Fotos hin. »Gerade noch für dich ausgedruckt.«

Lea nahm die Fotos, blätterte sie rasch durch.

Alle Fotos waren innerhalb kürzester Zeit geschossen worden. Man sah auf ihnen ein Rudel Wölfe, aus dem Wald kommend, eine Wiese überquerend und zwischen Schilf verschwindend. Lea glaubte, die beiden ersten und größten zu erkennen. Aber da waren noch mehr. Viel mehr. Allerdings keine Welpen.

»Wie viele sind das?«, fragte Lea tonlos.

»Vierzehn.«

»Wo genau?«, fragte Lea weiter.

»Drüben, zwischen Sumpf und Mühle. Und bevor du fragst: Die Bilder habe ich gestern Abend gemacht.«

»Welcher Sumpf?«

»Du kennst den nicht? Oben, östlich am Wald, der Mühlbach versickert zum Teil darin.«

»Glaubst du, die Männer sind jetzt unterwegs, um die Wölfe abzuknallen?«, fragte Lea.

Er nickte und sagte: »Genau deswegen bin ich hier. Weil ich dir das erzählen wollte. Sind zu viele jetzt. Wird wohl zu gefährlich fürs Dorf. Wahrscheinlich hat sie auch irgendwer außer mir gesehen.«

Lea drückte ihm die Fotos ungestüm in die Hand und stürzte zur Tür. Doch bevor sie die öffnen konnte, rammte Lennard seinen Fuß gegen das Türblatt.

»Was soll das?«, fuhr Lea ihn an.

»Du willst doch nicht etwa da raus?«

»Doch, natürlich! Die erschießen die Wölfe. Jetzt! Wir müssen das verhindern.«

»Die schießen wahrscheinlich auf alles, was sich bewegt. Auf alles. Kapiert? Im Zweifelsfall auch auf dich!«, fuhr Lennard sie an.

»Nein, das würden die nicht machen.«

»Wenn sich irgendwas da draußen bewegt, zwischen den Büschen, im Gras, im Schilf, und keine Neonweste trägt, dann halten sie drauf. Zumindest ein paar von denen. Vertrau mir. Ich kenne die Leute hier.«

»Und wie sollen wir den Wölfen helfen?«

»Es sind Wölfe! Ich bin sicher, die helfen sich schon selbst. Spätestens wenn zwanzig Mann laut polternd aus dem Ort in Richtung Waldrand stampfen, werden die Wölfe sich verziehen und irgendwo Deckung suchen.«

»Wieso glaubst du das?«, fragte Lea, jetzt ein wenig ruhiger.

»Ich habe sie gesehen. Guck mal, die Bilder habe ich mit einem normalen Objektiv aufgenommen. Ich stand also nur ein paar Meter neben ihnen, als sie plötzlich auftauchten. Auf mich machten die nicht den Eindruck, als ob sie nicht genau wüssten, was sie tun.«

»Wie jetzt?«

»Die haben mich überhaupt nicht beachtet. Es schien

so, als ob sie etwas anderes vorhatten und sich durch nichts in der Welt davon abbringen lassen würden.«

»Was?«

Lennard zuckte die Schultern. »Ich weiß es nicht, es kam mir einfach nur so vor, als würden sie irgendeinem Plan folgen. Verstehst du, keiner von ihnen hat mich auch nur einmal angesehen. Dabei müssen sie mich gesehen und gerochen haben. Aber sie taten so, als wäre ich gar nicht da. Ich war vollkommen uninteressant für sie.«

Lea dachte an die Prozession der Tiere. Vielleicht machten die Wölfe etwas Ähnliches. Vielleicht folgten all diese Tiere einem großen, unbekannten Plan. Aber was war dieser Plan? Und was hatte Moritz mit alldem zu tun? Denn *dass* er damit irgendwas zu tun hatte, daran zweifelte Lea nicht mehr. Jedenfalls in diesem Moment.

Der wird mir einiges erklären müssen.

Sollte sie Lennard davon erzählen? So schnell wie die Idee gekommen war, verwarf Lea sie auch wieder. Es war besser, dieses Rätsel allein zu lösen. Sie war sich auch nicht sicher, ob Moritz sich überhaupt zeigen würde, wenn Lennard dabei wäre.

»Die Männer werden sie also nicht erwischen?«, fragte sie.

»Ich glaube nicht. Nein!«

Lea nahm die Fotos wieder in ihre Hände. Sie setzte

sich aufs Bett und blätterte durch die Bilder. »Ich beneide dich. Solche Fotos hätte ich auch gerne gemacht.«

Lennard setzte sich neben sie. Dabei achtete er darauf, ein wenig Abstand zwischen ihnen zu lassen, wie Lea beruhigt feststellte. Vielleicht war er doch nicht so schräg, wie sie dachte.

»Vielleicht können wir beide mal nach ihnen sehen, wenn die Männer nicht schwer bewaffnet in der Gegend rumlaufen«, schlug er vor.

Vielleicht wäre es doch sicherer, überhaupt nur noch mit Lennard durch die Wälder zu ziehen.

»Ja, vielleicht.«

Das reichte, um ein breites Lächeln in Lennards Gesicht zu zaubern.

»Aber ich wollte dich auch was fragen.«

Lennard sah besorgt auf seine Uhr.

»Hast du wichtige Termine?«

»Nein. Schieß los.«

»Diese Viele-Welten-Sache, also mit den Teilchen, die hier sind und da ...«, sie hatte den Faden verloren. »Also, wenn ich Geräusche höre und das, was die Geräusche verursacht, spüre, aber nicht sehe, ist das dann aus einer dieser anderen Welten?«

»Was hast du gehört?«

»Ist ja nur theoretisch.«

»Wo?«

»Theoretisch. Oder hast du vielleicht doch nicht so viel Ahnung davon, wie du behauptest?« Das funktionierte bei den meisten Jungen, man musste nur kurz an ihrer Ehre kratzen und schon machten sie genau, was sie sollten. Und es funktionierte auch bei Lennard.

»Das Doppelspalt-Experiment erklärt doch alles«, behauptete er und machte eine kurze Pause. »David Deutsch, das ist ein berühmter Physiker, hat mal Photonen, also Lichtteilchen, durch zwei schmale Spalte geschickt.«

Lea sah ihn fragend an.

»Kannst du alles googeln, ist nicht so wichtig, wie er das gemacht hat«, erklärte Lennard. »Wichtig ist, dass dabei zwei verschiedene Muster entstehen können. Und das, ohne die Quelle zu verändern.«

Jetzt sah Lea ihn sehr verwirrt an.

»Pass auf«, sagte Lennard und zückte sein Handy. Er öffnete YouTube und wischte zu seinen Favoriten. Das Video lief an. Und fror gleich wieder ein.

»Unterirdisches WLAN«, seufzte Lea entschuldigend.

Lennard stellte den WLAN-Empfang ab. Das Video lief und demonstrierte genau das, was er eben erklärt hatte. Nur eben viel anschaulicher.

»Wow!«, entfuhr es Lea am Ende. »Mein Kopf schwirrt.«

»Alles ganz einfach«, behauptete Lennard. »Zwei Muster, eine Quelle. Wie kommt es dazu?«

Lea zuckte mit ihren Schultern.

»Durch eine andere Dimension«, flüsterte Lennard verschwörerisch.

»Und Schall ist auch eine Welle, oder?«, fiel Lea jetzt ein.

»Exakt.«

»Paralleluniversen sind also da. Wir wissen nur nicht, wie man in sie hineinkommt. Deutsch sagt auch, dass Zeitreisen zum Beispiel möglich sind, aber nur in andere Universen.«

»Also wenn ich Hufgetrappel höre, dann kann das sein, dass ich in der Nähe eines anderen Universums bin? Echt jetzt?«

»Du meinst die Pferde im Wald? Da hast du so etwas –«

»Ist doch nur ein Beispiel«, unterbrach Lea ihn. »Aber mal ernsthaft: Glaubst du das alles?«

»Warum nicht? Hättest du den Leuten vor hundert Jahren gesagt, dass wir zum Mond fliegen, Raumsonden ans Ende des Universums schicken und den ganzen Tag telefonierend durch die Gegend laufen, hätte das auch keiner geglaubt.«

Er sah wieder auf die Uhr.

»Du hast noch was vor, oder?«, fragte Lea.

Lennard nickte. »Muss los. Tut mir echt leid. Ich hätte mich gerne noch …«

Den Rest des Satzes ließ er leise ausklingen und verabschiedete sich.

Eigentlich fand Lea es schade, dass Lennard jetzt ging.

Aber irgendwie war sie auch ganz froh, wieder allein zu sein.

Lea musste jetzt erst mal ihre Gedanken sortieren. Sie hatte immer mehr das Gefühl, dass da draußen noch merkwürdigere Dinge passierten, als sie sich im Moment überhaupt vorstellen konnte. Noch durchgeknallter als nur Tierprozessionen, Angriffe von Killerfliegen oder unsichtbare Pferde, die einen beinahe umrannten. Aber je mehr Informationen Lea hatte, desto verworrener wurde das alles.

Wenn sie mal kurz nicht dachte, sondern nur fühlte, wurde ihr angst und bange. Sie müsste schnell eine logische Erklärung für all das finden. *Und dabei wird Moritz mir sicher gerne helfen*, dachte sie grimmig.

Sie ging zum Fenster und sah hinaus, Richtung Wald. Moritz war natürlich nicht da. *Vielleicht besser, solange die Männer mit ihren Gewehren draußen rumlaufen*, dachte sie und hoffte, dass er ein gutes Versteck hatte. Denn eine Neonweste besaß er nicht, da war sie sicher.

KAPITEL 11

Als Onkel Benno nach Hause kam, hörte Lea nur ein paar Türen knallen. Kurz danach drang das Raunen der Stimmen von ihm und Tante Marie durch den Fußboden. Ihr Onkel hörte sich unzufrieden an. Lea war erleichtert. Sie glaubte, dass die Männer nicht einen einzigen Wolf erwischt hatten. Sonst hätte er wahrscheinlich fröhlich geklungen.

Lennard hatte also recht. Er wusste überhaupt sehr viel. Vielleicht sollte sie ihn früher oder später doch einweihen. Aber was dann? Müsste sie dann all ihre Entdeckungen mit ihm teilen? Auch wenn es eines Tages zu einer wissenschaftlichen Veröffentlichung käme? Oder wäre er fair genug einzugestehen, dass sie all das entdeckt hatte?

All das.

Was sollte *all das* eigentlich sein? Waren das überhaupt *wirkliche* Entdeckungen? Wieso machte sie sich jetzt schon Gedanken darüber, bevor überhaupt klar war, worum es hierbei ging? Außerdem gab es gerade wichtigere Dinge zu erledigen. Nämlich Moritz ein paar Fragen zu stellen, zum Beispiel.

Schon bald fiel die Tür wieder zu. Kurze Zeit später hörte Lea, wie der Traktor gestartet wurde und vom Hof rappelte. Onkel Benno war also wieder weg. Und ganz sicher nicht mehr auf der Jagd.

Lea schlich sich auf Zehenspitzen nach unten und nach draußen. Erst als sie hinter dem Haus war, zog sie ihre Turnschuhe an. Tante Marie würde ihr bestimmt nicht erlauben, in den Wald zu gehen, und eine Ausrede für einen Spaziergang in den Ort fiel ihr auch nicht ein.

Sie musste einfach hoffen, dass Marie nicht nach ihr sehen würde. Durch den unaufhörlichen Nieselregen huschte sie geduckt über die Wiese. Gräser und Sträucher entluden ihre klamme Nässe an Leas Jeans. Als sie den Wald erreicht hatte, waren nicht nur ihre Schuhe voller Wasser, sondern sie hatte darüber hinaus das Gefühl, dass ihre Beine bald abfrören.

Dabei ist es Sommer, verdammt noch mal.

Sie lauschte.

Die schießen auf alles, was sich bewegt!, hat Lennard gesagt. Und der kommt von hier.

Als sie absolut sicher war, dass keine Männer mit Gewehren in der Gegend herumstreunten, rief sie nach Moritz.

Der antwortete nicht.

Natürlich nicht!

Lea ging tiefer in den Wald und rief dabei weiterhin halblaut seinen Namen.

Sie ging weiter und weiter. Blieb abrupt stehen, in der Hoffnung, Schritte zu hören. Da war nichts.

Zum Glück auch kein Hufgetrappel.

Aber da waren auch keine Tiere! Das fiel Lea erst jetzt auf. Sie hörte nämlich mal wieder gar nichts. Keine Vögel, keine Frösche, keine Kühe, die von den Weiden herübermuhten. Es schien, als wären sämtliche Tiere verreist oder würden geschlossen Nachmittagsschlaf halten.

Das hatte schon etwas zu bedeuten, oder? War vielleicht ein besonders schweigsames Universum in der Nähe? Lea prustete bei dem Gedanken. Dadurch fiel zumindest ein Teil der Anspannung von ihr ab.

Sie hatte Moritz' Hütte erreicht. Hier war er auch nicht. Aber vor allem waren hier keine weiteren Spuren. Das hieß, die Männer hatten ihn nicht entdeckt. Wenigstens das.

Das Rudel Wölfe war an Lennard vorbeigezogen. Friedlich. Harmlos. Östlich.

Sie lief in Richtung Osten. Dorthin, wo sie den Sumpf vermutete. Wo sie die Wölfe und vielleicht auch Moritz vermutete. Je weiter Lea kam, desto weicher wurde der Boden, und umso tiefer versanken ihre Turnschuhe im Matsch.

Endlich sah sie einen dunkelgrünen Streifen zwischen den Bäumen auftauchen. Das könnte Schilf sein. Lea ging langsamer. Achtete darauf, nicht auf Zweige zu treten. Keine unnötigen Geräusche. Der Boden war hier bereits komplett von Wasser bedeckt. Die Wurzeln der Bäume ragten daraus an einigen Stellen wie kleine dunkle Inseln empor, an denen die Wellen schwappten, die Leas Schritte verursachten.

Ihre Füße waren kalt. Eiskalt.

Und hier war nichts.

Aber ein sehr merkwürdiges Nichts.

Ihr kam es so vor, als wäre sie in Watte gelaufen. Die Luft, die fehlenden Geräusche, selbst das Gefühl auf ihrer Haut – alles wirkte gedämpft, so als wäre es gar nicht da. Dass es hier manchmal keine Geräusche gab, oder zu viel davon, daran hatte sie sich mittlerweile gewöhnt. Das hier war neu. Anders. Und in seiner Stille furchterregend.

Lea legte den Kopf zur Seite und drückte mit einem Finger auf ihr Ohr, wie nach dem Baden, wenn man von einer Welle erwischt wurde. Das wiederholte sie auf der anderen Seite. Sie hörte immer noch keine Tiere, Autos oder den Wind. Sie schnippte wieder mit den Fingern und stellte beruhigt fest, dass sie das Schnippen sehr wohl hörte. Wenn auch sehr gedämpft.

Kein Hörsturz, also.

Sie kniff sich. Es zwickte.

Alles gut, du hast ein Ziel, also mach einfach weiter.

Das Schilf stand auf einer riesigen Fläche. Da es sehr hoch war, konnte Lea schlecht abschätzen, wie groß dieser Sumpf war. In der Ferne sah sie keine Baumkronen, also vermutete sie, dass man sich darin zumindest locker verlaufen konnte.

Das musste nicht sein.

Nicht mit kalten Füßen.

Sie ging noch ein paar Schritte vor der Schilffront entlang. Auf dem Boden entdeckte sie keinerlei Spuren, weder Fußabdrücke noch Spuren von Tatzen. Aber immer noch herrschte diese gespenstische Stille. Müsste sich nicht mal irgendein Tier vor ihr erschrecken und mit einem hektischen Klatschen ins Wasser verschwinden? Ein Frosch, ein Molch, ein Fisch? Aber das Wasser zu ihren Füßen plätscherte nur dumpf und leise ins dichte Gras.

Und dann spürte sie doch etwas. Plötzlich, unvermittelt.

Es kribbelte auf ihrem Rücken, und die Härchen auf ihren Armen richteten sich auf. Sie wusste plötzlich, dass das – die Stille, die sie eben noch irritiert hatte – eigentlich ein riesiges Megaphon war, aus dem es brüllte: GEFAHR! VERSCHWINDE!

Vielleicht war es doch keine so gute Idee, hierhergekommen zu sein.

Vielleicht war das die dämlichste Idee, die sie je gehabt hatte.

Vielleicht hätte sie wenigstens Lennard mitnehmen sollen.

Vielleicht wäre es besser, jetzt einfach zu gehen, still und leise.

Im Schilf neben ihr raschelte es. Es knackte, Zweige brachen, Wasser blubberte. Nur wenige Zentimeter von ihr entfernt. Leas Herz stürzte sich wild pochend und zuckend in ihren Magen. Sie kreischte. War bereit zum Sprung. Notfalls in dieses Brackwasser. Hauptsache weg!

Da spürte sie eine Hand auf ihrer Schulter.

»Ich bin's doch nur.«

Sie kannte die Stimme.

»Bist du wahnsinnig?«, rief sie und fuhr mit erhobenen Fäusten herum.

Moritz machte vor Schreck drei Schritte rückwärts, rutschte aus und fiel auf den nassen Boden.

Lea presste die Hände auf ihr pochendes Herz und schnappte nach Luft.

»Ich hatte doch gesagt, dass wir uns heute noch mal sehen«, sagte Moritz unschuldig, als er sich wieder aufrappelte.

»Du kannst dich doch nicht so anschleichen«, schimpfte Lea. »Nicht in so einer Gegend.«

Moritz sah sich um und murmelte fragend: »So eine Gegend? Was meinst du damit?«

»Hier ist es unheimlich, falls du das noch nicht mitbekommen hast.«

»Ja, aber wenn ich bei dir bin, passiert dir nichts«, sagte er, offenbar sehr von sich überzeugt.

Da riss Leas Geduldsfaden.

»Hörst du nicht, wie man hier *nichts hört?* Gar nichts? Dafür rennen irgendwo unsichtbare Pferde durch den Wald und auf der anderen Seite schwirren Mörderfliegen hinter einem her. Das alles ist einfach nicht normal«, sie trat näher auf ihn zu. Moritz ging rückwärts, dann aber versperrte ein faulender Baum seinen Weg. Lea beugte sich sehr dicht zu ihm herüber. Sie war sauer. Sie war extrem angefressen. »Und ich glaube, dass du etwas damit zu tun hast!«

Moritz hob abwehrend seine Hände und schüttelte den Kopf.

»Wieso bin ich *eine von euch?* Von wem?«, drängte Lea weiter. »Und was hat es mit diesem *nicht wo, sondern wann* auf sich? Häh?«

Das letzte *Häh?* bellte sie nahezu in sein Gesicht, so wütend war sie.

Aber es zeigte Wirkung.

»Das alles ist nicht leicht zu erklären«, antwortete Moritz jetzt ziemlich kleinlaut.

»Wir haben Zeit«, sagte Lea plötzlich sehr ruhig und sehr bestimmt.

»Ich nicht. Ich muss hier weg.«

Lea ließ seine Ausflüchte nicht mehr gelten. Sie starrte

ihn weiterhin wütend an. Das irritierte Moritz offensichtlich so sehr, dass er sich nicht von der Stelle traute.

»Also schön«, fuhr er endlich fort. »Ich gehöre weder an diesen Ort noch in diese Zeit.«

»Wenn dir der Ort nicht gefällt: Dafür gibt es Busse. Und für die Zeit, tut mir leid: Da musst du durch. Müssen wir alle.«

Moritz schüttelte den Kopf. »Nein, muss ich nicht«, sagte er bestimmt. Er holte tief Luft, so als würde er nun lang und breit etwas erklären wollen. Doch dann schüttelte er wieder nur den Kopf. »Das, was hier passiert, mit den Fliegen, den Pferden und den Wölfen, das bin ich nicht. Nicht *ich*.«

»Wer dann?«

»Das kann ich dir nicht sagen.«

»Wer?«

»Für dich wäre es nur ein Name, der dir ohnehin nichts sagt. Aber wenn ich es schaffe, hier schnell genug zu verschwinden, dann hört das auch alles wieder auf.«

»Du hast damit also nichts zu tun, aber es hört auf, wenn du nicht mehr da bist. Seltsame Logik, wenn du mich fragst.«

»Morgen, spätestens übermorgen bin ich wieder weg.«

»Wohin?«

»Nach Hause«, sagte er sehnsüchtig.

»Und das ist wo?«, fragte Lea. Dann fiel ihr etwas ein,

und sie fügte zischend hinzu: »Oder muss ich fragen: Das ist *wann?*«

Moritz nickte erneut ernsthaft und lächelte dazu plötzlich sogar. »Beides.«

Lea konnte es nicht fassen. Sie wollte Antworten und bekam immer noch Rätsel, Ausflüchte oder irgendwelche absurden Geschichten.

»Du gehst also einfach in eine andere Zeit, oder was?«, fragte sie. »Und wie muss ich mir das vorstellen? Wie eine Parallelwelt, oder so?«

Wahrscheinlich fiel ihr der Begriff so schnell ein, weil sie gerade erst mit Lennard über diese Sachen gesprochen hatte. Aber er zeigte Wirkung.

Moritz grinste nämlich erleichtert. So, als hätte ihm jemand eine schwere Aufgabe abgenommen und er könnte nun endlich wieder seinen Spaß haben. »Ja, so kann man das beschreiben. Genau so. Du bist also wirklich eine von uns, und ich habe mich nicht in dir geirrt.«

»Nicht in mir geirrt?« Lea kam ein merkwürdiger Verdacht. Sie kniff ihre Augen zusammen und fragte: »Du bist nicht zufällig ein Kumpel von Lennard, und ihr erlaubt euch hier einen Superprank mit mir, oder? Die einfachste Lösung ist nämlich meist die richtige! Und das wäre die einfachste! Wenn auch die mit Abstand beknackteste!«

Sie drehte sich nach links, nach rechts, nach hinten.

Da war niemand, der den Superprank mit seinem Handy filmte.

Trotzdem!

Moritz schüttelte energisch den Kopf. Dabei sah er sie aber beinahe traurig an und sagte, dass sie jetzt lieber nach Hause gehen sollte.

»Ich bin hier bald weg, und dann besteht keine Gefahr mehr«, fuhr er fort.

»Als ob das irgendwas erklären würde«, schnaubte Lea.

Moritz versuchte, sich an ihr vorbeizudrängen.

»Du meinst, du kannst in der Zeit reisen?«, fragte sie.

»Natürlich«, sagte er so selbstverständlich, dass ihr für einen Moment die Spucke wegblieb. Da stapfte er auch schon an ihr vorbei.

Das lasse ich mir nicht gefallen. Der spinnt wohl!, dachte sie. Lea streckte den Arm aus, um Moritz an der Schulter festzuhalten. »Du schuldest mir noch ein paar Antworten«, sagte sie scharf. Sie griff zu. Da spürte sie, wie etwas unter dem T-Shirt riss.

Erschrocken griff sich Moritz an den Hals, tastete hektisch seine Brust ab. Dann schaute er sich panisch um. Blickte zu Boden. Da lag etwas. Im Matsch. Glänzend. Er bückte sich, doch Lea war schneller.

Sie griff zu und hielt ein Amulett aus Metall in der Hand. In der Öse hing ein zerrissenes Lederband. Lea ließ das Amulett vor seinem Gesicht baumeln. Dabei achtete sie sehr genau auf seine Hände und seine Augen. Lernt man auf dem Schulhof, wenn einem die Jungen im Winter die Mütze klauen und sich gegenseitig zuwerfen.

»Was ist das?«, fragte sie langsam.

»Meins!«

Als Moritz danach griff, drehte sie sich geschickt zur Seite und beugte dann ihren Oberkörper schützend über ihre Hand mit dem Amulett darin. Es war leicht gewölbt und füllte den Innenraum der Handfläche aus. Das Schmuckstück war rund, aber grob an den Rändern, wie mit einem Meißel irgendwo rausgeschlagen. Und es war extrem leicht für seine Größe und Dicke.

Lea glaubte, noch nie etwas Derartiges in der Hand gehalten zu haben. Dann spürte sie ein Vibrieren und hätte das Amulett beinahe fallen gelassen. Jetzt schloss sich ihre Hand fester darum.

»Gib mir das bitte zurück«, sagte Moritz bestimmt.

»Moment!«, murmelte Lea und drehte das Amulett vorsichtig um. Das Vibrieren war weg. Seltsame Schriftzeichen drehten sich in Schneckenform zur Mitte. Dort war ein Loch im Amulett, in dem die Zeichen verschwanden. Lea sah grünes Schilf darin. *Ein Loch?* Sie drehte es wieder um. Da war kein Loch! Dafür war die ganze Seite mit Punkten und Linien übersät, die je nach Lichteinfall vollkommen andere Muster ergaben.

»Was ist das?«, fragte Lea erstaunt.

»Es ist meins.«

Sie sah Moritz an. »Was für eine Sprache ist das da drauf? Und wieso hat das auf einer Seite ein Loch und auf der anderen nicht? Wie geht das?! Das ist nicht logisch, das kann nicht sein!«

»Die Sprache kennst du nicht.«

»Ich will eine Antwort.«

»Weganisch.«

»Es ist Metall, das sehe ich selbst, und dass Metall vegan ist, ist mir auch klar.«

»Wega. Mit W. Wie die Wega, eben.«

»Was ist das?«

Moritz zeigte in nördlicher Richtung zum Himmel. »Du kannst sie noch nicht sehen, es ist zu hell.«

Ein Stern? Ein Planet. Diesen vollkommen absurden Gedanken schob Lea zur Seite. Konnte ja gar nicht sein. War vollkommen unlogisch.

»Wieso ist das so leicht? Ich habe das Gefühl, es fliegt gleich weg.«

»Pass auf!«, rief Moritz scharf, und Lea schloss ihre Faust.

Dann nahm sie das Amulett zwischen Daumen und Zeigefinger. Drehte es hin und her und hatte wieder das Gefühl, es würde vibrieren.

»Was für ein Metall ist das?«, fragte sie.

»Das weiß ich nicht. Ich weiß nur, dass das Amulett auf Wega hergestellt wurde.«

»Und jetzt willst du mir erzählen, dass du da warst, oder was? Ist das der Ort, an dem man Lendenschurz trägt? Wo ist denn dein Raumschiff, Luke Skywalker?«

Dieses ganze Gespräch wurde immer verworrener. Anstatt auch nur eine Frage beantwortet zu bekommen, taten sich minütlich fünf neue auf.

»Nein«, sagte er. »Der Lendenschurz stammt noch aus meiner vorherigen Aufenthaltszeit. Auf Wega war ich nicht. Noch nie. Aber das Amulett gehört mir, und es ist immens wichtig für mich. Bitte, gib es mir zurück.«

»Pustekuchen«, erwiderte Lea. »Du erzählst mir, was ich wissen muss, und dann bekommst du es zurück. Das ist ja wohl nicht zu viel verlangt. Und bitte: Keine Geschichte mehr von Parallelwelten, fremden Sternen oder Zeitreisen. Okay? Sei einfach mal klar und ehrlich.«

»Es ist nicht nur wichtig für *mich*«, versuchte er es noch mal. Aber davon ließ sich Lea nicht beeindrucken. Sie schwenkte das Amulett in ausreichendem Abstand von ihm hin und her und sah ihn durchdringend an.

Dabei bemerkte sie, dass Moritz die Schultern hängen ließ. Beinahe so, als würde er sich geschlagen geben. Würde sie jetzt doch noch ihre Antworten bekommen?

»Wir können uns auch da vorne auf einen Baumstamm setzen«, schlug Lea vor. »Dann stehen wir nicht die ganze Zeit im Sumpf rum.«

Moritz nickte.

Lea setzte sich vorsichtshalber ein wenig entfernt von Moritz auf den Baumstamm. *Wer weiß, womit der jetzt um die Ecke kommt?*, dachte sie. Außerdem würde er doch garantiert versuchen, ihr sein Amulett abzunehmen. Bei dem Gedanken klammerten sich ihre Hände fester um das Metallstück.

Sie versuchte zu lächeln und gab sich gleichzeitig viel Mühe, reserviert zu wirken. Ihre Deutschlehrerin, Frau Drews, hatte diese Technik perfektioniert: ganz nah und gleichzeitig unerreichbar zu sein.

»Mein Name ist Moritz Philip Carl Emanuel Moebius.«

Lea nickte ermunternd. Das klang zwar ziemlich abgefahren, welche Eltern geben ihrem Kind schon vier Vornamen?, aber es war zumindest ein Anfang. Endlich redete er. Über sich.

»Ich wurde geboren im Jahr 1773.«

»Sicher.«

Das war's dann also auch schon mit dem Über-sich-Reden. 1773. So ein Spinner!

»Es stimmt!« Moritz beugte sich weit nach vorne, um seinen Worten Nachdruck zu verleihen.

Als sie antwortete, verzog Lea spöttisch ihre Oberlippe: »Dann bist du also fast 250 Jahre alt. Dafür hast du dich dann aber ziemlich gut gehalten. Wenn du mir dein Geheimnis verrätst, bin ich sicher, dass wir damit eine Menge Geld verdienen können.«

»Nein, ich bin erst ... Also, fast siebzehn.«

Er sagte das sehr ernst. So ernst, dass Lea sich einen weiteren Kommentar verkniff. Sie wartete lieber darauf, dass er weitersprach.

»Ich kam damals in einem Park in Hessisch-Gemblingen zufällig in eine Art Zeitmaschine«, fuhr Moritz fort. An dieser Stelle sog Lea zischend Luft ein, sagte aber nichts. Stattdessen nickte sie ermunternd. So, wie sie das in der Schule bei Diskussionen immer machen sollten. Den anderen am Reden halten, positiv wirken, aufmunternd nicken und insgeheim hoffen, dass er gleich einen riesigen Logikfehler fabriziert.

»Ich hatte keine Ahnung, dass das eine Zeitmaschine war. Das habe ich erst viel früher, an einem ganz anderen Ort, erfahren. Für mich war es einfach nur ein Labyrinth aus Buchsbaum. So eine Art Irrgarten, wenn dir du darunter was vorstellen kannst.«

Lea nickte.

»Vielleicht hat es auch nur bei mir funktioniert. Ich habe zumindest niemanden getroffen, der ebenfalls diesen Weg gegangen ist. Jedenfalls befand ich mich plötzlich mitten im Dreißigjährigen Krieg. Und von da ging es weiter und weiter. Immer nur weiter weg, vorwärts und rückwärts in der Zeit.«

»Und wie bist du dann ausgerechnet in dieses Kaff gekommen?«

»Ich will zurück. Einfach nur wieder nach Hause. Zu meinen Eltern. In meine Stadt, zu meinen Freunden. Aber vor allem: In meine Zeit! Dahin, wo ich hingehöre. Ich habe lange gebraucht, bis ich dahinterkam, dass ich mir ein neues Labyrinth bauen muss.«

Lea konnte es nicht fassen, dass er ihr tatsächlich einen solchen Unsinn auftischte. Es war nur ein Frage der Zeit, bis er einen Logikfehler machen würde. Dann hätte sie ihn, dann musste er endlich mit der Wahrheit rausrücken. Sie versuchte, ihn ein wenig zu reizen: »Also hast du mal eben eine Buchsbaum-Plantage angelegt, zehn Jahre gewartet, und als das Ganze dann hoch genug war, ein Labyrinth daraus geschnitten und dich dann dummerweise doch verflogen. Arschkarte, alles umsonst, oder was?«

»Es muss nicht aus Buchsbaum sein«, antwortete Moritz trocken. »Es muss nur aufgebaut sein wie das Labyrinth in Hessisch-Gemblingen. Und man kann auch nicht unbedingt von Fliegen sprechen. Es ist mehr ein Wirbeln.«

Lea lachte kurz auf.

Wirbeln!

»Lea, ich versuche seit Ewigkeiten, wieder nach Hause zu kommen. Wieder und wieder und wieder. Aber ich lande immer an anderen Orten. Und in anderen Zeiten. Glaubst du etwa, ich hätte mir das hier freiwillig ausgesucht?«

»Du bist also ein Zeitreisender?«, fragte Lea lachend.

Moritz nickte. »Du nicht?«

Lea zog eine Grimasse. »Du machst dich über mich lustig, oder?«, schoss es aus ihr.

»Nein.«

Sie sah Moritz tief in die Augen. Seine Lider flatterten nicht. Seine Pupillen waren ruhig. Ganz gleich, wie abgedreht diese Geschichte klang, er selbst glaubte jedenfalls daran.

»Du glaubst diesen Kram wirklich?«, fragte sie also.

Und er wirkt nicht, als hätte er einen Dachschaden.

Moritz nickte. »Es geht nicht darum, es zu glauben. Es ist einfach so. Ich kann mir vorstellen, dass das für dich alles ziemlich fantastisch klingt …«

»*Ziemlich fantastisch?*«, unterbrach Lea ihn mit einem spontanen Lachen. *Absurd.*

»Für mich ist es grässliche Realität«, fuhr Moritz unbekümmert fort.

»Da hast du sicherlich eine Menge erlebt in den letzten Jahren.«

»Auf all das würde ich gerne verzichten, wenn ich nur einfach wieder in meine Zeit zurückkehren könnte.«

»Aber deine Zeit«, sagte Lea, und das *deine Zeit* setzte sie dabei in verbale Anführungszeichen, »die ist doch vorbei. Die gibt es gar nicht mehr.«

»Du glaubst also, dass Zeit linear verläuft.«

»Was?«

»Auf A folgt B folgt C.«

Lea nickte. Was denn sonst? »Man stolpert, fällt hin und hat eine Schramme am Knie. A, B, C.«

»So funktioniert Zeit nicht«, sagte Moritz. »Jedenfalls nicht immer.«

Teilchen gegessen und noch nicht gegessen.

Lea gab sich viel Mühe, das alles einfach nur auf sich wirken zu lassen. Sie wollte nicht urteilen. Nicht werten. Nicht so schnell. Logischerweise müsste sie all das für vollkommen verrückt halten. *Logischerweise.* Aber logischerweise gab es auch keine körperlosen Pferde. Logischerweise hielten sich Wölfe von Menschen fern. Logischerweise griffen einen nicht Millionen Fliegen an. Logischerweise spielten Uhren nicht andauernd verrückt.

Sie nickte still vor sich hin, ließ das Amulett durch ihre Finger gleiten. *Was, wenn das alles stimmt?*, fragte sie sich.

»Warum erzählst du mir das alles?«, fragte sie, ohne ihn anzusehen. Ihr Kopf brummte. Das konnte doch alles nicht wahr sein.

»Weil ich dir vertraue. Außerdem hast du einfach nicht lockergelassen.« Moritz grinste sie vorsichtig von der Seite an.

»Du kennst mich doch gar nicht.«

»Aber ich habe das Gefühl, dich zu kennen«, sagte Moritz leise.

Er auch?

Dann fuhr er fort: »Das hatte ich schon bei unserem ersten Zusammentreffen.«

»Als du mich gefragt hast, ob ich eine von euch bin? Meintest du das damit?«

Doch darauf bekam Lea keine Antwort mehr. Denn in dem Moment klingelte ihr Handy. Sie verzog ihren Mund zu einem entschuldigenden Lächeln, stand auf und steckte die linke Hand in die rechte Hosentasche, um das Handy rauszuholen. Es verkantete sich. Lea tänzelte von einem Bein aufs andere. Sie war eine Millisekunde abgelenkt. Allerhöchstens. Aber das reichte.

Moritz schnappte zu.

Das Handy klingelte erneut.

Er hielt das Amulett in seiner Hand und schloss die Faust darüber.

»Lea, es tut mir wirklich leid«, sagte er. »Aber dieses Amulett ist wichtig für mich. Es geht um Leben und Tod. Glaub mir, ich würde das sonst nicht tun. Geh nach Hause und dir wird nichts geschehen.« Mit einem Satz war er im Schilf verschwunden.

Sie hörte Wasser platschen, hörte, wie hartes Schilf gegeneinanderwischte.

Mistverdammter!

»Moritz! Bleib hier!«

Enten quakten, Mücken summten, Vögel zwitscherten, Blätter raschelten, Wind säuselte. Die Geräusche waren zurückgekehrt. Wind wehte, und plötzlich roch Lea auch das brackige Wasser.

Das Handy klingelte noch immer in Leas Hand.

MAMA stand auf dem Display.

Als sie das Wort las, fiel alles von ihr ab. Jetzt gab es Geräusche und kein Kribbeln mehr im Nacken, und es gab einen Zeitreisenden, der sich mal wieder zu schnell verdrückt hatte. Und sie war einfach nur ein Mädchen, das bei Mistwetter am Rand eines Sumpfs stand und nur mit seiner Mutter telefonieren wollte.

Lea sehnte sich plötzlich nach der Stimme ihrer Mutter. In diesem Moment wusste sie, dass sie keine Angst mehr haben musste, ganz egal, wie weit ihre Mutter entfernt war. Ihre Mutter war für sie da. Das war sie immer, und das würde sie immer sein. Ihre Mutter würde sie beschützen. Vor wem oder was auch immer.

»Mama!«

Rauschen. In dem Rauschen viele Stimmen. Und gerade als Lea hinter den Stimmen auch noch das Geräusch von Hufgetrappel zu hören glaubte, kam die Stimme ihrer Mutter. Klar und deutlich.

»Du gehst ans Telefon?«

»Mama! Wie geht's dir?«

Eine kurze Pause, dann: »Sag mal, ist alles in Ordnung bei dir?«

»Oh, ja.«

Lea drehte sich langsam um und ging zurück in den Wald. Sie wusste, solange sie die Stimme ihrer Mutter hörte, konnte ihr nichts geschehen. Es war das Gefühl, das sie als kleines Kind in der Nähe ihrer Mutter immer gehabt hatte. Ein Gefühl der absoluten Sicherheit und Geborgenheit. Wie konnte sie dieses Gefühl nur vergessen?

»Du, ich wollte dir nur sagen, dass das mit morgen bei mir nicht klappt. Ich muss leider arbeiten.«

»Oh.« Tatsächlich war Lea enttäuscht, und die Absage versetzte ihr einen kleinen Stich ins Herz.

»Aber ich komme am Sonntag«, sagte ihre Mutter dann. »Ganz bestimmt. Das verspreche ich. Und dann gehen wir alle gemeinsam zum Schützenfest.«

»Das wäre schön.«

Es war sinnlos, Moritz zu folgen. Der Wald war zu groß, und er kannte sich darin garantiert viel besser aus als sie. Deshalb würde Lea jetzt zum Hof zurückgehen. Beim nächsten Mal würde sie gemeinsam mit Lennard in den Wald gehen. Ja, Lea war sicher, dass es besser war, diese Ausflüge nur noch mit Lennard zu machen. Die Wölfe hätten sich bei zwei Menschen wahrscheinlich gar nicht erst getraut rauszukommen, und wenn Lennard das Hufgetrappel ebenfalls gehört hätte, wäre ihr wohler. Ganz bestimmt.

Und mit Lennard an meiner Seite hätte Moritz das Amulett auch nicht schnappen und damit abhauen können. Was hat es mit dem Amulett auf sich? Wieso ist das so wichtig? Zeitreisender, pah!

»Lea?«

Oder?

Erst mal raus aus dem Wald! Und dann dieses Leben-und-Tod-Gerede. Zeitreisender, dass ich nicht lache.

Oder?

»Was, Mama?«

»Ich habe das Gefühl, wir haben schon lange nicht mehr miteinander geredet. Was hast du in den letzten Tagen gemacht?«

Das kannst du ihr nicht erzählen, die rastet aus und kommt auf der Stelle hierher.

Ja, und?

Hallo? Ich habe keine Beweise. Für eine Außenstehende hört sich das an, als hätte ich nicht mehr alle beieinander. Alles total unlogisch.

Kurzerhand erfand sie eine Woche, die ihrer Mutter sicherlich gefallen würde. Das hatte viel mit einem Umwelt-Projekt für die Schule zu tun, mit Fotos und Pflanzensammeln. Dabei vergaß sie nicht, im Vorübergehen ein paar Gräser und Blätter abzuzupfen.

»Und was ist mit dem Jungen, von dem meine Schwester erzählt?«, fragte ihre Mutter nach einer Weile.

»Junge?«

Woher weiß sie das?

»Der aus dem Dorf.«

Ach so.

»Du meinst den künftigen Nobelpreisträger für Teilchenphysik?«

»So schlimm?«

»Ein totaler Nerd. Aber ich gehe morgen mit ihm und Marie zum Schützenfest. Wird vielleicht ganz lustig, wenn er mit seinem ganzen Wissen eine Zielscheibe treffen muss.«

»Vielleicht schießt er dir ja ein Herz.«

»Mama!«

Sie sprachen noch eine Weile, dann war Lea am Waldrand angekommen und konnte den Hof von Benno und Marie sehen. Sie beendete das Gespräch.

Hätte Lea gewusst, was in den nächsten vierundzwanzig Stunden geschehen würde, hätte sie vielleicht nicht so schnell aufgelegt.

Lea ging rasch nach oben in ihr Zimmer und warf sich aufs Bett. In Gedanken ließ sie das Amulett noch mal durch ihre Hände gleiten, erinnerte sich an die Punkte, Linien und Zeichen. Dann nahm sie ihren Stift und zeichnete es aus ihrer Erinnerung so gut es ging ins Notizbuch. Am Ende sah sie die Zeichnung zufrieden an.

»Ja, das ist es«, sagte sie leise.

Und dann schrieb sie alles auf, was Moritz gesagt hatte.

Wort für Wort. Als sie es jetzt las, klang es noch absurder als vorhin aus seinem Mund.

Und doch …

Und doch …

Irgendwas an seiner Geschichte brachte etwas in ihr zum Klingen. Wie eine Geigensaite, die nur ganz leicht gestrichen wird. Weit, weit entfernt. Sie versuchte, ihre Gedanken einzufangen, wie man manchmal morgens seine Träume einzufangen versucht. Hier ein Satz, da eine Farbe, dort ein Gefühl, und dann kommt jemand rein und sagt: »Aufstehen.« Und alles ist weg. Für immer.

Dann plingte ihr Handy.

Mistverdammter!

Sarah: Habe einen Jungen kennengelernt.

Lea: Was?!?!

Sarah: Yannis. Total süß. Schreibt Gedichte …

Lea: Was für Gedichte?

Sarah: Versteh ich natürlich nicht. Aber wenn er sie vorliest, läuft's mir heiß den Rücken runter.

Lea: Woher weißt du, dass er nicht nur das Telefonbuch abgeschrieben hat?

Sarah: Dumme Kuh.

Lea: Sorry.

Sarah: War 'n Scherz.

Lea: Ich habe ihn gerade gesehen.

Sarah: Wen? Yannis?

Lea: Moritz!!!!!

Sarah: Wer ist Moritz?

Und so ging es weiter. Am Ende legte Lea das Handy frustriert zur Seite. Sie hatte gehofft, dass sie mit Sarah über Moritz, über das Amulett, die angeblichen Zeitreisen und seine sagenhaften Leben-und-Tod-Andeutungen reden könnte. Yannis! Pustekuchen. Aber so war Sarah leider oft, wenn es um Jungen ging. Im letzten Jahr jedenfalls. Kaum, dass sie sich in einen verguckte, gab es auf dieser Welt nichts anderes mehr. Nur noch den Jungen. Zumindest für ein paar Tage. Danach lösten sich die meisten dieser Typen wieder in Luft auf.

Lea hätte sich gerade jetzt gewünscht, mit ihr darüber reden zu können. Gerade jetzt.

Zeitreisender. Obwohl … Lennard könnte ihr dazu bestimmt was sagen. Es gab garantiert irgendeinen Wissenschaftler, der das –

Lennard hat doch gesagt, dass dieser eine Wissenschaftler Zeitreisen für möglich hält. Oder nicht? Doch, das hat er gesagt! Der hieß? … Der hieß? … Ich muss ihn morgen fragen. Unbedingt.

Aber dann musst du ihm auch von Moritz erzählen.

Ja, und? Ist doch egal. Moritz ist wahrscheinlich nur jemand, der 'ne Menge Geschichten erzählt.

Glaubst du das wirklich?

Jemand, der 'ne Menge Geschichten erzählt und irgendwann mal erklären muss, wo er wirklich herkommt, was er wirklich vorhat.

Morgen.

Jetzt notierte Lea erst mal ein paar weitere Fragen fürs nächste Treffen mit Moritz ins Notizbuch. Denn dass sie ihn wiedersehen würde, das wusste sie. So sicher, wie sie wusste, dass morgen Früh die Sonne aufgeht.

KAPITEL 12

Als Lea und Marie am Samstagmorgen gemeinsam frühstückten, kam Benno herein und setzte sich zu ihnen an den Tisch. Er goss sich eine Tasse Kaffee ein, nippte daran.

»Also gestern …«, begann er einen Satz, von dem er anscheinend nicht wusste, wie er ihn beenden sollte.

»Habt ihr die Wölfe nicht abgeknallt«, half Lea ihm auf die Sprünge.

»Geschossen«, sagte Benno ruhig. »Lea, ich weiß, dass dir die Viecher am Herzen liegen, aber versetz dich doch mal bitte in die Lage der Leute im Ort! Es werden immer mehr. Und die Schäden, die sie anrichten, werden jeden Tag schlimmer.«

»Die Leute im Ort? Glaubt ihr etwa, dass die Wölfe über das Dorf herfallen? Wölfe haben Angst vor Menschen.«

»Diese nicht.«

»Alle Wölfe gehen dem Menschen aus dem Weg.« Und noch während sie das sagte, wusste Lea, wie falsch sie damit lag.

Egal!

»Und die Bäume sterben«, sagte Benno düster.

»Also im Wald nicht«, widersprach Lea.

»Im Ort schon.«

»Was hat das mit den Wölfen zu tun?«

»Das weiß ich nicht. Hier passieren zurzeit merkwürdige Dinge, und worauf ich hinauswill, ist Folgendes: Wenn du an diesem Wochenende aufs Schützenfest gehst, mach das nicht alleine.«

Merkwürdige Dinge! Erzähl es ihm, vielleicht ist er doch auf deiner Seite.

Er will Wölfe abknallen, schon vergessen?

»Hab ich nicht vor. Ich gehe sogar mit einem aus dem Dorf«, sagte Lea betont fröhlich.

»Lennard wird dir nichts nützen. Du gehst am besten mit mir oder Marie. Wir wollen nicht, dass dir irgendwas zustößt.«

»Was soll mir denn hier auf dem Dorf zustoßen?«

Ein paar Wölfe könnten dich angreifen, ein Schwarm Fliegen versuchen, dich zu ersticken …

»Du gehst mit einem von uns oder gar nicht. Morgen ist deine Mutter da, dann kannst du das alles mit ihr besprechen, aber heute sind wir noch für dich verantwortlich.«

»Ich dachte, wir gehen morgen alle gemeinsam.«

»Es geht ja auch nur um heute.«

»Und heute darf ich also nicht?«

»Doch. Wenn einer von uns mitgeht.«

Ich muss Lennard treffen! Ohne Gouvernante.

»Ich kann auf mich alleine aufpassen«, sagte Lea störrisch.

»Wenn einer von uns mitgeht«, wiederholte Onkel Benno ebenso störrisch.

Lea stöhnte auf. Dieser Kampf war sinnlos. Onkel Benno war ein Sturkopf. Gegen ihn kam sie nicht an. Also wandte sie sich an Marie: »Gehst du mit mir?«

»Aber sicher. Nach dem Mittagessen habe ich etwas Zeit.«

Die Zeit bis dahin verbrachte Lea am Fenster ihres Zimmers. Sie sah immer wieder zum Waldrand hinüber. Manchmal kam es ihr so vor, als habe sie etwas im Dunkeln huschen gesehen.

Lea: Sarah?

Lea: Sarah!!!!!

Lea: Sarah! Ich sehe doch, dass du die Nachricht gelesen hast!

Sarah: Ist gerade schlecht!

Lea: Liest er dir Gedichte vor?

Sarah: So was Ähnliches …

Lea: Erzähl!

Sarah: Jetzt nicht.

Lea: Sarah!

Lea: Sarah?

Lea: Ich darf heute nur in Begleitung zum Schützenfest. Kannst du dir das vorstellen?

Lea: Und ich hätte auch noch ein paar andere Dinge zu besprechen.

Lea: Dann eben nicht.

Immerhin regnete es nicht. Das war doch schon mal was. Lea sah auf die Uhr. Entweder die Zeit spielte mittlerweile auch in diesem Zimmer verrückt, oder sie verging einfach überhaupt nicht mehr. Warum rast Zeit manchmal so schnell dahin, und warum dauert es dann wieder ewig, bis eine halbe Stunde rum ist?

Lennard hätte darauf bestimmt eine Antwort.

Oder Moritz, der ist doch wohl Experte für Zeit.

»Ich weiß nur nicht, ob mich das wirklich interessiert«, murmelte Lea.

Ihr Handy klingelte.

Auf dem Display stand ein nicht zu entziffernder Buchstabensalat. War das Kyrillisch?

Vielleicht Sarah, die vom Handy des Dichters anruft … Schön wär's!

»Ja?«, meldete sich Lea.

»Geh nicht.«

»Was?«

Dann war die Leitung tot.

Lea versuchte, sich daran zu erinnern, was für eine Stimme das gewesen war. Wer wollte, dass sie nicht geht? Und vor allem: Wohin sollte sie nicht gehen? Zum Schützenfest? Dann war das wahrscheinlich dieser Dicke. Hinnerk. Wollte bestimmt nicht, dass einer seiner Kumpel mit der aus der Stadt rumhing.

Aber woher hat der meine Nummer?

Lennard? Hatte sie die Nummer jemals Lennard gegeben?

Warum sollte ich?

Onkel Benno! *Natürlich Onkel Benno*, dachte sie. Vielleicht war das einer seiner makaberen Scherze. Er wollte ihr einen Schreck einjagen, weil sie seine Warnung nicht ernst genommen hatte.

Hinnerk? Onkel Benno? Wie auch immer. Na, der würde sich noch wundern.

Der Festplatz lag zwischen dem Fußballplatz und der Reithalle, hinter der sich die Schützenhalle befand. Damit waren alle Attraktionen des Ortes auf geringstem Raum vereint. Um auf den Platz zu kommen, musste man über eine kleine Brücke gehen, unter der der Mühlbach plätscherte. Lea erinnerte sich daran noch aus den Vorjahren.

In diesem Jahr allerdings standen ein paar Männer an der Brücke, die genau darauf achteten, wer sie überquerte.

»Moin, Henning. Moin, Lars. Moin, Manu«, grüßte Marie die Männer, die ihrerseits mit einem knappen »Moin, Marie. Hallo, Lea« zurückgrüßten.

»Was machen die?«, flüsterte Lea ihrer Tante leise zu.

»Aufpassen, dass hier nichts passiert.«

»Wegen der Wölfe?«

»Lea, bitte«, stöhnte Marie auf. »Die Welt dreht sich nicht nur um deine Wölfe. Hier gibt's Männer und vor allem auch ein paar Jugendliche aus den Nachbardörfern, die zum Beispiel nicht ganz so gut mit Alkohol klarkommen. In den letzten Jahren hatten wir öfters Probleme beim Schützenfest. Dies Jahr haben wir schon Probleme genug.«

»Wann kommt eigentlich Onkel Benno?«, fragte Lea, die versuchte, auf sicheres Terrain zu gelangen. Sie wollte ihre Tante nicht unnötig reizen.

»Wenn er auf dem Feld fertig ist, kümmert er sich noch um die Sauen, dann kommt er. Warum?«

»Ich wollte mit ihm Karussell fahren!« Lea lachte und zeigte auf das Kinderkarussell, das mitten auf dem Platz stand. »Ruf ihn doch mal an und frag, wie lange das noch dauert.«

»Du weißt doch, dass er kein Handy hat.«

»Was?«

»Benno hat kein Handy. Weißt du doch. Wenn er auf

dem Feld ist, arbeitet er und will nicht schnacken, und wenn er zu Hause ist, kann man ihn auf'm Festnetz anrufen. Sagt er immer. Handy ist rausgeworfenes Geld.«

Wer hat dann vorhin bei mir angerufen?

»Lea!«

Sie drehte sich um und entdeckte Lennard, der an einer Imbissbude stand. Zwischen Hinnerk und Nils. Er winkte ihr zu. Die beiden anderen gaben ihr mit Blicken zu verstehen, dass sie hier nicht erwünscht war. Also ging sie geradewegs rüber zu den dreien. Sie musste mit Lennard sprechen.

»Hallo, Lennard«, grüßte Lea fröhlich.

»Moin«, grummelten die beiden anderen.

»Moin!« Lea grinste extrabreit.

»Musst du nicht Wölfe beschützen?«, ätzte Hinnerk.

»Musst du nicht noch mehr telefonieren?«, gab sie zurück.

Sein erstauntes Gesicht war echt. Hinnerk hatte keinen blassen Schimmer, wovon sie sprach.

Aber wer hat mich dann angerufen?

Bevor Hinnerk einen blöden Spruch machen konnte, redete Lea schnell weiter: »Ich schätze mal, dass die Wölfe das ganz gut alleine hinkriegen. Aber darfst du denn überhaupt hier sein und Spaß haben, während vielleicht gerade ein Rudel Wölfe auf eurem Hof randaliert?«

»Da ist kein Rudel. Nicht mal einer. Und wenn da einer wäre, würden wir ihn alle machen«, antwortete Hinnerk.

»Wir schießen uns hier nämlich warm«, fügte Nils grinsend hinzu.

»Und dann geht's rund im Dorf«, sagte Hinnerk kalt.

Mit der Frage »Zuckerwatte?« mischte sich Lennard zwischen die beiden.

»Ey, was?«, schnaufte Hinnerk.

»Klar, gerne!« Lea lächelte ihr breitestes Lächeln und wechselte mit Lennard auf die andere Seite des Festplatzes.

»Nehmen die dir das nicht übel?«, fragte sie auf dem Weg dahin.

»Und wenn schon«, antwortete er. »Ich habe nicht vor, den Rest meines Lebens hier zu bleiben. Den beiden da drüben bleibt aber nichts anderes übrig. Früher oder später werden sich unsere Wege also sowieso trennen.«

»Manchmal hörst du dich echt erwachsen an.«

»Nee, das ist nur realistisch.«

»Na, dann.«

Während Lennard die Zuckerwatte bezahlte, sah Lea sich um. Ihr fielen die Männer auf, die jeweils am Rand des Festplatzes hin und her gingen. Zwischen den wenigen Buden und dem Karussell tobten wie immer ein paar Kinder herum, deren Eltern aßen Würste oder tranken Bier. Jede der Buden schepperte ihre eigene Musik. Es war eine wilde Mischung aus Schlager und Walzer und Hummtata.

»Hier ändert sich echt gar nichts …«, sagte Lea leise zu sich selbst.

Aber Lennard hatte sie trotzdem gehört. »Was hast du erwartet? Heute Abend kommen die Jungs aus den Nachbardörfern, irgendwann haben alle zu viel getrunken, irgendwann werden sie sich wegen nichts in die Haare kriegen, und morgen haben ein paar Leute blaue Augen. Und die anderen haben Kopfschmerzen vom letzten Bier. Aber ohne all das wäre es eben kein typisches Schützenfest.«

»Und deshalb patrouillieren die Männer?«, fragte Lea und wies mit dem Zuckerwattestab zur Brücke und zur Reitwiese, die zum Wald führte.

»Nein. Die passen auf, dass keine Wölfe kommen.«

»Die würden doch sowieso nicht kommen. Ich glaube nicht, dass Wölfe auf Hummtata-Mucke stehen.«

Gegenüber schlenderten Hinnerk und Nils betont lässig zur Schießbude, die Daumen in den Schlaufen ihrer Jeans verhakt.

»Meinst du, die treffen was?«, fragte Lea.

»Hinnerk bestimmt, bei Nils bin ich nicht sicher. Hinnerk schießt ständig auf dem Hof mit 'nem Luftgewehr auf Ratten. Er ist ziemlich gut.«

»Auf Ratten?«, fragte Lea angeekelt.

»Die sind hier überall. Und wenn mal keine da sind, schießt er eben auf Vögel. Hauptsache, es bewegt sich.«

»Was für ein Vollidiot.«

»Ich bin besser.«

»Was?«

»Beim Schießen. Ich könnte ihn morgen schlagen.«

»Dann mach das doch.«

»Aber dann bräuchte ich eine Schützenkönigin.«

»Fang nicht wieder damit an. Ich wohne doch überhaupt nicht hier.«

Lennard überlegte kurz, schüttelte den Kopf und meinte dann: »Ich glaube nicht, dass das eine Rolle spielt. Das wäre ja nur für morgen und Montag. Na ja, und dann nächstes Jahr wieder. Du kommst doch nächstes Jahr wieder?«

»Das weiß ich doch jetzt noch nicht. Aber ich weiß, dass ich damit nichts zu tun haben will. Punkt.«

»Dann wird eben Hinnerk Schützenkönig.«

»Tja, dann wird eben Hinnerk Schützenkönig, Schicksal. Oder Lauf der Welt. Pech gehabt. Arschkarte. Cola?«

»Okay.«

Sie gingen rüber zum Getränkestand, vor dem zum Glück gerade niemand wartete.

»Ich muss dir etwas Wichtiges erzählen. Nur bitte nicht, wenn die beiden gleich wieder danebenstehen.«

»Wir können uns an den Rand der großen Wiese setzen«, schlug Lennard vor. »Dann werden sich die Leute hier im Ort aber die Mäuler über uns zerreißen.«

»Mir egal. Das ist jetzt wichtig!«

Lea bezahlte die zwei Becher Cola. Als sie sich in Richtung der Wiese aufmachten, fragte Lennard: »Worum geht's denn?«

Lea breitete die Arme aus. »Um das alles hier.«

»Kleiner geht's nicht?«

»Und um Zeitreisen, Parallelwelten, die Wega, einen merkwürdigen Jungen …«

»So merkwürdig bin ich doch gar nicht«, unterbrach Lennard lachend ihren Redefluss.

Da nahm Lea aus den Augenwinkeln einen grauen Schatten auf der Wiese wahr. Sie sah genauer hin.

»Lea?«, fragte Lennard. Er hatte den Wolf offenbar noch nicht bemerkt.

Ein wunderschöner, edler, großer Wolf tauchte aus dem Gras auf. Er trottete lässig, gelangweilt, elegant auf die Festwiese zu. Zwischen den Bäumen blieb er stehen.

Leas Herz schlug bis unters Kinn.

Sie glaubte, dass es einer der beiden war, die ihr im Wald begegnet waren. Aber jetzt schien er friedlich. Neugierig.

»Den krieg ich!«, hörte sie es plötzlich hinter sich. Es war diese eine Sekunde, in der die Musik an allen Buden gleichzeitig verstummte. Dann plärrte das nächste Lied.

Lea drehte sich um. Am Schießstand hatte Hinnerk den Wolf ebenfalls entdeckt. Er legte sein Gewehr an und zielte auf den Wolf.

»Nein«, entfuhr es Lea. Aber die Musik schepperte zu laut.

Lea rannte los.

»Nein!«, rief sie.

Hinter sich hörte sie Lennard, der schrie, sie solle stehen bleiben.

Hinnerk reagierte überhaupt nicht auf sie. Er zielte weiterhin auf den Wolf.

Leas Turnschuhe schrappten über die Schottersteine, mit denen der Platz aufgefüllt war. Noch drei Schritte.

Die Steine unter ihr knirschten und sprangen zur Seite weg.

Lea rutschte. Sie sprang.

Riss ihre Arme nach oben und griff nach dem Gewehr.

Es machte *Plopp*.

Irgendwer schrie auf.

»Bist du bescheuert?«, brüllte Hinnerk und stieß Lea von sich. Sie landete mit dem Hintern auf dem Schotter. Ihre Hände schabten über die kantigen Steine. Es tat höllisch weh. Aber das kümmerte Lea nicht. Sie sah zur Wiese. Der Wolf trottete davon.

Gerettet! Sie hatte einem Wolf das Leben gerettet!

Dann wurde sie hochgerissen.

»Weißt du überhaupt, was du hier tust?!«, brüllte Onkel Benno sie an.

»Was?«

»Ich habe die Kugel auf den Arm bekommen!«, zischte er böse.

»Das wollte ich nicht!«, rief sie und zeigte auf Hinnerk. »Er wollte den Wolf töten!«

»Mit einem Luftgewehr?«, fragte Benno. Stinksauer. Sein Griff um ihre Handgelenke wurde erst fester, dann ließ er sie los.

»Weiß ich doch nicht«, verteidigte Lea sich.

Mittlerweile hatten sich ein paar Leute um die beiden versammelt. Auch Tante Marie war da.

»Was ist hier los?«, fragte sie.

»Ich bin gerade angekommen«, erklärte Benno. »Da sehe ich, wie Lea Hinnerk das Gewehr aus der Hand stößt, und im nächsten Augenblick knallt mir die Kugel auf den Arm.«

Jetzt sah Lea den roten Fleck auf Bennos Arm auch.

»Ist ja nichts passiert«, sagte Lea leise. Denn der Fleck wirkte tatsächlich nicht besonders schlimm.

Aber vielleicht hätte sie das besser nicht gesagt.

»Ein paar Zentimeter weiter nach oben und mein Auge wäre weg gewesen«, zischte Benno. Mit noch härterer Stimme fuhr er fort: »Du gehst jetzt nach Hause. Und da bleibst du!«

»Aber …«, stammelte Lea.

»Du gehst jetzt!«

Sie hatte seine Augen noch nie so kalt und bestimmt

gesehen. *So sieht er wohl aus, wenn er sein Gewehr auf einen Wolf richtet*, dachte Lea.

Hinter Benno entdeckte sie Hinnerk, der dämlich grinste wie ein Zirkusclown. Daneben stand Lennard mit hängenden Schultern. Sein Blick gab Benno recht.

Lea fühlte sich plötzlich unendlich allein.

Tante Marie nahm ihre Hand und zog sie hinter sich her vom Platz.

»Du kannst mich ruhig loslassen«, sagte Lea, als sie das Dorf hinter sich gelassen hatten. »Ich lauf schon nicht weg.«

Tante Marie ließ ihre Hand los.

»Was hast du dir dabei gedacht?«

»Ich wollte doch nur, dass der Blödkopf nicht auf den Wolf schießt.«

»Dem Wolf wäre schon nichts passiert. Mit einem Luftgewehr ...«, grummelte Tante Marie. »Jetzt aber wird sich bestimmt die Polizei auf die Suche nach ihm machen.«

»Woher soll ich das denn wissen? Ich schieße ja nicht den ganzen Tag mit irgendwelchen Gewehren auf Ratten oder Verkehrsschilder wie die Irren hier im Ort. Ich kenne mich damit nicht aus.«

»Und genau deshalb, liebe Lea, hält man sich dann auch aus solchen Sachen raus.«

Das *liebe Lea* verwendete Marie, genau wie Leas Mutter, nur dann, wenn sie wirklich angefressen war. Die zwei Wörter schmerzten.

»Weißt du eigentlich, was alles hätte passieren können, wenn das ein richtiges Gewehr gewesen wäre? Auch dir?«

Lea zuckte ihre Schultern. Darüber hatte sie nicht nachgedacht. Sie hatte nur an den Wolf gedacht.

»Was hätte ich deiner Mutter sagen sollen, wenn dir etwas geschehen wäre?«

»Es tut mir leid«, sagte Lea leise. Sehr leise.

»Was?«

»Es tut mir leid!«, wiederholte sie jetzt etwas lauter.

»Das will ich hoffen. Und ich hoffe, du entschuldigst dich nachher bei deinem Onkel.«

Lea nickte.

Sie hatten die Siedlung hinter sich gelassen, rechts und links befand sich nun freies Feld.

»Wat 'n Schiet!«, zischte Marie plötzlich zwischen ihren Zähnen hindurch.

»Ich hab doch gar nichts gemacht«, sagte Lea. Erst dann fiel ihr auf, dass Marie nicht sie meinte. Ihre Tante sah aufs Feld.

Dort lief ein riesiges Rudel Wölfe. Sie entfernten sich vom Dorf, rannten auf den Wald zu.

»Wow!«, entfuhr es Lea.

Marie nahm wieder ihre Hand. Die beiden gingen

schneller. Als sie am Hof ankamen, sagte Marie, dass Lea im Haus bleiben solle, egal, was geschehe. Dann setzte sie sich ins Auto und brauste mit durchdrehenden Rädern vom Hof. Lea sah zum Waldrand hinüber.

Dann ging sie ins Haus.

Lea: Sarah?

Sarah: Was?

Lea: Bist du gerade beschäftigt?

Sarah: Geht so.

Lea: Yannis?

Sarah: Ist was Dringendes?

Lea: Hab Hausarrest …

Sarah: Was? Wie krank ist das denn?

Lea: Voll!

Sarah: Das dürfen die doch gar nicht. Es gibt Gesetze gegen so was!

Lea: Nützt mir nicht viel. Ich bin auf einem Dorf …

Sarah: Warum eigentlich?

Lea: Lange Geschichte. Ein Junge wollte einen Wolf abknallen, dann habe ich ihm das Gewehr weggestoßen.

Sarah: Du hast einen Wolf gerettet?

Lea: Ja …

Sarah: Und dafür sperren die dich ein? Die sollten dir eine Medaille geben!

Lea: Find ich auch!

Sarah: Und der Junge? Kommt der ins Gefängnis?

Lea: Den machen die Irren hier bestimmt noch zum Bürgermeister.

Sarah: Wann lassen die dich wieder frei?

Lea: Mama kommt morgen. Wahrscheinlich fahre ich dann mit ihr zurück.

Sarah: Yannis kommt gerade!

Das ist wieder typisch, dachte Lea. Irgendein Yannis ist wichtiger als Hausarrest, Wölfe, ein Zeitreisender und Amulette von fremden Sternen.

Vielleicht hättest du ihr zwischendurch mal was darüber erzählen sollen.

KAPITEL 13

Nach einer unruhigen Nacht fühlte sich Lea am nächsten Tag nach dem Aufwachen wie gerädert. Sie hatte viel Merkwürdiges geträumt, konnte sich aber schon jetzt nicht mehr erinnern. Dennoch beschlich sie das Gefühl, als wäre dies ein Tag, an dem sich ihr Leben ändern würde. Für immer. *Dabei weiß man so etwas doch vorher nicht*, redete sie sich ein. Sie wischte über ihre Augen.

So ein Unsinn.

Das Kribbeln auf ihrem Rücken war wieder da.

Ja und? Erst mal unter die Dusche, dann hört das auch wieder auf.

Lea wollte zu Lennard gehen, bevor ihre Mutter heute eintraf. Wenn sie ihm klarmachen könnte, warum sie sich gestern so verhalten hatte, wenn sie ihm von ihren Gedanken erzählen könnte, wenn sie über Moritz mit ihm reden könnte, wäre er vielleicht doch noch bereit, ihr bei allem rund um Moritz und die Wölfe zu helfen. Vielleicht.

Aber beim Gedanken an Benno und Marie und an all

das, was sie ihr gleich wahrscheinlich sagen würden, blieb Lea doch lieber erst mal noch etwas liegen.

Sie musste dann noch einmal eingeschlafen sein, denn sie wachte erst wieder auf, als Stimmen dumpf heraufdrangen, dazu kam auch noch ein Poltern. Etwas Hartes knallte auf Holz. Was war da los? Was waren das für Stimmen? Sie huschte zum Fenster und öffnete den Vorhang. Es war diesig. Welch eine Überraschung! Und es war hell. Viel zu hell für morgens!

Drüben am Waldrand stand Moritz. Er winkte ihr aufgeregt zu und machte Zeichen, die sie nicht verstand. War etwas passiert? Lea zeigte an, dass sie gleich bei ihm wäre. Er schüttelte den Kopf, hob beide Hände und verschwand. Was sollte das denn jetzt?

Ich soll nicht kommen, oder was?

Dabei sieht er doch aus, als ob er in Gefahr wäre, schoss es ihr durch den Kopf.

Das Amulett!

Eine Sache von Leben und Tod!, hatte er gesagt. War es jetzt so weit?

Oh, Mann, du wirst mir später eine Menge erklären müssen.

Lea zog sich rasch an, lief zur Tür, drückte die Klinke und stieß mit dem Knie gegen den Türrahmen. Die Tür war verschlossen.

Jetzt erst fiel es ihr wieder ein.

Hausarrest!

Aber doch nicht in diesem Zimmer!

Vielleicht war die Tür nur verkantet. Lea rüttelte daran, die Tür bewegte sich keinen Millimeter.

»Hallo?«, rief sie.

Keine Reaktion. War das Murmeln der Stimmen im Erdgeschoss vielleicht zu laut, um sie zu hören?

Lea rief lauter.

Sie schlug mit der flachen Hand gegen die Tür.

Sie hörte Schritte unter sich. Schwere Stiefel auf Holzdielen. Sie wartete auf das Knarren der Treppe. Wahrscheinlich war die Tür wirklich nur verkantet. War ja schließlich ein altes Bauernhaus. Onkel Benno würde sie jetzt rauslassen. Dann würde sie sich entschuldigen. Ehrlich und aufrichtig entschuldigen.

Das, was sie gestern getan hatte, war dumm gewesen. Nicht die Wolfsrettung – die war gut. Aber die Art und Weise war dumm. Warum hatte sie nicht einfach laut gebrüllt? Dann wäre der Wolf bestimmt auch weggelaufen. Oder?

Als Marie und Benno gestern Abend nach Hause kamen, war Lea in ihrem Zimmer geblieben. Auf das Rufen ihrer Tante hatte sie nicht reagiert. Und als Marie etwas später die Tür öffnete und leise fragte, ob Lea noch etwas essen wolle, hatte sie so getan, als würde sie schlafen. Auch als Marie über ihre Wange strich, hatte sie nicht reagiert. Sie hatte einfach eine Stinkwut. Und gleichzeitig ein wahnsinnig schlechtes Gewissen Benno und Marie gegenüber. Immerhin stimmte das, was er mit dem Auge gesagt hatte. Daran hatte sie nicht mal den Bruchteil einer Sekunde gedacht.

Als ihre Mutter sie gestern am späten Abend auf dem Handy anrief, hatte Lea es lautlos gestellt. Sie wusste genau, was ihre Mutter sagen würde. Lea hatte gedacht, dass sie sich das aber auch morgen noch anhören konnte, denn ihre Mutter würde dann sowieso alles noch einmal wiederholen. Das Geschimpfe wollte sie sich wirklich nicht zweimal antun.

Jetzt rüttelte Lea erneut an der Türklinke.

Marie und Benno haben mich doch nicht eingeschlossen!

Sie versuchte sich zu erinnern, aber sie war sich hundertprozentig sicher, dass Marie gestern Abend den Schlüssel nicht abgezogen und die Tür auch nicht abgeschlossen hatte.

Wo bleibt das Knarren der Stufen?

Unten schlug eine Tür zu.

Das Grummeln der Stimmen erstarb.

Die können mich doch nicht allein lassen!

Das können die einfach nicht!

»Hallo!«, rief Lea und polterte mit beiden Fäusten gegen die Tür.

Im Haus war es still.

Totenstill.

Lea lief zum Fenster, öffnete es und lehnte sich weit hinaus. Sie sah Köpfe, Mützen, Käppis. Männer, die Sensen und Mistgabeln über ihren Schultern trugen.

Und Gewehre.

»Hallo!«, rief sie den Männern hinterher.

Keiner hörte sie, niemand drehte sich um.

»Onkel Benno!«

Der aufsteigende Nebel verschluckte ihren Ruf.

Moritz!

Er wartete vielleicht noch am Waldrand auf sie! Dort würden die Männer mit Sicherheit vorbeikommen. Mit ihren Mistgabeln und Gewehren.

Sie schießen auf alles, was sich bewegt, hatte Lennard gesagt.

Sie waren vielleicht nur hinter den Wölfen her, aber was, wenn sie ihn dabei entdeckten? Einen Fremden! Was für eine irre Geschichte würde er ihnen dann auftischen? Oder hatte das alles schon etwas mit dieser Sache *von Leben und Tod* zu tun?

Wenn sie Moritz doch nur warnen könnte!

Lea drückte die Klinke heftiger herunter. Sie zog daran. Die Tür bewegte sich nicht. Endlich kam sie auf die Idee, ins Schlüsselloch zu schauen. Es war dunkel. Der Schlüssel steckte also auf der anderen Seite. Natürlich bewegte sich die Tür nicht. Sie war abgeschlossen! Hatte Onkel Benno sie doch eingesperrt, weil er nicht wollte, dass sie mitbekam, was jetzt geschehen würde? Da draußen, im Wald.

Oder dass sie dabei störte, rumnervte, sich in Sachen einmischte, die sie nichts angingen.

»Tante Marie!«, rief Lea. Dabei ahnte sie, dass es sinnlos war. Wahrscheinlich war Marie mit Onkel Benno und den anderen unterwegs.

Sie rappelte noch mal an der Klinke. Die Tür war alt, der Rahmen auch. Und so bewegte die Tür sich jetzt immerhin einen Spaltbreit, aber das Schloss hielt.

Das Schloss!

Es war ebenfalls alt. Es war nur ein simples, altes Schloss.

Lea kramte in ihrer Umhängetasche, bis sie endlich die Tüte mit ihren Haarbändern und Haarnadeln fand. Sie nahm die dickste Nadel, drückte sie auf die Tischplatte und bog sie auseinander.

Sie lehnte sich gegen die Tür und hielt die Luft an, als sie die Haarnadel mit zitternden Händen ins Schloss schob. Dann drückte sie die Nadel nach vorn, und gleich darauf fiel auf der anderen Seite der Schlüssel auf die Dielen. Im selben Moment schwang die Tür auf, und Lea stolperte auf den Flur.

Freiheit!

Aber der Schlüssel hatte sich nicht gedreht! Wie war das Schloss aufgegangen? Der Bolzen war verrostet, und bestimmt seit hundert Jahren nicht mehr bewegt worden.

Wie war die Tür verschlossen?

Wer hat die Tür verschlossen?

Keine Zeit, nicht jetzt, dachte Lea.

Sie würde später über alles nachdenken. Und sie würde all die Rätsel lösen. Noch heute. Da war sie sich plötzlich sehr sicher, ohne sagen zu können, woher diese Ahnung kam. Noch heute.

Sie ging noch einmal zurück ins Zimmer, nahm ihr Handy. Dabei fiel ihr Blick aufs Display. Abgesehen von der Info, dass ihre Mutter dreizehn Mal versucht hatte, sie anzurufen *(Dreizehn? Wäre sie abergläubisch, würde sie jetzt das Schlimmste annehmen!)*, irritierte sie die Uhrzeit: 17:45. Das konnte nicht sein.

Sekunden später flog Lea förmlich die Treppe runter, nahm drei Stufen auf einmal – die Uhr neben dem Telefon im Flur zeigte 14:12 –, und stürzte aus dem Haus. Ohne sich weiter umzusehen, rannte sie quer über die Wiese in Richtung Wald. Im Westen leuchtete die Sonne wie eine fahle Scheibe tief am dunstigen Himmel. So spät konnte es unmöglich sein, dachte Lea.

In der Hoffnung, vielleicht etwas von Lennard zu hören, checkte sie im Laufen ihre WhatsApp-Nachrichten. Es war nur eine. Von ihrer Mutter:

Mama: Warum gehst du nicht ans Telefon? Habe mich verspätet, aber wir können ja auch heute Abend noch reden.

Das auch noch!, dachte Lea und steckte das Handy in ihre Tasche.

Mittlerweile war ihr der Weg in den Wald so vertraut, dass ihr die am Waldrand einsetzende Dunkelheit nicht nur nichts ausmachte, sie nahm sie nicht einmal wahr.

Die ganze Zeit rechnete sie fest damit, dass Moritz sich zeigen würde. Aber er tat es nicht. Sie rief halblaut seinen Namen. Er war nicht hier.

Hoffentlich haben sie ihn nicht entdeckt!

Lea lief tiefer in den Wald, sie huschte sicher über das alte Laub und kam zum Pfad. Ihre Augen hatten sich inzwischen an das trübe Licht gewöhnt. Für ein paar Sekunden blieb sie stehen. Nachdem ihr Atem wieder ruhiger wurde, lauschte sie. Von rechts hörte sie Stimmen. Das waren die Männer. Moritz' Hütte lag links! Hätten sie Moritz entdeckt oder die Wölfe getötet, dann würden sie doch eher schimpfen oder laut jubeln. Oder? Lea hoffte, dass sie nicht zu spät käme.

Als sie sich gerade fragte, warum sie sich eigentlich so viel Sorgen um jemanden machte, der wie ein zappelnder Fisch jeder ihrer Fragen auswich und wirre Dinge erzählte, hörte sie Äste brechen. Die lauten Stimmen kamen näher.

Und zwischen den Bäumen wälzte sich auch wieder diese dichte, kalte Nebelwand heran. Schon nach Sekunden konnte Lea die eigenen Füße kaum noch sehen.

Aber sie kannte den Wald, kannte die Strecke zu Moritz' Hütte. Lea spurtete los, und sie lief schneller als vorher. Dennoch hatte sie das Gefühl, dass der Nebel sie verfolgte.

Schneller!

Sie fürchtete, dass die Männer früher oder später auf Moritz' Unterschlupf stießen. Wenn sie dann sein Beil und sein Messer entdeckten, würden sie sicher Fragen stellen. Jede Menge Fragen. Berechtigte Fragen. Oder sie würden sich selbst schützen wollen. Vor einem unbekannten, merkwürdigen Waldbewohner, mit Beil und Messer ausgestattet, und einer irren Geschichte über seine Herkunft. Einer sehr absurden Geschichte.

Lea blieb nicht viel Zeit. Sie hoffte nur, dass er in der Hütte war. Hinter der letzten Biegung hielt sie die Hände schützend vors Gesicht und sprang durchs Gebüsch. Zweige peitschten auf ihren Körper, rissen an ihren Haaren. Wahrscheinlich kratzten sie sogar die Haut auf. Lea spürte es nicht, sie war zu angespannt.

Sie flog durch die weiße Nebelwand und hatte das Gefühl, dass es viel zu lange dauerte. Es waren doch nur ein, zwei Meter, oder so. Da landete sie wenige Zentimeter vor der Hüttentür. Mit Schwung prallte sie dagegen, und die Tür flog mit einem lauten Knall auf. Lea stolperte in die Hütte.

Moritz war da!

Er sprang auf. Schaute sie panisch an.

»Du musst hier verschwinden. Sofort!«, schnaufte Lea, vollkommen außer Atem.

»Wenn du wüsstest, wie recht du hast«, sagte Moritz ernst.

Lea war irritiert. »Wie jetzt? Suchen die dich? Sie sind gleich hier!«

Moritz stutzte, sah mit wildem Blick an ihr vorbei nach draußen. »Er ist da? Das kann nicht! Sag, dass das nicht wahr ist!«.

»Du kapierst es nicht! *Sie* sind gleich da!«

»Lea, *wer* ist gleich da?«

»Ich habe keine Zeit, dir das alles zu erklären. Nicht jetzt. Komm!«

Lea streckte ihm ihre Hand entgegen. Moritz zögerte.

Dann hörte er aus der Ferne die aufgebrachte Menge.

»Wer ist das?«, fragte er verwirrt.

»Die Männer aus dem Dorf.«

»Was haben die mit mir zu tun?«

»Ich kenne ein gutes Versteck. Vertrau mir jetzt einfach.«

Moritz legte seine Hand in ihre. Lea fiel auf, wie trocken und rissig seine Haut war und wie kraftvoll seine Finger ihre umklammerten.

Dann liefen sie los.

KAPITEL 14

Vollkommen außer Atem erreichten sie die Hütte am See. Lea öffnete die Tür, dann ließ sie sich auf die Knie sinken, Moritz lehnte sich gegen den Türrahmen.

Draußen war es wieder heller geworden. Irgendwann während ihrer wilden Flucht hatte sich der Nebel vor ihnen geöffnet. Goldene Sonnenstrahlen waren durch die Bäume gebrochen. Aber hinter ihnen hatte immer noch eine abwehrende, kalte weiße Wand gestanden. Wie eine undurchdringliche Mauer aus Eis.

Sie waren den Männern entwischt. Vorerst jedenfalls.

Lea hielt ihre Beine mit den Armen umklammert. Moritz setzte sich jetzt ihr genau gegenüber, und das Licht der untergehenden Sonne fiel direkt auf seine Augen mit den winzigen Goldstücken darin. Diese Augen sahen ehrlich aus. Ehrlich erschrocken.

Guck mich nicht so an!

»Ich könnte dir Geld für den Bus leihen. Dann kannst du von hier verschwinden«, durchbrach Lea die Stille.

»Aber nur, wenn du mir vorher noch erzählst, worum es hierbei eigentlich geht.«

Moritz schüttelte den Kopf. »Warum willst du mir eigentlich helfen?«, fragte er.

»Ich habe keine Ahnung. Echt nicht.«

Und das hatte Lea tatsächlich nicht. Sie hatte nur einfach das Gefühl, Moritz helfen zu müssen. Genauso, wie sie manchmal das Gefühl hatte, ihn zu kennen. Oder das Gefühl, dass es gleich gefährlich würde.

»Moritz, das ist kein Spaß mehr! Die Leute durchkämmen den Wald«, warnte Lea noch mal. »Willst du wirklich riskieren, dass sie deine Waffen entdecken oder dich? Was willst du denen erzählen, wo du herkommst?«

»Ich muss es riskieren. Es gibt jetzt keinen anderen Weg mehr.«

Lea spürte, wie ihr Herz heftiger schlug. Was plante er jetzt schon wieder? Hatte er überhaupt einen Plan?

»Setz dich in den nächsten Bus und fahr woandershin«, schlug sie vor.

Moritz wandte sich ab und murmelte etwas vor sich hin.

»Lauter, bitte.«

»Nein, du verstehst das miss. Es ist anders.«

»Ach, wunderbar«, schnaubte Lea. »Anders.«

Sie ließ das Wort langsam ausklingen, in der Hoffnung, dass Moritz irgendwas darauf sagen würde. Irgendwas erklären würde.

Doch der stand nur auf, ging zum Fenster und sah nach draußen. Vermutlich hoffte er, dass das Gespräch damit beendet war. Im Wald war es still.

Das Andere ist nicht hier, dachte Lea. *Noch nicht.*

Kurz stutzte sie. *Das Andere?*

Ohne jedoch weiter darüber nachzudenken, versuchte sie es noch einmal: »Wie soll ich irgendwas verstehen, wenn du mir nichts erzählst? Ich muss dir wirklich jede Information aus der Nase ziehen. Oh, Mann! Jetzt höre ich mich tatsächlich an wie meine Mutter! Aber ich will, dass du mit mir redest. Erklär mir einfach, was hier los ist, und dann finden wir gemeinsam eine Lösung.«

»Kannst du mich vielleicht einfach in Ruhe nachdenken lassen? Das würde mir jetzt sehr helfen.«

»Moritz, was ist los?« Langsam wurde Lea wirklich wütend. »Du hast doch gesagt, dass das hier ’ne ganz große Nummer ist. Leben und Tod und so!«

Ohne sich umzudrehen, fragte Moritz: »Also schön, noch mal: Warum?«

»Oh, Mann, Frage Gegenfrage. Ich will endlich Antworten! Wieso willst du das wissen?«

»Weil es vielleicht wichtig ist«, sagte er ernst.

»Weil …«

Weil ich das Gefühl habe, es tun zu müssen. Weil ich spüre, dass es eine Verbindung zwischen uns gibt. Weil … Ach, lächerlich.

Lea merkte, dass ihre Stimme zu zittern begann. *Woher kommt das denn auf einmal?* Sie wollte auf gar keinen Fall, dass er ihren Gefühlsausbruch mitbekam. Also zuckte sie nur mit den Schultern und vergrub ihren Kopf zwischen ihren Knien.

»Siehst du, du sagst mir auch nicht alles«, sagte Moritz leise.

Lea hob ihren Kopf, sie spürte, dass ihre Augen feucht waren. Aber das war ihr jetzt auch egal.

»Wer bist du wirklich? Wo kommst du wirklich her? Und was hat es mit dem Amulett auf sich? Kannst du mir nicht das wenigstens sagen?«, fragte sie.

Moritz setzte sich wieder auf seinen alten Platz, ihr gegenüber. Vollkommen frustriert sagte er: »Das habe ich dir alles schon erzählt. Wenn du es nicht glaubst, ist das deine Sache. Aber ich kann mir nicht eine Geschichte ausdenken, nur damit du glaubst, die Wahrheit zu hören.«

Das saß.

Lea schnappte nach Luft.

»Es ist auch ein wenig schwer zu glauben, dass du mal hier und mal da und mal im Mittelalter bist.«

Moritz stand auf, ging zur Tür und sah hinaus. »Ich muss jetzt mein Labyrinth weiterbauen.« Damit drehte er sich wieder um. »Ich will dich nicht in Gefahr bringen.«

»Wie nett«, grummelte Lea. »Meinst du etwa, du musst mich beschützen, weil du 250 Jahre älter bist? Ich bin nämlich bis hierher auch ohne deine Hilfe ganz gut zurechtgekommen, was man von dir andererseits nicht unbedingt behaupten kann.«

»Und wer hat dich vor den Wölfen gerettet?«

Lea schnaubte. »Okay. Dann erzähl mir wenigstens, wo die herkommen.«

»Das musst du nicht wissen.«

»Ah ja, so wie ich nicht wissen muss, wie Zeit funktioniert. Weil ich das gar nicht kapieren kann, oder weil du 250 Jahre cleverer bist als ich?« Damit stand sie auf und ging zu Moritz. Sie standen sich jetzt Auge in Auge gegenüber. »Ich will dir mal was sagen. Du bist hier im 21. Jahrhundert gelandet. Ganz egal, wo du herkommst, aus dem Mittelalter oder der Steinzeit, hier sind Mädchen keine dummen Lebewesen mehr, die es nötig haben, dass sich ständig irgendwelche Jungen um sie kümmern. Vielleicht war das zu *deiner Zeit* anders. Aber in den letzten Jahren hat sich einiges getan.«

»Danke«, erwiderte Moritz knapp. »Ich bin nicht zum ersten Mal im 21. Jahrhundert. Zu deiner Information: Es werden Zeiten kommen, da haben Frauen noch viel mehr zu sagen als heute«, sagte er ungerührt. »Aber wenn sie in Gefahr sind, laufen sie auch dann nicht in ihr Verderben.«

»Zukunft?«, entfuhr es Lea. »Du kannst auch in die Zukunft reisen? Was für Zeiten sind das?«

»Andere eben. Alles ist anders da draußen. Alles wird anders. Ich würde dir gerne alles erzählen, was ich gesehen habe. Aber dann säßen wir morgen Abend noch hier.«

»Okay. Aber ich warte immer noch auf Antworten.«

»Lea, die Zeit wird wirklich knapp.«

Lea ging zum Fenster und stellte sich daneben. »Von hier aus höre ich, wenn sie kommen. Wir können dann immer noch abhauen, aber jetzt will ich endlich Antworten!«

»Ich für meinen Teil würde lieber auf der Stelle zu meinem Feld gehen, mein Labyrinth zu Ende bauen und endgültig hier verschwinden. Außerdem: Diese Leute werden dich vermissen. Und wenn es gleich dunkel wird, schicken sie sicherlich die Polizei«, antwortete Moritz.

Daran hatte Lea tatsächlich nicht gedacht. Außerdem würde ihre Mutter doch bald kommen und bestimmt auch sofort nach ihr suchen. Und die war ja sicher sowieso schon wütend genug nach der Sache mit Onkel Benno …

»Gib mir wenigstens die Kurzfassung. Von wo bist du zuletzt gekommen?«, bat sie.

Moritz stöhnte auf und verdrehte seine Augen. Dann warf er die Hände hoch und ließ sie wieder sinken. Er gab sich geschlagen: »Ich war gerade erst auf Europa. Und zwar nach der großen Eisschmelze.«

»Ich war schon mal in London. Allerdings nicht im Lendenschurz.«

»*Auf* Europa. Auf. Europa ist einer der Jupitermonde, falls dir das etwas sagt. Und es war in deren Steinzeit, sozusagen.«

»Puh, Wahnsinn, ich bin beeindruckt«, erwiderte Lea. Aber ihr Blick sagte das genaue Gegenteil. Bei diesem anderen Stern, Wega oder so, hatte Moritz zumindest nicht behauptet, da gewesen zu sein. Aber jetzt? Konnte er auch noch zu irgendwelchen Planeten reisen? Wenn sie das alles in ihrem Notizbuch aufschreiben würde, wäre das wahrscheinlich kein wissenschaftlicher Bericht mehr. Sondern ein Grund, sie wegzusperren, wenn das Heft dem Falschen in die Finger fiele.

»Und was hast du dann auf deinen intergalaktischen Zeitreisen so alles erlebt?«

»Alles«, stöhnte Moritz. »Lea, mir rinnt die Zeit durch die Finger.«

»Was genau?«

»Alles, was du dir vorstellen kannst, ist passiert und wird passieren. Ich habe Planeten gesehen mit riesigen Städten unter Wasser. Ich habe das Ende unseres Universums ebenso erlebt wie den Beginn eines neuen Universums. Ich war auf Eisplaneten, wo es so kalt war, dass dir das Blut innerhalb einer Sekunde gefrieren würde. Ich habe Zeiten erlebt, in denen die Erde von undurchdringlichen Wäldern bewachsen war. Aber das war kein Problem, denn da war niemand, der sie hätte durchdringen können. Ich habe Imperien auferstehen und Sekunden später zerbrechen sehen. Reicht das?«

Das alles erschien Lea absurd. Natürlich. Aber wenn sie Moritz ansah, wusste sie, dass er nicht log. Nicht übertrieb. Sich nichts ausdachte. Ihr Verstand sagte ihr, dass das alles nicht sein konnte. Aber ihr Gefühl schob die Logik kurz beiseite.

Dann riss sie sich wieder zusammen.

Logik, Lea!

»Das Ende der Erde, was ist das?«, unterbrach ihn Lea.

Doch Moritz fuhr mit leiserer Stimme fort: »Dabei wollte ich immer nur nach Hause. Einfach nach Hause. Nach Hessisch-Gemblingen.«

»Was passiert mit der Erde?«, wiederholte Lea ihre Frage flehentlich. Wer würde das nicht wissen wollen?

»Alles, was du dir vorstellen kannst. Es gibt nämlich nicht nur die eine Erde. Es gibt unzählige Versionen dieser Erde. Die eine endet, die andere nicht«, sagte Moritz eher beiläufig. So als würde das jeden Tag geschehen.

»Sie endet wirklich?« Bei dieser Vorstellung schossen Lea unwillkürlich Tränen in die Augen.

»Diese Erde? In fünf Milliarden Jahren, ja.« Moritz wandte sich ab. Gegen die Wand gerichtet fuhr er fort: »Es gibt Hunderte Milliarden Galaxien mit Hunderten von Milliarden Planeten. Diese Erde ist im Universum nicht wichtig, tut mir leid. Aber dennoch wäre es wirklich schade drum. Wir riskieren hier gerade sehr viel.«

Irgendwie kam ihr das alles bekannt vor. Aufgeregt unterbrach sie ihn: »Dann stimmt diese Viele-Welten-Theorie doch.«

»Was?«

»Es gibt eine Theorie, die genau das sagt. Die besagt, dass es ganz viele parallele Welten gibt, in denen alles Mögliche passiert. In denen dann vielleicht auch andere Zeiten gleichzeitig möglich sind.«

»Ach was«, murmelte Moritz abwinkend.

»Ja, ein Freund … ein Junge aus dem Dorf hat mir davon erzählt. Und anfangs habe ich ihm nicht glauben wollen.«

»Und später hast du ihm geglaubt?«

Lea senkte die Augen und schüttelte den Kopf. Natürlich hatte sie diesen Unsinn nicht komplett geglaubt. Nur weil irgendein Professor etwas behauptet, muss das ja noch lange nicht so sein.

»Es ist nicht bloß eine Theorie«, sagte Moritz leise. »Aber wenn ich hier nicht bald wegkomme, spielt das auch keine Rolle mehr.«

Entweder er war vollkommen durchgedreht, oder aber … Sie wollte das immer noch nicht zu Ende denken. Das war zu abgedreht.

Oder aber jedes Wort, das er sagt, stimmt.

Moritz räusperte sich. Wenn je ein Räuspern entschuldigend geklungen hat, dann dieses. »Lea, es tut mir leid«, sagte er. »Wenn wir mehr Zeit hätten, könnte ich dir alles erklären. Aber uns bleibt keine Zeit. Mir schon gar nicht. Ich bin schon zu lange hier …«

»Wegen der Sache von Leben und Tod, von der du gesprochen hast?«

Moritz schien kurz nachzudenken. Dann nickte er ihr zu.

»Aber du kannst nicht mit mir darüber sprechen?«, fragte Lea jetzt, und wieder nickte Moritz. Also fragte sie weiter: »Gibt es andere? Also, solche wie dich. Leute, die durch die Zeit reisen?«

»Wenn wir das Wort *reisen* streichen, dann ja. Bei einer Reise fährt man von A nach B. In der Zeit landet man manchmal bei C. Oder K.«

Sie ging zu ihm. »Kann das jeder?«, fragte Lea und legte ihre Hände auf seine Schultern, denn es war ihr wichtig, seine Augen zu sehen, wenn er antwortete. Er zuckte kurz. »Könnte ich das auch?«, fragte sie und lächelte ihn an.

Moritz wehrte sie nicht ab. Er schaute ihr wieder lange in die Augen. Als würde er etwas suchen. Aber zu ihrer Enttäuschung schüttelte er dann seinen Kopf.

»Nein. Nicht jeder. Bisher habe ich nur wenige getroffen. Wenn es jeder könnte und wild durch die Zeit springen würde, gäbe es bestimmt irgendwann mal Probleme. Was, wenn man aus Versehen seinen Großvater überfährt?«

»Dann könnte man nicht geboren werden, stimmt's?«

»Genau. Und damit würde die Logik des entsprechenden Universums zusammenbrechen. Keine Ahnung, was dann passiert.«

»Und die bauen sich alle ein Labyrinth, diese Zeitreisenden, oder wie geht das?«

»Lea, diese Zeit hier läuft ab.«

»Bitte«, sie sah ihn eindringlich an. »Vielleicht kann ich dir ja doch helfen.«

Moritz sah ihr tief in die Augen, als er fragte: »Hast du manchmal das Gefühl, Dinge schon mal erlebt zu haben?«

Lea schüttelte den Kopf. Nein, das hatte sie nicht.

Er wirkte, als hätte er eine andere Antwort erhofft. Dann wandte er sich wieder ab und fuhr fort: »Unterschiedlich. Manche haben eine Telefonzelle, andere ein Messer, mit dem sie die dünne Schicht zwischen den Zeiten zerschneiden, wieder andere haben komplizierte Maschinen.«

»Man kann mit einem einfachen Messer in die Zukunft reisen?«, fragte sie erstaunt.

»Es ist kein einfaches Messer. Vielleicht spielt das Messer auch gar keine Rolle. Ich weiß es nicht …«

»Braucht man dafür vielleicht ein Amulett?«, fiel Lea spontan ein.

Moritz raufte seine Haare. Dann fuhr er fort: »Die Erde, und damit unsere Realität, liegt haarscharf auf der Grenze der Wahrscheinlichkeit. Aber eben nur haarscharf. Manchmal gerät sie durch die Rotation etwas aus dem Gleichgewicht, und dann muss man an der richtigen Stelle sein.«

»Zum Beispiel im Labyrinth?«

Moritz nickte.

»Und von da schwappt man in die andere Welt?«

»So ungefähr. Aber … ehrlich gesagt ist das alles Theorie. Ich bin kein Experte für solche Sachen. Wenn du telefonierst, musst du ja auch nicht wissen, wie das Handy funktioniert. So ungefähr ist es mit dem Zeitreisen auch. Bei mir … ich meine …«

Langsam kam Moritz gewaltig ins Schwitzen. Lea wartete gespannt auf die Auflösung.

»Es ist mir bis heute nicht gelungen, mein Labyrinth wirklich nachzubauen. Ich mach das aus der Erinnerung, und du kannst dir vorstellen, wie schwierig es ist, ein Labyrinth ohne Plan richtig nachzustellen. Sicher mache ich dabei kleine Fehler und lande deshalb irgendwann und irgendwo, aber nicht bei mir zu Hause. Niemals zu Hause.«

Lea stellte sich vor, wie es wäre, niemals wieder nach Hause zu kommen. Nie mehr ihre Mutter zu sehen, nie mehr Sarah in den Arm nehmen zu können, nie mehr Mülleimer nach unten tragen zu müssen, nie mehr Französisch-Hausaufgaben ... Sie stellte sich vor, wie es wäre, im alten Ägypten zu sein oder auf einem fernen Planeten. Es gab so viel zu sehen, so viel zu entdecken, wovon Lea nicht einmal zu träumen wagte.

»Es ist jetzt Zeit«, sagte Moritz. Es klang sehr eindeutig und endgültig.

KAPITEL 15

Ihr nächster Satz rollte Lea über die Lippen, bevor sie ihn auch nur ansatzweise zu Ende gedacht hatte.

»Kann ich mitkommen?«

Moritz sah sie entsetzt an. »Nein, auf gar keinen Fall!«

»Komm schon! Ich meine, ernsthaft: Was erwartet mich hier großartig? Mein Onkel ist immer noch total sauer. Meine Mutter ist garantiert schon da und wird mir ein Donnerwetter verpassen, wie ich es noch nie erlebt habe. Und höchstwahrscheinlich findet sie Hausarrest viel zu harmlos. Meine beste Freundin hat nur noch einen Kopf für ihren griechischen Dichter-Freund, und in ein paar Wochen fängt die Schule wieder an. Wo immer du hingehst, ist es sicher viel spannender als hier.«

»Wo ich hingehe, ist kein Platz für dich. So wie hier kein Platz für mich ist. Jeder gehört in seine Zeit und an seinen Ort«, erklärte Moritz knapp und wandte sich zur Tür.

»Aber dieses Kaff ist nicht mein Ort!«, entgegnete sie.

Moritz zuckte nur mit den Schultern und murmelte: »Es gibt Busse.«

Er sagte das in einem Ton, als sei diese Diskussion damit endgültig abgeschlossen.

»Werde ich dich dann niemals wiedersehen?«, fragte Lea leise.

Er drehte sich um. Leider konnte sie im Gegenlicht seinen Gesichtsausdruck nicht erkennen. »Ich habe gelernt, dass es *niemals* nicht gibt.«

Lea interpretierte das als Aufforderung: »Dann lass mich wenigstens zugucken«, bat sie.

Aber Moritz schüttelte wieder nur seinen Kopf. »Ich habe keine Ahnung, was mich jetzt da draußen erwartet. Vielleicht wurde mein Labyrinth entdeckt und alles zunichte gemacht, vielleicht erwartet mich unterwegs ein Wolfsrudel. Es gibt ein paar Dinge, von denen du nichts weißt, aber mir fehlt die Zeit, dir das alles zu erklären. Es ist besser, wenn du zu deiner Familie zurückkehrst. Ich bin sicher, die werden sich freuen, dich wiederzusehen.«

»Dieser Oberlehrer-Ton!«, seufzte Lea. »Du hörst dich an, wie sich mein Vater wahrscheinlich anhören würde, wenn er sich mal um mich gekümmert hätte.«

»Du bist ohne Vater aufgewachsen?«, fragte Moritz überrascht.

»Ja, und? Das passiert vielen.«

»Ja, mir, zum Beispiel. Wo ist dein Vater?«

»Ich dachte, es gibt hier gerade dringendere Probleme als meinen abwesenden Vater!«

Moritz' Stimme wurde sehr viel sanfter. »Lea, wirklich, es gibt nichts, was ich lieber täte, als dich mitzunehmen. Aber es geht nicht. Es ist gefährlich, und ich habe keine Ahnung, was mit dir passiert, wenn wir es versuchen würden. Wer sagt denn, dass du nicht ganz allein in einer entfernten Zeit landest? Oder das alles nicht mal überlebst? Du hast keine Ahnung von diesen Kräften. Und ich will nicht, dass dir irgendwas passiert.«

Das war zu viel.

Sie sagte noch: »Ich weiß es einfach nicht, er ist nach meiner Geburt verschwunden.« Dann stürmte sie an Moritz vorbei durch die Tür. Ohne sich noch einmal umzudrehen, rief sie von draußen: »Ich wünsche dir viel Spaß, wo immer du dieses Mal landest.«

»Ich versuche doch nur, dich zu schützen!«, rief Moritz ihr hinterher, aber da war sie schon um das Schilf herumgegangen und er war nicht sicher, ob sie ihn überhaupt gehört hatte.

Lea stapfte über die feuchte Wiese auf den Wald zu. Zwischen den Bäumen blitzten die goldenen Strahlen der untergehenden Sonne hindurch und blendeten sie. Sie hoffte, nicht zu stolpern und hinzufallen. Den Triumph, dies zu sehen, wollte sie Moritz nicht gönnen. Aber sie kam auch nicht auf die Idee, ihren Schritt zu verlangsamen. Sie könnte sich natürlich im Wald verstecken und ihm heimlich folgen. Ja, ihm zu folgen wäre vielleicht wirklich keine schlechte Idee. Dazu musste sie aber sicher sein, dass er sie nicht beobachtete.

Ich lass mich doch nicht so einfach abwimmeln!

Also ging sie noch ein paar Schritte über die Wiese, suchte schon einen Eingang in den Wald, dann bückte sie sich und tat, als müsse sie ihre Schuhe neu schnüren. Lea ging in die Hocke und hielt den Kopf weit nach unten gesenkt. Blitzschnell drehte sie sich nach hinten.

Nichts.

Er war ihr nicht gefolgt.

Nicht mal das!

Mit einem Ruck stand sie wütend auf. Und knallte mit dem Kopf gegen einen Türrahmen.

Türrahmen?

Während sie eine Hand an die schmerzende Stirn legte, ging sie einen Schritt zurück. Dann noch einen. Mitten auf der Wiese stand tatsächlich ein Türrahmen. Mit einer verschlossenen Tür darin.

Lea war sicher, dass dieser Rahmen vorhin noch nicht da gewesen war. Sie hatte freien Blick auf den Wald gehabt. Ein Türrahmen wäre ihr aufgefallen. So etwas Absurdes würde jedem auffallen. Was machte eine einsame Tür mitten auf einer Wiese?

Vielleicht hatte hier irgendjemand seinen Bauschutt abgeladen. Aber würde man das nicht einfach achtlos hinwerfen? Wieso stand diese Tür auf dieser Wiese gerade so, als ob sie irgendeine Bedeutung hätte?

Vorsichtig berührte Lea die Tür. Das Holz war dunkel, stark gemasert und schien schwer zu sein. Die Scharniere waren aus schwarz angelaufenem Metall. Es war eine sehr alte Tür. Älter noch als die Türen bei Benno und Marie.

Die Klinke war aus Bronze oder Kupfer und stellte einen Drachenkopf dar. So etwas kannte Lea nur aus Fantasy-Filmen.

Lea ging um den Rahmen herum, drehte sich um und … sah nichts. Das heißt, sie sah Landschaft – die Wiese, Bäume im Hintergrund, aber keine Tür.

Als sie wieder ein paar Schritte zurück auf die andere Seite ging, erschien auch die Tür wieder. Groß, schwer, dunkel. Jetzt ging sie mit Trippelschritten um die Tür herum. Als sie seitlich neben der Tür war, dort, wo eigentlich der Rahmen hätte sein müssen, erkannte sie nur einen winzigen Schnitt in der Landschaft. Als hätte jemand mit einem sehr spitzen Bleistift eine Linie ins Gelände gezogen.

Ist das vielleicht eine dieser Pforten in andere Welten, von denen Moritz gerade erzählt hat?

Plötzlich klang es, als würde jemand an der Tür klopfen.

Ganz leise, von weit entfernt. Es war ein zartes Klopfen, als wolle der Klopfer niemanden stören.

Ein Kind?

Aber wo sollte das sein? Lea sah noch einmal hinter die Tür. Da war niemand. Gras, Disteln, Löwenzahn. Sonst nichts. Kein Kind. Kein Klopfer. Aber das Klopfen war noch da.

Lea wandte sich wieder zur Vorderseite und legte die linke Hand auf die Klinke. Mit der anderen Hand drehte sie den schweren, alten Schlüssel im Schloss. Das Schloss klackte leise.

Hinter ihr brüllte jemand aus Leibeskräften: »Nein!«

Sie drehte sich um: Moritz.

Der soll mal sehen, wem er hier was befiehlt.

Während Moritz sich zu Boden warf, drückte Lea die Klinke herunter. Die Tür schwang weiter auf, als sie beabsichtigt hatte.

»Na, herzlich willkommen!«, sagte sie spaßeshalber ins Nichts.

Sie hörte donnerndes Hufgetrappel, und eine eiskalte Welle stieß sie zur Seite. Lea knallte schmerzhaft auf den Boden. Sie erschreckte sich fürchterlich. Damit hatte sie nicht gerechnet. Es war doch nur eine Tür. Ihr Gehirn suchte krampfhaft nach einer Erklärung.

»Bist du verrückt?«, schrie Moritz, der sich vorsichtig wieder erhob und zu ihr stolperte.

»Hallo? Ich habe eine Tür aufgemacht. Und der Wind hat sie stärker aufgedrückt als beabsichtigt. Eine Tür, hinter der nichts ist. Siehste?«

Insgeheim kam ihr die eisige Druckwelle aber doch etwas komisch vor. Und das ihr allzu bekannte Hufgetrappel jagte ihr Schauer über den Rücken …

Lea rappelte sich langsam wieder auf. Sie strich Gras und Erde von ihrer Hose und ging zur Tür zurück. Dann machte sie einen Schritt durch die offene Tür und kam gleich wieder zurück. Anschließend stellte sie sich neben den Türrahmen und winkte mit einer Hand durch die Tür.

»Wo genau ist jetzt dein Problem?«, fragte sie. »Da ist nichts. Gar nichts. «

Moritz schüttelte den Kopf. »Nicht mehr«, murmelte er.

»Und was *war* da, bitte schön?«, fragte Lea und verschränkte ihre Arme vor der Brust. Sie fragte das allerdings nicht mehr ganz so offensiv, denn tief in sich ahnte sie, dass sie gerade einen winzig kleinen Fehler gemacht hatte.

»Was hat dich dann umgeworfen?«

»Wind.«

»Welcher Wind?«, wiederholte Moritz und lachte kurz auf. »Dag Lok«, murmelte er, während er sich aufmerksam umsah.

»Gesundheit«, sagte Lea und versuchte, es wie einen

Witz klingen zu lassen. Darauf reagierte Moritz jedoch nicht. Jetzt bemerkte sie, dass innerhalb weniger Sekunden dunkle, brodelnde Sturmwolken aufzogen und sich wie tückische schwarze Gebirge über den Baumwipfeln türmten.

Aus dem Wald kam ein Lachen wie ein rostiger Rasenmäher.

»Was war das?«, fragte Lea und trat einen Schritt näher an Moritz heran.

»Du hast ihn rausgelassen«, war aber alles, was Moritz dazu einfiel.

»Kannst du jetzt bitte aufhören, so geheimnisvoll zu reden, und mir einfach nur erklären, was hier gerade vor sich geht?«

»Dag Lok«, sagte Moritz mit so leiser Stimme, dass man sie kaum mehr als Flüstern bezeichnen konnte.

»Dag Lok, also«, wiederholte Lea. »Das sagtest du bereits. Vielleicht kannst du mir mal erklären, was dieses Dag Lok ist. Hat das etwas mit Zeitreisen zu tun? Oder mit dem Hufgetrappel, das ich auch schon im Wald gehört habe? Ist das eine Kältephase, die jetzt über uns reinbricht? Oder ist das ein Virus? So was wie Corona, Ebola oder so? Was ist Dag Lok?«

»Erinnerst du dich an deinen schlimmsten Albtraum?«, fragte Moritz, der Lea dabei jedoch nicht ansah, sondern weiterhin den Wald im Blick behielt.

»Keine Ahnung, ich träume meist nicht schlecht.«

Aus dem Wald ertönte das kalte Krächzen von Krähen. Im nächsten Moment erhoben sich Hunderte oder gar Tausende von ihnen in einer dichten schwarzen Wand in den Himmel, pulsierten dort wie ein pumpendes Herz, dann fransten die Ränder aus. Dohlen, Nebelkrähen, Saatkrähen und Rabenkrähen stießen höher in den Himmel, stürzten hinab. Lea wollte schon wegschauen, als sie bemerkte, wie sich die Krähen zu einer grinsenden Fratze am Himmel vereinten. Aufgeregt stieß sie Moritz an, denn sie war nicht in der Lage, auch nur den geringsten Laut von sich zu geben. Da stoben die Krähen auseinander und verschwanden am Horizont. Es schien, als hätten sie es plötzlich furchtbar eilig, diesen Wald, diese Wiese, diesen Flecken Land zu verlassen.

Lea war eiskalt.

»Was ist da los?«, hauchte sie.

»Ich habe versucht, genau das zu verhindern«, sagte Moritz, dessen Blick den Vögeln folgte und im nächsten Moment schon wieder auf den Wald gerichtet war.

»Was zu verhindern?«

»Das Ende der Welt.«

»Stell dir Dag Lok als das Böseste vor, von dem du je gehört oder gelesen hast, und du bist noch weit davon entfernt, wie böse er wirklich ist«, sagte Moritz, während er in Richtung Wald lief, dann aber nach links abbog.

Lea fiel es schwer, sich das vorzustellen. *Wahrscheinlich übertreibt er gewaltig*, dachte sie, *muss mir jetzt beweisen, dass ich besser auf ihn gehört hätte*.

»Auf diesem Weg komme ich auch zu meinem Labyrinth, ohne in den Wald zu müssen«, erklärte er zwischendurch.

»Wo ist er jetzt? Dag Lok?«, fragte Lea keuchend. Sie hatte Schwierigkeiten, Moritz so schnell zu folgen und dabei gleichzeitig zu reden. »Und was heißt das überhaupt, dass du versucht hast, das zu verhindern? Ich denke, du hast dich verflogen? Stimmt das etwa auch nicht? Und wieso bist du sicher, dass das dieser Dag Lok ist? Es war doch nur ein Windstoß?«

»Das alles hier: die Wölfe, die Pferde, der Regen und die Fliegen, das sind seine Markenzeichen.«

Lea war sehr damit beschäftigt, ihm in diesem unwegsamen Gelände zu folgen. Schnaufend sprang sie durchs hohe Gras und konzentrierte sich, weil sie nicht straucheln wollte.

Dann fiel ihr noch etwas ein, und ihr wurde heiß und kalt: »Kann er auch Türen abschließen? Abgesehen von solchen, die mitten auf einer Wiese stehen?«

»Sollte eine leichte Übung für ihn sein.«

»Und telefonieren?«

»Vielleicht, was weiß denn ich? Lea, was willst du mir damit sagen?«

»Mir sind in den letzten Tagen so einige komische Dinge passiert, die ich mir nicht erklären konnte. Aber … «

Lea glaubte, endlich einen Fehler entdeckt zu haben. Denn selbst wenn dieser Dag Lok wirklich so ein großes Ding war, der machen konnte, was er wollte …

»Aber wie macht er das alles, wenn er gar nicht in dieser Welt ist, sondern hinter der Tür steht und klopft?«, schoss sie ihre Frage ab.

»Du hast recht«, gab Moritz unumwunden zu und blieb kurz stehen. »Das hört sich bestimmt alles sehr märchenhaft an.«

»Och«, machte Lea und grinste ihn breit an. Sie erwartete, dass er jetzt endlich mit der tatsächlichen, echten Geschichte rausrückte.

»Hast du mal von den nordischen Göttern gehört? Oder indischen?«

Lea zuckte die Schultern. »Meinst du Thor und so?«

»Odin«, ergänzte Moritz. »Kali, Shiva, Loki, Baldur und unzählige andere. Die hatten die Macht, alles zu tun. Und nur weil sie nicht anwesend waren, hieß das nicht, dass sie nicht über genügend Macht verfügten für, sagen wir mal, Fingerübungen.«

»Aber das sind doch nur Geschichten, Märchen, Gleichnisse!«, rief Lea. Sie interessierte sich für Dinge, die sich beweisen ließen.

»Glaubst du«, schnaufte Moritz. »Hör mal, ich weiß nicht, was er alles kann. Und ich möchte das auch gar nicht wissen. Ich weiß nur, dass er die große Show liebt, der dämliche Angeber. Geh vorsichtshalber davon aus, dass er nahezu alles kann, wenn er da ist. Und auch genug anrichten kann, wenn er nicht da ist.«

»Aber was will er hier?«

»Sagte ich bereits«, gab Moritz zurück. »Die Erde vernichten.«

»Warum?«

»Weil es ihm Spaß macht, weil er es kann. Deshalb.«

»Geht's auch etwas genauer? Schließlich vernichtet niemand etwas, nur weil es ihm Spaß macht.«

»Du hast in Geschichte echt nicht aufgepasst«, murmelte Moritz.

Allerdings vermied er es, ihr dabei in die Augen zu schauen. Lea hatte das Gefühl, als würde Moritz etwas zu angestrengt nach einem Fixpunkt weit am Horizont suchen. Auch deshalb nahm sie ihm das nicht ab. Das war zu simpel. Sie glaubte einfach nicht, dass irgendwer grundlos einen Planeten vernichtet.

»Du übertreibst gerne, nicht wahr?«, fragte Lea.

»Nein«, antwortete er schlicht.

»Weißt du wenigstens, wieso er gerade jetzt kommt?«

»Weil du ihn reingelassen hast.«

Lea blieb stehen, sie hielt Moritz an der Schulter fest und zog ihn zu sich herum.

»Nein. Deshalb ist er jetzt hier, aber warum ist er überhaupt hierhingekommen? In dieses Dorf? Auf diese Wiese? Was will er hier?«

»Er kann nur auf Einladung in die Welt kommen. Er ist mächtig, aber nicht mehr so mächtig, dass er kommen und gehen kann, wie es ihm passt. Indem du die Tür geöffnet hast, indem du ihn auch noch willkommen geheißen hast, konnte er diese Welt betreten. Ich wollte genau das verhindern.«

»Ich dachte, du warst hier, weil du dich verflogen hattest. Wolltest du nicht von hier abhauen? Wieso ist das plötzlich alles meine Schuld?«, gab Lea zurück. So ganz passte das alles doch nicht zusammen.

Moritz holte tief Luft, aber antwortete nicht. Er machte sich von ihr los und stampfte wieder voraus. Lea folgte ihm rennend.

Dann jedoch grummelte er leise vor sich hin: »Wäre ich eher wieder verschwunden, wäre er nicht gekommen, und das alles wäre nicht passiert.«

»Wenn wir zusammenhalten, haben wir vielleicht eine Chance«, rief sie. Sie nahm an, dass er darauf nicht eingehen würde.

Moritz blieb stehen. »Wie meinst du das?«, fragte er.

Das überraschte sie zu sehr.

»Wir …« Das war's. Mehr fiel ihr nicht ein. Wieso aber war sie tief in sich so sicher, dass sie es gemeinsam schaffen könnten?

Moritz ließ die Schultern hängen und sagte: »Ich muss das alles stoppen, bevor es zu spät ist. Ich muss in der Zeit zurückreisen.«

In Leas Kopf schwirrte es.

Was, wenn das alles stimmt und er es nicht schafft? Was dann?

»Was, wenn du es nicht schaffst?«, rief sie.

Moritz drehte sich um und sah sie tieftraurig an.

Lea wurde eiskalt. Er meinte das alles genau so, wie er es sagte. Wer Wölfe und Fliegen und sogar das Wetter beherrschen konnte, der konnte sicher auch noch ganz andere Dinge.

Die Welt zerstören, zum Beispiel.

»Ich komme mit!«, rief sie.

Moritz achtete nicht auf sie.

Lea wurde panisch. Wenn Moritz' Plan nicht funktionierte, dann wäre dieser Abend vielleicht wirklich das Ende von allem. Es gäbe auch keine Möglichkeit zu fliehen. Wohin sollte sie gehen, wenn dieser Dag Dingens wirklich die Erde vernichtete? Die Welt! Nein, sie musste bei Moritz bleiben und dafür sorgen, dass sein

Plan funktionierte. Was auch immer dieser Plan war. Falls er überhaupt einen hatte. Immerhin verflog er sich doch ständig.

»Moritz, bitte, du sagst doch selber, dass ich uns das alles eingebrockt habe. Also werde ich es auch wieder in Ordnung bringen«, sagte Lea deshalb. Gute Argumente überzeugen am Ende doch immer.

»Ich glaube, in dem Fall nimmst du dich etwas zu wichtig«, gab Moritz zurück.

»Nicht, wenn man es genau nimmt«, lenkte Lea ein. Sie redete wieder ein wenig ruhiger, da sie seinen Vorsprung aufgeholt hatte. Mittlerweile liefen die beiden auf einem Feldweg am Rand des Waldes entlang. Dunkel senkte sich eine plötzliche Dämmerung über die Wiesen.

»Okay«, versuchte Lea es jetzt, weil Moritz nicht auf ihren letzten Satz reagiert hatte. »Ich habe genug darüber gesehen, um zu wissen, was jetzt geschieht.«

»Was hast du gesehen?«

»*Zurück in die Zukunft* und solche Sachen.«

»Zurück in die Zukunft? Was soll das sein?«, grummelte Moritz. »Lea, bitte, nutze das letzte Licht, um heil nach Hause zu kommen. Wenn ich scheitere, hast du deine Familie dann wenigstens noch mal gesehen.«

»Bist du sicher, dass es so schlimm kommt, wie du jetzt tust?«

»Ich habe ihn erlebt«, bekam sie zur Antwort. »Er kann

dich mehrere Tode sterben lassen«, sagte Moritz dunkel. »Und das gleichzeitig.«

Lea schluckte. Vielleicht sollte sie jetzt wirklich einfach gehen. Sie sah ihn noch mal an.

Nicht so schnell!

»Wer garantiert mir, dass ich mein T-Shirt und meine Jeans jemals zurückbekomme?«, fragte sie.

Noch im Laufen zog Moritz das Shirt über seinen Kopf und warf es ihr zu. Dann knöpfte er die Jeans auf.

»Nein!«, rief Lea entsetzt. Sie war sicher, dass sie ihm keine Unterhose mitgegeben hatte. Gleichzeitig warf sie ihm das Shirt zurück. Er fing es mit beiden Händen auf. Das hielt ihn wenigstens davon ab, sich weiter mit der Hose zu beschäftigen.

»Zieh dich bloß wieder an«, sagte sie. Dann fiel ihr etwas auf: »Wo ist eigentlich dieses Amulett, um das du so ein Bohei gemacht hast?« Die Kette hing nämlich nicht um seinen Hals. Dabei ging es bei ihr doch um Leben und Tod!

Moritz klopfte auf die Tasche der Jeans. »Irgendein Rüpel hat die Kette zerrissen«, sagte er lächelnd.

Lea konnte in dem Moment nicht anders, als ebenfalls zu lächeln.

Nachdem er das Shirt wieder über seinen Kopf gezogen hatte, fragte er ruhiger: »Du bleibst also hier?«

Das klang sehr erleichtert.

Lea antwortete nicht, denn jetzt entdeckte sie den Eingang in das Maisfeld. Hier also hatte er sein Labyrinth angelegt.

»Der Regen hat das Getreide wieder und wieder auf den Boden gedrückt und meine ersten Labyrinthe damit immer wieder aufs Neue zerstört«, erklärte Moritz, der ihrem Blick gefolgt war. »Ein anderes Maisfeld wurde plötzlich geerntet, obwohl der Mais noch unreif war. Ich hab's mit Ästen im Wald versucht, aber da tauchtest du plötzlich auf, und der Ort war auch nicht mehr sicher. Schließlich habe ich's hier in dieses Maisfeld gebaut. Es wirkte ein bisschen so, als hätte der Bauer vergessen, dass es dieses Feld überhaupt gibt. Ich hatte die Hoffnung, dass bei dem Wetter hoffentlich auch keiner kommt, um den Mais zu ernten.«

Dann blieb er stehen.

»Es wird Zeit«, sagte er ernst.

»Wohin gehst du?«

»Ganz zurück an den Anfang, in meine Heimat, in meine Zeit. Damit mache ich alles ungeschehen. Ich werde niemals in einer anderen Zeit gewesen sein. Also war ich auch gar nicht hier, und du hattest niemals die Möglichkeit, die Tür zu öffnen. Alles auf Anfang. Es muss dieses Mal einfach klappen!«

Er reichte ihr die Hand.

Sie nahm sie in ihre. Da war wieder das Kribbeln. Und seine Augen funkelten noch einmal im letzten Aufblitzen der Sonne.

»Und wenn du es nicht schaffst?«

Moritz ließ ihre Hand los, fasste sie an den Schultern und gab ihr einen flüchtigen Kuss auf die Wange. Dann wandte er sich rasch ab und sprang über den Graben.

Er drehte sich noch einmal um und winkte ihr zu.

Das kann es doch nicht gewesen sein!

Lea sprang hinterher, stolperte an Moritz vorbei und hinein in das Maislabyrinth. Sie strauchelte und konnte sich erst nach ein paar Schritten wieder fangen.

»Wow!«, rief sie aus.

»Du musst gehen. Jetzt!«, mahnte Moritz, der ihr ins Labyrinth gefolgt war.

»Und hier sagst du jetzt so Sachen wie: Ich will in vierzehn Tagen in Hessisch-Gemblingen sein, oder wie das Kaff heißt?«, fragte Lea.

»Nein«, sagte Moritz.

Vielleicht schrie er es auch. Sie wusste es nicht.

Denn plötzlich wurde Lea von einer unendlichen Stille umspült. Sie schwebte, glitt, wirbelte. Das finstere Grün des Maisfelds verwandelte sich in sämtliche Farben des Spektrums, aber Lea war sicher, noch ein paar ganz neue Farben zu entdecken.

Dann wurde sie von einem weißen Licht angebrüllt und wurde ohnmächtig.

KAPITEL 16

Heiß brannte der Sand unter ihren Füßen. Sie schattete ihre Augen ab, um nicht von den zwei Sonnen weit über ihr geblendet zu werden. Warmer Wind mit dem Geruch von Zimt, Bergamotte und Koriander wehte ihr entgegen. Alte Straßen erhoben sich aus dem Sand, rote Städte und sandige Monumente folgten ihnen. Lea lief mit leichten, riesigen Schritten über diese Straßen. So leicht waren die Schritte, dass ihre Füße nie den Boden berührten. Die Städte waren älter als alles, was sie bisher gesehen hatte. Älter vielleicht als die Menschheit.

Sie war im Wasser, und Delfine schwammen an ihrer Seite. Wale tauchten aus der Finsternis auf. Fische wie silbrig glänzende Pfeile schossen um sie herum, vereinigten sich zu bizarren Formationen, stoben auseinander und fanden Sekunden später wieder zusammen, noch größer, noch bizarrer. Ein riesiger Krake legte seine Tentakel um ihren Körper, er hielt sie fest, weich, sicher, hob sie hoch und warf sie in den sternübersäten indigoblauen Himmel.

Dort verwandelte sich ein Sternbild in ein geflügeltes Pferd, auf dessen Rücken sie an Sternen, Planeten, Galaxien vorüberzog, ihre Fäuste fest in die wilde Mähne gekrallt. Lea wirbelte herum, Kopf unten, Kopf oben. Von der Schwerkraft befreit, fühlte sie sich zum ersten Mal in ihrem Leben frei und leicht und glücklich. Sie fühlte sich endlos und wünschte sich, dies endlos zu fühlen.

Sie purzelte aus dem Himmel und sah, wie Abertausende Menschen im Takt einer Trommel riesige Steinquader über roten Wüstensand zogen. Sanddünen begruben Lea unter sich. Sie tauchte auf bei einer Parade mit Blaskapellen, jubelnden Menschen, mit Luftschlangen und Konfetti in engen Straßenschluchten zwischen Häusern, die in den Himmel reichten. Lennard rief ihren Namen, ein Kettenkarussel drehte sich. Sie sah Sarah, wie sie am allerersten Schultag auf den Schulhof kam, mit dieser quietschgrünen Schultüte, sie sah sie mit einem Jungen an einem sonnenüberfluteten Strand sitzen. Sie sah ihre Mutter und ihren Vater tanzend, lachend, oh, wie glücklich sie waren, sie sah ihre Mutter um Hilfe flehen, sie sah Benno und Marie, die sich Arm in Arm auf einem leeren Feld auflösten.

Sie sah etwas Großes, Fürchterliches, Böses. Ihr Blut stockte, ihre Lungenflügel schmerzten, ihre Augen brannten. Und das Böse lachte sie aus und reichte ihr zuvorkommend die Hand. Lea wandte sich ab, stürzte, stürzte, stürzte.

Und schlug auf.

Grelles Licht brannte auf Leas geschlossenen Augen. Etwas Hartes, Kantiges drückte in ihren Rücken. Ihr Kopf war merkwürdig verdreht, sie ahnte, dass sie davon bald Kopfschmerzen bekommen würde. Aus der Ferne drangen das Hupen von Autos und das Wummern lauter Auspuffe in ihr Bewusstsein.

Lea schlug die Augen auf.

Über ihr war blauer Himmel. Ein ALDI-Schild wippte darin auf und ab.

Sie lag verrenkt zwischen Pappkartons. Da drüben war eine Ampel, an der die Autos jetzt anfuhren. Das Hupen verstummte. Stille kehrte ein.

»Moritz?«, rief sie.

Zur Antwort bekam sie nur ein Stöhnen.

»Wo sind wir?«, fragte sie.

Es rappelte und rumpelte neben ihr, dann tauchte Moritz' Gesicht über braunen und weißen Pappkartons auf.

»Dich werde ich wohl nie mehr los«, stöhnte er.

»Wohin hast du mich verschleppt?«

»Ich habe keine Ahnung.«

Lea schloss ihre Augen. Das alles konnte doch nicht wahr sein. Wo war das Maisfeld, in dem sie eben noch standen? Wo der Wald? Die Wiesen, die Bäche, der Sumpf, Veldhaus, der Abend?

»Hey! Was macht ihr denn da in den Abfällen?«, brüllte jemand herüber.

Moritz rüttelte an ihrer Schulter. Er zischte, dass sie verschwinden müssten. Sofort. Aber Lea wollte noch liegen bleiben. Sie hatte das Gefühl, sich eine Erholung verdient zu haben.

Erholung wovon?

Sie war doch gerade noch in einem Maisfeld in Veldhaus gewesen. Und jetzt lag sie hier zwischen lauter Kartons unter einem ALDI-Schild. Was war passiert? Warum konnte sie sich nicht erinnern, wie sie hierhergekommen war? Warum konnte sie sich an nichts erinnern? Wieso wurde ihr Kopf, je mehr sie nachdachte, zu einer immer größeren, leeren Lagerhalle? Vorhin war es Abend gewesen, es war beinahe dunkel. Jetzt war der Himmel über ihr blau. Strahlend blau. War sie eingeschlafen? Wann? Sie tastete ihren Körper ab. Beruhigt stellte sie fest, dass sie vollständig angezogen war. Wenigstens das. Gedanken purzelten wild durch die leere Lagerhalle ihres Kopfes. Und jeder von ihnen schlug härter und lauter auf. *Moritz wollte weggehen. Zurück. In seine Stadt. Nein, in seine Zeit. Seine Zeit? Was war denn das?* Sie merkte, dass sie Kopfschmerzen bekam. Jetzt.

»Lea, der ruft die Polizei! Wir müssen gehen«, zischte Moritz und riss sie damit aus ihren Gedanken.

»Ich will nicht.«

Er riss sie hoch. Ungelenk stolperten sie über noch mehr Kartons, Leas rechter Fuß rutschte weg, sie stürzte, aber Moritz fing sie auf. Wenigstens er war da! Immerhin. Sie war nicht alleine. Dort, wo auch immer sie gerade war.

Lea legte ihren Arm über Moritz' Schulter, um seinen Hals. Moritz, wie gut er roch. Wie stark er war. Wie sicher sie sich fühlte. Er würde sie jetzt nach Hause bringen, und dann würden sie diese dumme Geschichte vergessen oder am Ende gar darüber lachen. Sie humpelten Arm in Arm von einem großen asphaltierten Platz.

Ein weiteres ALDI-Schild wippte am Himmel über ihnen.

Aber hier im Dorf gab es doch keinen ALDI, da war Lea ganz sicher.

Hundertprozentig sicher.

Sie erreichten eine Straße. Eine ganz normale asphaltierte Straße mit Bürgersteigen auf beiden Seiten, alle fünfzig Meter stand eine Bogenlampe, und in der Mitte rollten Autos, Busse und Fahrräder nebeneinanderher. Hier liefen sogar Menschen herum, und die Sonne schien von einem klaren, blauen Himmel herab.

»Zivilisation!«, rief Lea überwältigt aus.

Noch hatte sie das Gefühl, aus einem bösen Traum aufgewacht zu sein. Noch hatte sie keine Antworten. Noch nahm sie nur auf, was sie sah.

Moritz aber stieß sie an und flüsterte: »Die Menschen werden schauen.«

»Ja, und?«, fragte sie. »Warum sollten sie auch nicht?«

»Weil wir fremd sind.«

Daran hatte Lea nicht gedacht. Sie war zu froh, am Leben zu sein. Zu froh, endlich wieder eine normale Welt mit normalen Häusern und Straßenlampen, mit normalen Leuten zu sehen, von denen einige sie sogar anlächelten. Dennoch hatte Moritz recht: Sie war fremd. Sie erkannte hier nichts.

Jetzt erst wurde ihr schlagartig bewusst, dass sie sich gar nicht an einem anderen Ort befinden konnten. Unmöglich! Wie sollte das möglich sein? Eben noch waren sie in einem Maisfeld und jetzt in einer Stadt. Hatte sie etwa einen Teil ihres Gedächtnisses verloren?

»Wo sind wir überhaupt?«, murmelte sie. Dann, an Moritz gerichtet, fügte sie hinzu: »Fragst du dich das nicht?«

»Ich frage mich viel mehr, *wann* wir sind«, antwortete er.

»Geht das schon wieder los?«, seufzte Lea. Dann jedoch zückte sie ihr Handy. Aber der Bildschirm blieb schwarz. Auch nach einem Reset blieb es stumm und schwarz und tot.

»Warum wundert mich das nicht?«, stöhnte sie.

»Wahrscheinlich hat das Ding den Zeitsprung nicht überstanden. Die sind ohnehin nicht besonders widerstandsfähig«, vermutete Moritz.

»Zeitsprung?!«, schoss es aus Lea heraus. »Du willst mir doch nicht ernsthaft erzählen, dass wir gerade wirklich durch die Zeit gereist sind, oder?«

»Doch.«

»Hey, du hast gesagt, du weiß nicht, ob das überhaupt geht! Du hast gesagt –«

Hier unterbrach Moritz sie: »Ja, und?«

Ja, und? Einfach so? Das ist alles?

Lea ließ das Handy wieder in ihrer Hosentasche verschwinden. Dann fragte sie Moritz, wohin er ursprünglich noch mal wollte.

»Das hatte ich dir doch gesagt: 1773.«

»Ich bin vielleicht nicht supergut in Geschichte, aber das sieht nicht nach 1773 aus«, bemerkte Lea.

»Und genau deshalb sollten wir rausfinden, *wann* wir sind«, seufzte Moritz resigniert. »Wobei mir gerade einfällt: Als wir im Labyrinth waren, hast du die Anweisung gegeben.«

»Ich?«, kiekste Lea. Denn in diesem Augenblick fiel ihr alles wieder ein. Das Maisfeld, die Flucht, die Tür. Aber vor allem fiel ihr ein, dass sie tatsächlich etwas gesagt hatte. Sie erinnerte sich daran, *was* sie gesagt hatte. Was sie offenbar getan hatte. Konnte all das wirklich passiert sein? In Leas Kopf ging es zu wie in einem überaktiven Wespennest. Sie wollte nicht hier sein. Sie wollte nicht darüber nachdenken. Sie wollte nicht darüber reden und deshalb redete sie. Wie ein Wasserfall.

»Wir sind hier offensichtlich in einer mittelgroßen oder vielleicht auch großen Stadt gelandet. Wenn ich mich so umsehe, sieht das alles in etwa so aus, wie es heute auch bei mir zu Hause aussieht. Insofern würde ich sagen, dass dein Zeitsprung nicht funktioniert hat. Wahrscheinlich war es nur ein Ortssprung.« Sie verschränkte die Arme vor der Brust, um zu signalisieren, dass sie im Moment keinen Widerspruch oder weitere Fragen dulden würde. »Das sieht mir nach einer ganz passablen Stadt aus. Also, lass uns ein wenig Geschäfte gucken, irgendwo etwas frühstücken, oder hast du keinen Hunger?, und dann schauen wir, ob wir mit deinem Labyrinth einfach wieder zurück in dieses verdammte Kaff Veldhaus fliegen oder schwappen oder wirbeln oder was auch immer können.« Jetzt setzte sie ihr strahlendstes Lächeln auf und sah Moritz tief in die Augen. »Na, was hältst du davon?«

»Geschäfte gucken?« Moritz sah sie verwirrt an. »Bist du übergeschnappt?«

Lea war sich da im Moment nicht so sicher. In ihrem Kopf herrschte ein Durcheinander wie unten in ihrem Kleiderschrank. Und deswegen war zumindest ihre Mutter immer kurz davor, überzuschnappen.

»Wir haben ganz andere Probleme, und außerdem habe ich kein Labyrinth!«, sagte er ungeduldig. »Siehst du hier irgendwo ein Labyrinth?«

»Willkommen im 21. Jahrhundert. Wir sind zum Glück nicht mehr auf so mysteriöse Reisemöglichkeiten angewiesen, sondern nehmen einfach Bus und Bahn. Die wurden nämlich schon vor ein paar Jahren erfunden und erfreuen sich in Zeiten des Klimawandels wieder großer Beliebtheit. Auch wenn die nicht immer hundertpro zuverlässig sind, kommen wir damit schon zurück. Dauert vielleicht etwas länger, je nachdem, wo wir gerade sind, aber dafür kommt man auch dahin, wo man hinwill. Meistens jedenfalls.«

»Warum redest du eigentlich so viel?«, fragte Moritz irritiert. Er hielt sie an den Schultern fest und sah ihr fest in die Augen. Mit seinen funkelnden braunen Augen. Mit seinen sorgenvollen, warmen Augen.

Alles, was passiert war, stürzte in diesem Moment über sie herein. Es war passiert. Und sie konnte es nicht wegreden. Sie konnte es mit all ihrer Logik nicht wegdenken. Sie war eindeutig nicht mehr im Maisfeld. Und wer weiß, was sonst noch anders war? War das hier überhaupt noch ihre Erde?

Steckten sie womöglich in einer von Lennards Parallelwelten fest? Wie kam man da wieder raus? Kam man da wieder raus?

Tränen schossen Lea in die Augen.

»Ich habe mich vierzehn Tage in die Zukunft gewünscht«, schluchzte sie. »Beziehungsweise habe ich mir das gar nicht gewünscht, sondern ich habe es nur so gesagt. Als Beispiel, verstehst du? Es war nur ein Beispiel. Ich wusste doch nicht, dass das Ding auf so was reagiert. Vor allem, dass das Ding auf mich reagiert. Du hast gesagt, das können nur wenige!

Das hast du gesagt. Wenn du das nicht gesagt hättest, wäre das nicht passiert. Ich wollte das nicht!«

Moritz schüttelte den Kopf. »Nein, ich verstehe es nicht. Das Labyrinth dürfte überhaupt nicht auf dich hören. Es ist meine Pforte, mein Fenster.«

»*Deine* Pforte, *dein* Fenster, dein, dein, dein. Weißt du eigentlich ...«, hier unterbrach Lea sich selbst. Sehr viel leiser fragte sie: »Heißt das etwa, ich kann das auch?«

»Erinnerst du dich daran, dass es einen Grund für meinen Zeitsprung gab?«, wich Moritz Leas Frage aus.

»Unseren«, korrigierte Lea. »Un-se-ren Zeitsprung. Und ja: ich erinnere mich. Du wolltest die Welt retten. Indem du einfach nicht in meiner Welt auftauchst. Das ist dir offensichtlich nicht so ganz gelungen.«

»Du hast den Wunsch ausgesprochen«, sagte Moritz und brachte Lea damit zum Schweigen. Für den Moment. Dann fuhr er fort: »Ich hoffe, dass wir wenigstens in Hessisch-Gemblingen gelandet sind.«

»Sagt der, der am Ende aller Zeiten landet, wenn er ins 18. Jahrhundert möchte.« Lea grinste.

Sie wandte sich an den nächsten Mann, der ihnen entgegenkam, und fragte ihn, ob das hier Hessisch-Gemblingen sei.

»Was denn sonst?«, war seine knappe Antwort. Dabei sah er die beiden allerdings an, als ob er ihnen lieber nicht begegnet wäre.

»Na, immerhin«, murmelte Moritz.

Lea strahlte ihn an.

Tief in sich aber wusste sie, dass das alles nicht wahr sein konnte. Irgendwo an dieser Geschichte musste es einen Haken geben. Nichts von alldem war auch nur ansatzweise logisch. Oder erklärbar.

»Es nützt nur nichts«, sagte Moritz. »Während wir in Hessisch-Gemblingen festhängen, läuft anderswo die Zeit weiter. Und da tobt gerade Dag Lok durch die Welt.«

Dag Lok?

Dag Lok!

Den hatte Lea perfekt verdrängt. Bisher stimmte alles, was Moritz erzählt hatte. Also gab es nicht den geringsten Grund, daran zu zweifeln, dass auch alles stimmte, was er über Dag Lok erzählt hatte.

Tante Marie. Onkel Benno. Lennard!

»Du bist sicher, dass er in Veldhaus ist?«, fragte Lea.

»Natürlich ist er da.«

»Dann versuchen wir eben noch mal in dein Jahr zu kommen«, schlug Lea vor.

»Und wo, bitte schön?«, fragte Moritz mittlerweile etwas genervter und lauter. »Siehst du hier irgendwo ein Labyrinth oder etwas, aus dem man eins bauen könnte? Ein Feld vielleicht?«

Leas Gedanken rasten. Sie suchte nach etwas Greifbarem. Nach Logik.

»Nein«, entgegnete sie dann. »Aber das Labyrinth, in dem du damals warst, gibt es vielleicht noch, oder? Und wenn du dann jetzt noch mal reingehst, wird alles gut. Oder nicht?«

Bitte sag mir, dass dann alles gut wird.

Lea konnte Moritz' Gesichtsausdruck ansehen, dass er daran tatsächlich bisher nicht gedacht hatte.

KAPITEL 17

Nun ist es nach 250 Jahren nicht ganz einfach, die Lage von irgendwas in einer Stadt zu erkennen. Vor allem, wenn in der Zwischenzeit eine Menge Straßen, Häuser und Plätze gebaut und wieder abgerissen wurden. Wenn Kriege, Brände und Architekten das Stadtbild verändert haben und man sich ohnehin nicht mehr so ganz genau erinnert, weil man in der Zwischenzeit einfach zu viele imposante neue Eindrücke gewonnen hat.

Lea und Moritz liefen schon seit drei Stunden kreuz und quer durch die Stadt. Moritz hatte mittlerweile vollkommen die Orientierung verloren. Ihre Suche schien aussichtslos.

»Die Stadt war viel kleiner damals. Es waren nur ein paar Häuser, Herrenhöfe, ein kleines Schloss«, sagte er resigniert.

Ganz klein war Hessisch-Gemblingen tatsächlich nicht mehr. Obwohl immer noch eine Menge Fachwerkhäuser standen, die aber mittlerweile von funktionalen Klinkerbauten aus den Achtzigern eingequetscht wurden. Es gab immerhin eine Fußgängerzone mit einem obligatorischen H&M und einem ZARA auf der anderen Seite. Lea entdeckte sogar ein Hinweisschild zu einem McDonald's. Ihr Magen rumorte.

»Ich habe Hunger«, sagte sie.

»Wir können jetzt nicht essen, wir haben eine Aufgabe«, sagte Moritz. Dann schlug er vor, dass Lea auf ihrem Telefon nachschauen solle, wo das Labyrinth war. Sie erinnerte ihn daran, dass der Akku leer war.

»Dann müssen wir es irgendwo vollmachen.«

Er hatte recht, und Lea war heilfroh, ihren Kopf mit einer Aufgabe beschäftigen zu können. Bloß nicht über das nachdenken, was in den letzten Stunden passiert war. Oder darüber, was vielleicht in Veldhaus los war. Ihre Gedanken rasten, sie sah sich um. Und entdeckte dabei ein kleines Hinweisschild zum Heimatmuseum.

»Wir könnten ins Museum gehen«, schlug Lea vor.

»Museum? Um da was zu machen?«, fragte Moritz drängend. Er schien keine Zeit verlieren zu wollen.

»Alte Bilder angucken, Landkarten, Straßenkarten, alte Stiche. Was man in einem Museum halt so macht. Wenn du damals in dieser Stadt in ein Labyrinth gegangen bist, wird es davon sicherlich Bilder geben. Diese Dinge waren teuer anzulegen, und ich bin sicher, wer auch immer so etwas in seinem Park hatte, wollte sich damit auch für die

Nachwelt verewigen. Vielleicht hat der Gartenarchitekt sogar Pläne hinterlassen. Oder wir fragen einfach jemanden.«

»Das ist brillant!«

»Moritz?«

»Ja?«

»Wie bist du eigentlich 250 Jahre ohne mich zurechtgekommen?«

Er lächelte kurz, aber hinter dem Lächeln sah er sehr besorgt aus.

»Dag Lok?«, fragte Lea vorsichtig, nachdem sie bereits ein paar Schritte gegangen waren. »Was genau wird der machen?«

Moritz antwortete nicht.

»Will er wirklich die Welt vernichten?«

»Ja«, gab Moritz knapp zurück und ging schneller.

»Moritz!«, schnaufte Lea hinter ihm. »Und wenn etwas ganz anderes dahintersteckt? Hast du mir wirklich alles erzählt, was diesen Typ betrifft?«

Er antwortete nicht, schnaubte nur kurz: »Typ?«

Hinter der nächsten Ecke erfuhren die beiden, dass dieser Tag ein Montag war. Die Tür des Museums war verschlossen. Mit hängenden Schultern gingen sie wieder zurück.

»Montags haben alle Museen zu«, erklärte Lea. »Aber dann wissen wir wenigstens, dass wir einen Tag weiter sind. Denn in Veldhaus war schließlich Sonntag, als wir ins Maislabyrinth gegangen sind.«

»Ja und?«

Lea lächelte tatsächlich wieder, denn wenn man nur richtig nachdachte, dann wurde einem klar, dass die Situation doch gar nicht so aussichtslos war.

»Dag Lok kann die Welt noch nicht vernichtet haben. Sonst würden wir ja gar nicht hier stehen können«, sagte sie beruhigend.

»Diese Welt …« Das war alles, was Moritz darauf antwortete. Und er sah dabei keineswegs beruhigt aus.

Parallelwelten. Viele Welten. Lennard.

»Du meinst, eine andere Welt, also eine, in der ich bis gerade eben noch gelebt habe, kann trotzdem schon zerstört sein?«

»Ich weiß es nicht«, antwortete Moritz. »Und wer sagt denn, dass heute das Morgen von gestern ist? Vielleicht ist heute der Montag, *bevor* du die Tür aufgemacht hast!«

»Ich habe gesagt: in vierzehn Tagen«, fiel Lea ein.

»Und wer garantiert, dass das funktioniert hat?«

Keiner.

Ein paar Minuten standen sie still nebeneinander.

Dann brach Moritz das Schweigen: »Vielleicht ist ja auch noch gar nichts passiert.«

»Es ist nett, dass du mich beruhigen willst.«

»Kann doch sein.«

»Ach ja, und das sagst du, weil du dich damit so supergut auskennst«, sagte Lea.

»Nein. Ich sage das, weil wir die Hoffnung niemals aufgeben sollten. Ich versuche einfach, so optimistisch zu sein wie du.«

»Okay.«

»Okay was?«

»Schlag was vor, lass uns die Sache gemeinsam angehen«, forderte sie Moritz auf.

»Kannst du dein Telefon nicht doch irgendwo in Ordnung bringen?«, schlug er vor.

Lea schüttelte den Kopf: »Kein Kabel dabei.«

»In wenigen Jahren braucht man übrigens keine Akkus mehr für diese Handys«, erzählte Moritz. Auch er war offensichtlich froh, über etwas anderes reden zu können.

Während sie ein paar Schritte weitergingen, fuhr er fort: »So etwas, was du jetzt in deiner Tasche trägst, gibt es dann ohnehin nicht mehr. Das Telefon mit Satellitensystem ist dann Bestandteil deiner Kleidung. Und wenn dir das zu umständlich ist, kannst du es dir auch implantieren lassen.«

Jetzt drehte Lea sich doch wieder in seine Richtung und fragte: »Wer macht das?«

»Wieso interessiert dich das?«

»Wenn wir zurückkommen, würde ich mein Taschengeld zurücklegen und ein paar Aktien kaufen.«

»Aktien?«

»Haben wir gerade in Wirtschaft durchgenommen. Hätte man 1986 ein paar Tausend Euro in Apple investiert, müsste man heute nicht mehr arbeiten.«

»1986 hieß das Geld noch Mark.«

»Wie auch immer. Der Trick besteht darin, dass man vorher weiß, was später erfolgreich wird. Mit deiner Hilfe könnte ich superreich werden.«

»Wenn die Welt bis dahin nicht untergeht.«

Lea hielt Moritz so überraschend am Shirt fest, dass er fast nach hinten gekippt wäre.

»Was soll …?«, fragte er.

Lea zeigte auf ein Gebäude direkt neben ihnen. Am Eingang stand auf einem Schild: Städtische Bücherei.

»Die haben montags nicht geschlossen?«, fragte Moritz zaghaft.

»Werden wir ja sehen!«, rief Lea, die bereits die Treppen emporrannte.

Sie hatten Glück. In mehrfacher Hinsicht sogar.

Erstens war die Bücherei geöffnet. Nur wenige Besucher waren um diese Zeit in den Räumen. Ein paar ältere Menschen lasen Zeitung. Hier und da lief jemand suchend zwischen den Regalen umher.

Zweitens befand sich direkt über dem Eingang zum Lesesaal ein riesiger Wandkalender. »Heute haben wir gestern plus fünfzehn Tage«, rechnete Lea aus. »Und die Welt existiert noch«, fügte sie leise hinzu.

Trotzdem zischte ein Mann mit Zeitung sein *Psst!* durch den Raum, als habe er nur auf diese Gelegenheit gewartet.

»Das bedeutet nichts«, sagte Moritz.

»Ich fühle mich jedenfalls sehr lebendig«, gab Lea zurück.

Drittens entdeckte sie in diesem Moment, genau unter dem großen Verbotsschild mit dem durchgestrichenen Handy, eine Ladestation mit mehreren freien Anschlüssen. Sofort stöpselte sie ihr Telefon ein, das sich nach ein paar Schrecksekunden mit einem erleichternden *Pling!* zurückmeldete. Lea grinste Moritz an.

»Darf ich fragen, ob ihr einen Bücherei-Ausweis habt?«, fragte ein aus dem Nichts aufgetauchter, grimmig dreinblickender Mann. Dabei hielt er einen gewissen Abstand und sah die beiden an, als wären sie hochgradig ansteckend.

Lea sah an sich herunter. Ihr Shirt war an mehreren Stellen gerissen, ihre Arme zerkratzt, die Hose mit Schlammspritzern gesprenkelt wie ein modernes Gemälde. Unter ihren Fingernägeln klebte schwarzer Dreck, und ihre Hände sahen insgesamt so aus, als hätte sie damit gerade einen Maulwurf aus seinem Loch gezogen.

Dann schaute sie Moritz an. Im Gegensatz zu ihm sah sie noch halbwegs passabel aus. Das war ihr vorher überhaupt nicht aufgefallen.

Insgesamt, dachte sie, *sehen wir aus wie Penner.*

»Muss man das?«, fragte Lea deshalb mit ihrem strahlendsten Lächeln zurück.

»Um die Dienste der Bücherei in Anspruch zu nehmen schon.«

»Wir sind gerade erst zugezogen und wollten uns heute mal umsehen, ob es sich überhaupt lohnt, sich einen solchen Ausweis zuzulegen«, säuselte Lea. »Sich umzuschauen wird doch wohl erlaubt sein, oder?«

Der Mann starrte missmutig auf das Handy am Kabel. Man konnte den Eindruck gewinnen, er müsse den Strom aus eigener Tasche bezahlen.

»Ausleihe nur gegen Ausweis«, sagte er knapp und verdrückte sich wieder. So leise, wie er gekommen war.

Lea sah noch mal aufs Handy. Auf dem Startscreen erschien keine Nachricht. Also war sicher alles in Ordnung.

»Und jetzt?«, fragte Moritz. »Wie willst du hier irgendwas finden?«

»Ich lade erst mal das Handy auf, und in der Zwischenzeit besorge ich dir ein paar Bücher.«

»Wie willst du das machen? Das sind so viele.«

»Überlass das mir. Hier kenne ich mich aus.«

»Du warst doch noch nie hier.«

»Alle Büchereien funktionieren gleich. Kennst du eine, kennst du alle. Das ist das Schöne daran.«

Sie führte ihn an einen Tisch und drückte ihn sanft in den Stuhl. Anschließend machte sie sich auf den Weg zu den Regalen. Geschichte. Landesgeschichte. Stadtgeschichte. Ihr Finger raste an den Buchrücken entlang. Ein paar der Bücher kippte sie ein Stück nach vorne.

»Die sind nicht alle ausleihbar«, belehrte sie der Bibliothekar, der plötzlich neben ihr stand. Er hatte sich angeschlichen wie eine Katze, vermutlich um sie beim Klauen zu ertappen, vermutete Lea. Dennoch wandte sie sich ihm lächelnd zu und flötete, dass sie sehr wohl in der Lage war, auch in geschlossenen Räumen zu lesen. Der Bibliothekar räusperte sich und verschwand. Allerdings blieb er ein Regal weiter stehen. Lea spürte, dass er sie über die Bücher hinweg immer noch beobachtete.

»Wie soll man sich hier konzentrieren, wenn einem ständig jemand auf den Hintern starrt!«, sagte sie laut.

Das brachte Unruhe in den Saal. Zeitungen raschelten, Menschen räusperten sich und murmelten. Zwei Männer standen auf und sahen nach, wer wohl wem auf den Hintern starrte. Aber der Bibliothekar war plötzlich wie vom Erdboden verschwunden. Und blieb es auch.

Lea schaute aus dem Gang zu Moritz. Der saß kreidebleich am Tisch und hoffte vermutlich, nicht wahrgenommen zu werden.

Schließlich zog sie mehrere Bände aus dem Regal und trug sie zu Moritz. Dort legte sie die Bücher vorsichtig auf dem Tisch ab.

»So, jetzt kannst du dein Labyrinth suchen«, sagte sie.

»Und du?«, fragte er.

»Ich schaue noch mal woanders. Arbeitsteilung!«

»Wo?«

Sie zeigte auf die Abteilung Naturwissenschaften. Und damit war sie auch schon verschwunden. Lea steuerte zwar auf die Abteilung Naturwissenschaften, Populärwissenschaftliche Darstellungen zu, aber eigentlich wollte sie nur etwas Ruhe haben, um nachzudenken. Seit sie auf diesem ALDI-Parkplatz zu sich gekommen war, hatte sie keine ruhige Minute, um zu überlegen, was eigentlich passiert war. Und vor allem: Wie?

Lea griff sich ein paar Bücher über die Zeit und das Universum und blätterte darin herum. Auch wenn sie keine allzu große Hoffnung darauf setzte: Vielleicht würde sie darin eine Erklärung für all das finden.

Gleichzeitig aber erlaubte sie ihren Gedanken zu fliegen. In der Vergangenheit hatte sich das bisher als wahre Wunderwaffe erwiesen: Wann immer sie das beim Lernen machte, blieb viel mehr von dem im Gedächtnis, was sie augenscheinlich nur überflog. Und zusätzlich waren auch all die gleichzeitig gedachten Dinge noch da.

Lea hatte nie über Zeit nachgedacht. Zeit war einfach da. So wie die Luft zum Atmen. Darüber denkt auch kein Mensch nach. Außer, wenn einem die Luft plötzlich fehlt. *Aber Zeit kann einem doch nicht fehlen*, überlegte sie. Um sich sofort zu korrigieren. Ihr fehlten im Moment immerhin vierzehn Tage. Was war eigentlich ein Moment? Und fehlten die Tage wirklich oder konnte sie sich nur gerade nicht daran erinnern? Würden diese Tage wiederkommen? Und wenn sie jetzt mit Moritz zurückginge, wären die nächsten vierzehn Tage dann die Tage, die sie ursprünglich gelebt hätte? Oder würden es ganz andere werden?

Moment!

Moritz!

Der wollte in sein Labyrinth zurückkehren, um alles ungeschehen zu machen. Was würde dann eigentlich mit ihr geschehen? Würde sie auf der Stelle zurückfliegen nach Veldhaus? Oder würde sie plötzlich vor seinem leeren Labyrinth im Jahr Siebzehnhundertirgendwas stehen, ohne Aussicht, jemals wieder in ihre Zeit zurückzukehren?

Ihr Kopf schwirrte.

Aber sie selbst hatte ja gesagt, dass sie hierher wollte. In vierzehn Tagen. *Sie* hatte das getan. Nicht er. Und genau da waren sie gelandet. War ihr Wunsch also stärker als seiner? War sie … besser? Konnte sie vielleicht sogar ohne ihn in der Zeit reisen? Der Gedanke ließ sie erschauern.

Was war da jetzt in Veldhaus? Immer noch das Maisfeld mit dem Labyrinth – nur ohne Lea und Moritz? Oder war das alles mit ihnen verschwunden? Das Labyrinth, das Maisfeld, der Ort, die Landschaft, das Universum. Und wenn ja, wohin?

Die Gegenwart dauert drei Sekunden.

Stand in dem Buch, in dem sie gerade blätterte.

Zumindest in unseren Köpfen nehmen wir als Gegenwart nur drei Sekunden wahr. Und das offenbar noch nicht mal in einem Rutsch. Nein, unser Gehirn registriert nur kleine Pakete von Millisekunden Länge und baut uns daraus eine Gegenwart wie einen Film.

Lea ließ den Blick schweifen und hing ihren Gedanken nach. Also, Moritz würde das Labyrinth finden. Sie würde ihn begleiten. Natürlich würde sie das. Siebzehnhundertirgendwas, da war doch sicher eine Menge los. Irgendwas war da in Frankreich, daran glaubte Lea sich dunkel erinnern zu können.

Oh, Mann, Geschichtsunterricht ist aber auch wirklich öde. Dabei ist Geschichte so spannend.

Lea wollte nur mal kurz gucken im Jahr Siebzehnhundertirgendwas und dann wieder zurück nach Veldhaus. Vor vierzehn Tagen. Bevor diese Tür auftauchte. Aber diese Tür würde es ohnehin nicht geben, weil dieser Dag Lok gar nicht kommen würde. Wieso würde der eigentlich gar nicht kommen? Hatte Moritz ihr alles erzählt? Wirklich alles? Oder steckte er sehr viel tiefer in dem ganzen Mist, als er bislang zugab?

Moritz würde sie nicht allein lassen, oder? So einer war er nicht. Wieso sollte sie ihm vertrauen? Wieso wollte sie ihm helfen? Schließlich wusste sie sehr wenig über ihn. Nur das, was er von sich erzählte. Aber wusste man nicht von jedem Menschen nur das, was er preisgab?

»Und was ist Zeit?«, riss Moritz sie plötzlich aus ihren Überlegungen. Es war ihr unangenehm. Er lächelte. Wieso lächelte er? Einen Augenblick lang fürchtete Lea, Moritz könnte ihr ansehen, was sie soeben gedacht hatte. Dann löste sie sich aus ihrem Fragemodus.

»Sag du es mir.«

»Ach, plötzlich?«, entgegnete er und grinste. »Sagen wir mal so: Es ist nicht A, dann B, dann C. Es ist eher so, als würde das Ereignis A in einem Wassertropfen stecken und den würdest du in den Ozean fallen lassen. Dann wäre A … wo genau? Hier und da und sicher auch da drüben.« An der Stelle machte er eine weit ausholende Handbewegung. »Aber B und C wären auch da und hier und da drüben.«

»Ja?«, fragte Lea, die sich wunderte, ob er je eindeutige Antworten gab.

»Sagen wir mal so.« Wieder grinste er, diesmal eher schelmisch. »Zeit ist ein ziemliches Durcheinander.«

»Wieso hast du eigentlich so gute Laune?«

Moritz ließ eines der Bücher vor ihr auf den Tisch fallen.

Der Knall, mit dem das geschah, provozierte umgehend etliche *Pssts*.

»Ich hab's«, sagte er stolz und zeigte auf einen Kupferstich aus dem 18. Jahrhundert. Am Rand eines sehr großzügigen Parks befand sich tatsächlich ein Labyrinth aus einer Hecke. Allerdings war das ganze Gelände mit einem hohen und gefährlich aussehenden Gitter umzäunt.

»Wie bist du damals da reingekommen?«, fragte Lea.

Moritz zuckte die Schultern. Er konnte sich nicht erinnern. »Aber das spielt auch keine Rolle. Wichtig ist nur, dass wir den Park gefunden haben. Villa Bartholdy, heißt das Haus im Vordergrund. Jetzt müssen wir nur nach dem Weg fragen.«

Lea war nicht sicher, ob es wirklich keine Rolle spielte, wie er in den Park gekommen war, aber im Moment war die Suche nach dem Park dringender als Fragen nach der Vergangenheit.

Sie blätterte weiter in dem Buch. Auf den folgenden Seiten waren die genauen Baupläne der Villa abgebildet, dann folgten Fotos von Notizen, grobe Skizzen der Gartenanlage und endlich auch ein genauer Plan des Labyrinths.

Perfekt. Jetzt mussten sie diesen Park nur noch finden.

Lea nahm das Handy vom Netz und lief damit zurück zu dem immer noch aufgeschlagenen Buch. Sie fotografierte die Bilder und Notizen ab. Dann brachten sie das Buch zurück zu seinem Platz.

»Und jetzt?«, fragte Moritz.

»Fragen wir uns durch.«

Den Bibliothekar fragte Lea lieber nicht nach dem Weg. Seinem Blick nach zu urteilen, würde er sie vermutlich ohne mit der Wimper zu zucken auf direktem Weg in die Hölle schicken.

»Wir sind *sehr* beeindruckt«, sagte Lea, als sie an ihm vorbeiging. »Leider habe ich meinen Ausweis vergessen. Wir kommen wieder, ganz bestimmt.«

Der Bibliothekar guckte säuerlich.

Luft. Licht. Blauer Himmel. Die Sonne stand hoch am Himmel, es war heiß.

Lea atmete die warme Luft ein. Ihr wurde schlecht. Sie schwankte, war kurz davor, sich zu übergeben. Ihr Kreislauf war vollkommen runter. Moritz legte seinen Arm um sie und sah sie besorgt an.

»Sorry«, murmelte sie.

»Wann hast du das letzte Mal gegessen?«, fragte er.

Lea überlegte. »Je nachdem: Gestern, vor fünfzehn Tagen oder in sieben Tagen«, sagte sie und versuchte zu lächeln.

»Du musst etwas essen und vor allem trinken«, sagte Moritz streng.

Lea wusste, dass er recht hatte. Auf der anderen Straßenseite entdeckte sie ein Café.

Sie löste sich von Moritz. »Geht schon«, sagte sie, zeigte auf das Café und machte ein paar vorsichtige Schritte. Ging schon.

»Hast du überhaupt Geld?«, fragte er leise, als sie eintraten.

»Wieso?«

»Weil dich fehlendes Geld oder andere Zahlungsmittel zu allen Zeiten und in allen Galaxien unweigerlich in extrem problematische Situationen bringt.«

»Du hast doch gerade selbst gesagt, dass ich jetzt was essen muss. Das Problem des Bezahlens liegt noch in der Zukunft. Ich finde, Problemen sollte man sich erst genau dann stellen, wenn sie auftauchen. In der Gegenwart. Und die dauert drei Sekunden. Die hat aber für das Bezahl-Problem noch nicht angefangen.«

»Das ist nicht sehr weitsichtig.«

»Deine Weitsicht hat dich ja auch sehr weit gebracht.« Lea lächelte und setzte sich an einen freien Tisch am Fenster.

»Wollt ihr was bestellen oder nur chillen?«, fragte die junge Verkäuferin hinter dem Tresen. Sie legte den Handfeger, mit dem sie eben noch das Regal gereinigt hatte, zur Seite und kam zu den beiden an den Tisch.

»Ich meine, mir ist es egal«, fuhr sie fort. »Meinetwegen könnt ihr hier stundenlang rumsitzen, aber nachher kommt die Chefin zurück, und die sieht das nicht ganz so locker.«

»Es gibt freundliche Menschen in dieser Stadt!« Lea strahlte.

»Ach, ihr seid nicht von hier?«, fragte die junge Frau. »Hab ich mir fast gedacht.«

»Warum?«, wollte Moritz wissen.

»Na, solche wie ihr wären mir aufgefallen. Ich war nämlich früher auch mal Punk. Für einen Moment hatte ich die Hoffnung, dass sich in diesem Kaff doch noch etwas tut. Herzlich willkommen in der Ödnis, mein Name ist Rosa.«

Lea und Moritz stellten sich ebenfalls vor. Anschließend bestellte Lea ein Brötchen mit Käse, eine heiße Schokolade und Wasser, dringend, ganz schnell, bitte. Moritz nahm wie selbstverständlich Tee und Gemblinger-Moppen.

Rosa stutzte.

»Woher weißt du, dass wir die haben? Warst du doch schon mal hier?«

»Ich …«, stammelte Moritz irritiert. »Ich habe bestimmt mal davon gelesen. Im … Dingens … Internet oder so.«

Leas Magen grummelte wie ein herannahendes Gewitter.

»Die hat seit Ewigkeiten keiner mehr bestellt. Die alte Frau Bartholdy war die letzte, die die Dinger gegessen hat.

Seither frage ich mich, warum die hier immer noch gebacken werden. Aber meine Chefin ist halt so: War schon immer so, bleibt auch so. Wie gesagt: Ödnis, Kaff, ihr versteht schon.«

Rosa ging zurück in Richtung Tresen, aber nach zwei Schritten drehte sie sich noch mal um, sah Moritz eindringlich an und fragte: »Du bist sicher, dass du die haben willst?« So, wie ein Zahnarzt jemanden fragt, ob er sicher sei, eine Wurzelbehandlung ohne Betäubung haben zu wollen.

Moritz nickte ernst.

Rosa hantierte hinter dem Tresen mit ihren Maschinen.

»Was war das gerade?«, flüsterte Lea.

Moritz sah sie erstaunt an. »Ich weiß nicht, warum ich das bestellt habe. Fiel mir einfach so ein.«

Lea sah sich um. Aber nirgendwo stand etwas von Gemblinger-Moppen. Es war also eindeutig seine Erinnerung, die da etwas bestellt hatte.

»Erinnerst du dich sonst noch an irgendwas?«

»Nach 250 Jahren? Machst du Witze?«

»Bist du denn wirklich schon so lange unterwegs?«, flüsterte Lea ihm zu.

»Wie man es nimmt. Manchmal kommt es mir vor, als sei ich letztes Jahr ins Labyrinth gegangen, zu anderen Zeiten fühlt es sich nach viel mehr als 250 Jahren an. Aber wie auch immer: Die meisten Menschen vergessen doch nahezu alles nach zwanzig Minuten, und ich soll mich an irgendwas im Jahr 1773 erinnern? Mit allem, was ich inzwischen erlebt habe?«

Lea konnte sich noch gut an den Nachmittag vor der unheimlichen Tür erinnern.

Aber das war ja auch erst gestern.

Vor vierzehn Tagen!

Hör auf!

Nach ein paar Minuten stellte Rosa die Getränke und das Käsebrötchen auf dem Tisch ab. Dann holte sie einen kleinen Teller, auf dem Kekse lagen, die aussahen wie braune Kieselsteine. Sie klackerten auch wie Steine auf dem Porzellan.

In der Zeit hatte Lea ihr Käsebrötchen schon zur Hälfte heruntergeschlungen. Jetzt stürzte sie die heiße Schokolade hinterher.

Rosa sah sie skeptisch an. Dann wandte sie sich Moritz zu und sagte: »Sei vorsichtig, wenn du reinbeißt.«

Der nahm einen der Moppen, tunkte ihn in seinen Tee und biss dann genüsslich ein Stückchen ab.

»So macht man das«, erklärte er.

»Du wirst schon wissen, was du tust«, erwiderte Rosa wenig beeindruckt und ging zurück zum Tresen. Erst in diesem Augenblick fiel Lea etwas ein, das sie vorhin gesagt hatte. Sie wandte sich zum Tresen.

»Du hast vorhin von einer Frau Bartholdy gesprochen.«

»Ja, und? Die ist tot«, antwortete Rosa.

»Hat die was mit der Villa Bartholdy zu tun?«

Jetzt wurde auch Moritz aufmerksam.

»Welche Villa Bartholdy?«

»Wir haben gerade in der Bücherei ein paar alte Bilder gesehen. Von einer Villa Bartholdy«, sagte Lea. Als keine Antwort kam, fügte sie noch hinzu: »Und einem Irrgarten. Nie was davon gehört?«

Rosa schüttelte den Kopf. »Dunkel«, sagte sie. »Ganz dunkel.«

Lea biss von ihrem Käsebrötchen ab. Dabei musterte sie Rosa. Man sah ihr an, dass sie helfen wollte.

»Stimmt!«, rief sie plötzlich. »Ja, wir haben in der Schule mal was darüber gehört. Es gab eine solche Villa und auch diesen Irrgarten. Der soll aber irgendwie spooky gewesen sein.«

»Spooky?«, fragte Moritz.

»Gruselig«, erklärte Rosa.

Lea vergaß, weiter ihr Käsebrötchen zu kauen. »Wiewo gruwelif?«, fragte sie mit vollem Mund.

»Meine Güte, wisst ihr, wie lange das her ist? Das waren doch auch nur irgendwelche Horrorstorys, die man sich hier erzählt. So wie es in jeder Stadt Geschichten von Hexen, Untoten oder ungeklärten Morden gibt. Also zumindest in den Städten, in denen sonst nichts passiert. Geschichten, die kleinen Kindern Angst machen, eben. Wie die von dem Jungen, der damals in dem Labyrinth verschwand und nie wieder auftauchte.«

Lea verschluckte sich und musste husten.

»Ist alles natürlich totaler Unsinn«, schloss Rosa. Dann sah sie die immer noch hustende Lea an und sagte: »Du isst aber auch wirklich zu schnell.«

Moritz versuchte, sich nichts anmerken zu lassen, aber seine Augen glänzten erregt. Er nickte zustimmend und fragte Rosa nach der Lage der Villa.

»Abgebrannt«, kam als Antwort. Gefolgt von einem: »Soweit ich weiß. Leute, das ist echt schon lange her.«

Moritz fragte aber unverdrossen weiter: »Wo stand die Villa? Und gibt es den Park vielleicht noch?«

»Nee, das ist alles längst verbaut, aber wenn du willst, zeige ich dir das auf dem Stadtplan. Wobei ich echt nicht weiß, was ihr da wollt. Da ist nichts zu sehen. Beton, halt. Aber wenn man drauf steht …«

Moritz folgte ihr zum Tresen. Während er dort Rosas Beschreibung lauschte, trank Lea den Rest ihrer Schokolade.

Zeit geht nur in eine Richtung, dachte Lea. Das hatte sie vorhin in der Bücherei gelesen. Seit dem Urknall weitet das Universum sich aus. Alles drängt in eine Richtung. Aber was ist, wenn das Universum den Höhepunkt erreicht und wieder in sich zusammenfällt? Sie hatte etwas über schwarze Löcher gelesen. Läuft dann alles rückwärts?

Läuft die Zeit vielleicht schon jetzt in Teilen des Universums rückwärts? Und was ist dann mit diesem Dag Lok? Würde am Ende alles wieder ganz, was er zerstört? Was zerstört er?

Da stand Moritz schon wieder vor ihr. In seiner Hand hielt er einen Zettel mit einer gekritzelten Wegbeschreibung. Er beugte sich zu Lea herunter und flüsterte: »Wenn mich nicht alles täuscht, ist das genau da, wo wir gelandet sind.«

»Auf dem ALDI-Parkplatz?«, fragte Lea laut.

»Ja, genau das ist es!«, rief Rosa von der Theke herüber. »ALDI ist da heute, fiel mir gerade nicht ein.«

»Dann können wir also vielleicht alles wieder in Ordnung bringen?«, fragte Lea voller Zuversicht.

»Ich weiß es nicht, aber ich hoffe es.«

Lea zwang sich ein Lächeln ins Gesicht: »Ich dachte, wir geben die Hoffnung nicht auf. Egal, wir werden es dem Typen jedenfalls zeigen.«

Währenddessen schaltete Rosa mit der Fernbedienung einen Fernseher ein, der in der Ecke gegenüber von Lea und Moritz stand. »Sorry, Leute. Hoffe, das stört euch nicht, aber ich muss wissen, ob's was Neues aus diesem Kaff gibt.«

Ein Nachrichtensender lief, was man daran erkannte, dass im unteren Bildrand ständig Banner mit irgendwelchen Aktienkursen liefen.

Lea stieß Moritz an und zeigte auf den Bildschirm.

»Sagt dir eine dieser Firmen etwas?«, fragte sie und grinste ihn an. »Ist irgendwas dabei, was in der Zukunft riesig wird? Ich meine, das hier ist unsere Chance, um reich zu werden!«

Moritz sah zum Fernseher hinüber.

Und seine Kinnlade sackte nach unten.

KAPITEL 18

Ein Mann, der mit einem Mikrofon in der Hand unschwer als Reporter zu erkennen war, lief durch eine Landschaft, die aussah wie nach einem Bombenangriff. Am Horizont strebten schwarz verkohlte Äste wie gierige Finger in den Himmel. Der Boden zu Füßen des Reporters war aufgewühlt, das Gras verbrannt. Tiefe Furchen zogen sich durch den Boden, in denen weiße Asche aufwirbelte. Ein paar Mauerreste ließen vermuten, dass hier vor nicht allzu langer Zeit Häuser gestanden hatten. Etliche Häuser sogar. Im Hintergrund waren die Überbleibsel einer Kirche zu sehen, der Turm war eingestürzt, die Seitenwände in sich zusammengefallen.

Aber wo war das?

Der Reporter sagte nichts, sah sich fassungslos um, ging weiter. Die Kamera zoomte an sein Gesicht. Hatte er tatsächlich Tränen in den Augen oder war das nur der Nieselregen, der vermischt mit weißer Asche unablässig vom Himmel strömte?

Die Kamera machte einen Schwenk. Lea hatte immer

noch keine Ahnung, wo das Unglück passiert war. Moritz starrte weiter mit offenem Mund auf die Bilder.

Da! Die drei Bäume im Vordergrund, oder besser gesagt, das, was von ihnen übrig war, kamen Lea entfernt bekannt vor.

Endlich fand der Reporter Worte, und Leas Herz gefror zu Eis.

»Nachdem Polizei und Bundesgrenzschutz das Gebiet der Ortschaft Veldhaus freigegeben haben, bietet sich uns ein Bild des Grauens. Ein Bild, wie wir es in den vergangenen Jahrzehnten nur aus Katastrophengebieten Afrikas oder Asiens kennen. Die Zahl der Todesopfer und vermissten Personen geht in die Hunderte.

Es ist unvorstellbar, dass auch nur ein Mensch oder ein Tier dieses schreckliche Unglück überlebt hat. Zurzeit gibt es noch keine genaueren Auskünfte darüber, was genau der Auslöser war. Auf der Pressekonferenz baten die Leiter der Einsatzkräfte ebenso wie die Innenministerin darum, die weiteren Untersuchungen zunächst abzuwarten.

Einige Experten sprechen von einem Meteoriteneinschlag. Andere glauben an einen groß angelegten, aber misslungenen Terrorakt. Wieder andere sprechen von einer unterirdischen Gaspipeline, die aufgrund zu hohen Drucks explodiert sein könnte.

Hier, wo die Bevölkerung noch vor zwei Wochen ein ausgelassenes Schützenfest feierte, liegt gespenstische Totenstille über den Feldern. Neuesten Aussagen zufolge kam es bereits im Vorfeld des Schützenfestes zu sonderbaren Vorkommnissen. So wurde angeblich ein riesiges Wolfsrudel gesichtet, und es soll zu merkwürdigen Wetterphänomenen gekommen sein. Diese Aussagen wurden aber bislang nicht bestätigt.

Bewohner der umliegenden Dorfschaften zeigen sich erschüttert, geben aber an, Veldhaus seit Längerem gemieden zu haben.«

Auf dem Bildschirm tauchte nun ein Mann auf, der vor einem riesigen Maisfeld stand, über ihm breitete sich ein strahlend blauer Himmel aus. Der Mann schob seinen Hut in den Nacken und sagte direkt in die Kamera: »Sehen Se, so war das Wetter hier die ganze Zeit. Und drüben bei denen hat's immer geregnet. Das ging nicht mit rechten Dingen zu, will ich mal sagen. Und die Wölfe, die hat man nachts auch bei uns noch heulen gehört. Hätten se abschießen sollen. Haben wir hier gleich gesagt, aber nichts Halbes und nichts Ganzes haben se gemacht, da drüben. Ich sag mal so: Wir sind hier natürlich erschüttert, man kannte den einen oder anderen ja auch persönlich. Aber wer das Unglück anzieht, zieht das Unglück an.«

Jetzt sah man wieder den Reporter.

»Sobald wir nähere Informationen haben, berichten wir auch in den laufenden Sendungen. Im Anschluss an die Nachrichten folgt ein Brennpunkt mit dem Thema:

›Ein Dorf verschwindet. Absicht oder Unfall?‹ Anschließend eine Diskussionsrunde zum Thema: ›Eins vor Zwölf. Schlägt die Umwelt zurück?‹«

Dann tauchte die Nachrichtensprecherin auf.

Lea erbrach sich.

»Meine Güte, Kleine, was ist denn mit dir los?«, fragte Rosa besorgt. Sie kam sofort mit Eimer und Wischlappen zum Tisch, an dem Lea immer noch fassungslos auf den Bildschirm starrte. Unfähig, auch nur ein zusammenhängendes Wort zu sagen. Sie stammelte und zeigte immer wieder mit zitternden Fingern auf den Bildschirm.

»Soll ich das lieber ausmachen?«, fragte Rosa.

»Wir kommen gerade von da«, antwortete stattdessen Moritz.

»Na, gerade wohl nicht«, meinte sie. »Die Katastrophe war ja schon vor zwei Wochen.«

»Danke«, sagte Moritz knapp und nahm Rosa Wischlappen und Eimer ab.

Lea weinte hemmungslos.

Moritz ließ den Lappen in den Eimer fallen und kniete sich vor Lea auf den Boden.

Er nahm sie in den Arm.

Wiegte ihren Kopf.

Strich über ihre Haare.

Leas Schluchzen wurde lauter.

»Tante Marie!«, schrie sie plötzlich. »Onkel Benno!«

»Ist gut«, murmelte Moritz. »Wein' ruhig.«

»Hat sie Verwandte in dem Ort gehabt?«, fragte Rosa.

Moritz nickte und bat sie mit Blicken, sie allein zu lassen. Rosa verstand und kehrte zum Tresen zurück.

Leas Schluchzen wurde leiser, regelmäßiger.

Moritz wischte mit der Hand behutsam ihre Tränen weg. »Wir müssen zurück«, sagte er leise.

Lea hielt für einige Augenblicke den Atem an, sah Moritz in die Augen. Ein dankbares, aber verzweifeltes Lächeln umspielte ihre Lippen. Dann, plötzlich, weiteten sich ihre Augen.

»Mama!«, schrie Lea und brach zusammen.

»Ist doch gar nicht klar, dass deine Mutter da war«, versuchte Moritz sie zu beruhigen.

»Soll ich vielleicht den Arzt rufen?«, bot Rosa vom Tresen aus an, aber Moritz winkte ab.

Ohne Moritz wahrzunehmen, nestelte Lea an ihrer Jeans herum, zog das Handy raus.

»Lea, soll ich das nicht lieber ...«, bot Moritz an.

Da hielt sie das Handy schon ans Ohr.

»Freizeichen«, murmelte Lea. Ein wenig Hoffnung schwang in diesem Flüstern mit.

Dann riss sie das Telefon vom Ohr, drückte auf das Lautsprechersymbol und erstarrte.

Das war kein Freizeichenton. Das war ein nicht endender Summton.

Moritz drückte auf das rote Symbol. Das Summen brach ab.

»Wir müssen zurück«, sagte er jetzt noch einmal, eindringlicher.

»Ich habe sie umgebracht!«, schrie Lea.

»Wovon redet sie da?«, fragte Rosa.

»Nichts. Sie bringt da etwas durcheinander«, antwortete Moritz knapp.

»Sicher?«

Er nickte. »Ihr geht es sehr schlecht«, sagte er zu Rosa und wandte sich wieder Lea zu.

»Lea, hör mir gut zu«, raunte er. »Es ist nichts geschehen, noch nicht. Wir können das ändern. Wir sollten uns aber beeilen. Verstehst du, was ich sage?«

Sie reagierte nicht. Starrte immer noch auf das Handy.

»Lea, wir müssen gehen«, drängte Moritz und zog sie an den Schultern hoch.

Lea schwankte, als würde sie über Bälle laufen, und Moritz musste sie stützen. Die beiden gingen zur Tür.

Als die Klingel darüber ertönte, drehte Moritz sich um und sagte: »Das mit dem Bezahlen …«

Rosa winkte ab. »Lass mal, kümmere dich lieber um deine Freundin. Ihr zahlt einfach, wenn ihr das nächste Mal vorbeikommt.«

Arm in Arm stolperten sie auf die Straße.

»Wohin willst du jetzt gehen?«, fragte Lea unter Tränen.

»Es ist zu spät, es ist vorbei. Sie sind alle tot. Wir kommen hier nie wieder weg.«

»Ich glaube nicht an *nie wieder*«, entgegnete Moritz und ging mit Lea im Arm die Straße hinunter. Unterwegs sah er sich immer wieder suchend um.

»Wir brauchen ein Feld, einen Wald, irgendwas«, murmelte er.

Aber dies war eine Stadt. Und in der gab es keinen Wald, kein Feld, noch nicht mal einen Park. Dafür jede Menge Geschäfte mit asphaltierten Parkplätzen davor.

»Genau das, was wir nicht brauchen«, murmelte Moritz.

»Wir müssen raus aus der Stadt«, sagte Lea leise.

»Kannst du denn so weit gehen?«

»Geht schon wieder.« Lea war dankbar, dass er die Hoffnung nicht aufgab, und versuchte ein Lächeln. Es gelang ihr nicht. Sie löste sich aus Moritz' Arm und trottete wie ein Zombie neben ihm her.

Schweigend gingen sie weiter.

Lea rannen unablässig Tränen über die Wangen, und manchmal spürte sie, wie Moritz zu ihr rübersah.

»Es ist noch nicht zu spät«, sagte er mit viel Zuversicht in der Stimme.

Lea sah ihn dankbar an. Aber es wirkte nicht so, als würde sie ihm glauben.

Sie hatten Hessisch-Gemblingen hinter sich gelassen und gingen nebeneinander am Rand der Landstraße entlang. Schon seit einiger Zeit war ihnen kein Auto mehr entgegengekommen.

Jedes Feld, das sie bislang gesehen hatten, war abgeerntet. Und bis zum Horizont entdeckten die beiden auch kein weiteres Feld mit wogendem Getreide oder gar ein Wäldchen. Wenn sie sich umdrehten, sahen sie ein paar rote Dächer und den Kirchturm von Hessisch-Gemblingen. Dahinter zogen ein paar Wolken auf. Die beiden sehnten sich nach den bevorstehenden Schatten und der damit verbundenen Abkühlung. Denn jetzt, nach Mittag, wurde es noch heißer. Die Luft über dem Asphalt flirrte.

»Es waren bisher nur Getreidefelder«, versuchte Moritz zu trösten. »Irgendwo gibt es vielleicht noch ein Maisfeld. Der wird später geerntet, oder nicht?«

Lea zuckte nur mit den Schultern. Ihr war warm, sie hatte Durst, und sie war vor allem damit beschäftigt, nicht an ihre Mutter, Marie oder Onkel Benno zu denken.

Was ihr natürlich nicht gelang.

»Lennard«, murmelte sie, als sie überlegte, wen sie noch in Veldhaus kannte.

»Wer ist das?«

»Ein Junge.«

»Der, der diese Theorie über Raum und Zeit hat?«

»Bist du etwa eifersüchtig?«, fragte sie.

»Unsinn«, erwiderte Moritz.

»Was hattest du denn eigentlich mit dieser Villa zu tun?«, wechselte Lea das Thema.

Bloß nicht an Lennard denken …

»Ich weiß es nicht mehr«, antwortete Moritz.

Und wie so oft war Lea nicht ganz sicher, ob er wirklich die Wahrheit sagte oder ob er ihr nur etwas verschwieg.

Aber bisher hat sich alles als wahr herausgestellt …

»Das da drüben, das sieht doch nach einem Maisfeld aus!«, sagte Lea hinter der nächsten Kurve.

Moritz nickte.

Die beiden rannten querfeldein, bis sie endlich, vollkommen außer Atem, den von der Sonne verdorrten Mais erreichten. Moritz lief ein paar Meter ins Feld hinein, kam wieder heraus und nickte.

Leas Herz pumpte schneller, sie spürte die Aufregung bis in die Fingerspitzen. Sie hoffte nur inständig, dass alles klappen würde und sie nicht irgendwo und irgendwann landen würden. Sondern in Veldhaus. Vor vierzehn Tagen und ein paar Stunden.

Gemeinsam machten sie sich an die Arbeit. Sie traten Maisstauden um, rissen andere heraus. Moritz arbeitete aus dem Gedächtnis, Lea sah immer mal wieder auf die Bilder auf ihrem Handy.

»Du musst da noch etwa mehr rausreißen«, sagte sie nach einiger Zeit.

»Unsinn«, grummelte Moritz und warf die Staude hinter sich. »Wer von uns beiden macht das denn schon seit ein paar Jahrhunderten?«

»Das heißt noch lange nicht, dass derjenige es auch richtig macht, sagst du doch selber«, gab Lea lächelnd zurück und hielt ihm das Handy hin.

»Oh«, machte Moritz, als er das Bild ansah.

»Oh? Ist *Oh* alles, was dir dazu einfällt?«

»Ach, bitte, das sind doch Kleinigkeiten«, murmelte er verlegen.

»Vielleicht wärest du schon längst wieder in deiner Zeit und in deiner Welt, wenn du etwas Rücksicht auf diese *Kleinigkeiten* genommen hättest.«

Daraufhin sagte Moritz gar nichts mehr, und die beiden arbeiteten zunächst schweigend weiter. Ab jetzt schaute Moritz allerdings auch immer mal wieder aufs Handy, wenn Lea die entstandenen Gänge mit den Fotos darauf abglich. Sie kamen gut voran, bis Lea plötzlich innehielt und fragte: »Findest du auch, dass die Luft plötzlich merkwürdig schmeckt?«

Moritz atmete tief ein. Er schien es ebenfalls zu schmecken, denn er nickte.

»Irgendwie elektrisch«, meinte Lea. »Und es ist auch so merkwürdig still.«

»Lass uns schnell weitermachen, wir sind fast fertig«, sagte Moritz nervös.

Während es über ihnen langsam dunkel wurde, arbeiteten sie sich nebeneinander immer schneller in das Feld vor. Dann ging Lea ein paar Schritte zurück, um den gesamten Weg mit dem Plan abzugleichen.

Es war alles in Ordnung.

»Fertig!«, rief sie erleichtert aus.

»Bist du sicher?«, fragte Moritz.

»Lass uns lieber noch mal gemeinsam gucken«, schlug sie vor.

Sie traten aus dem Maisfeld, drehten sich um. Der Eingang sah gut aus. »Ja, wie der originale Irrgarten. Nur aus Mais«, urteilte Moritz. »Dieses Mal ist's perfekt.«

In dem Moment schlug ein paar Meter neben ihnen ein Blitz ein.

Die Luft vibrierte. Lea stolperte zur Seite und riss Moritz mit sich. Es roch nach Ozon, nach Elektrizität. Es roch böse. Abgrundtief böse. Dann stank es verbrannt. Flammen loderten auf, dichter, dunkler Rauch umhüllte die beiden, und innerhalb weniger Sekunden stand das Feld, oder was sie davon sehen konnten, in Flammen.

»Nicht schon wieder!«, schrie Moritz in die Flammen. »Nicht schon wieder!«

»Wieso kommt dieser Blitz ausgerechnet jetzt?«, schrie Lea gegen das Prasseln des Feuers an.

»Ich weiß es nicht!«, brüllte Moritz mit Tränen in den Augen. »Verdammt noch mal, ich weiß es nicht!«

Als endlich alles vorbei war, als die Flammen keine Nahrung mehr fanden und der Himmel wieder aufklarte, nachdem der Rauch sich verzogen hatte und wieder vorsichtiges Vogelgezwitscher einsetzte, fragte Lea erneut: »Was bedeutet das?«

Moritz stöhnte laut auf. Er fuhr sich mit der Hand durch die Haare und sah sie wütend an.

»Wieder und wieder und wieder wird jedes Labyrinth, das ich baue, zunichtegemacht«, schimpfte er. »Ich glaube schon lange nicht mehr, dass es immer zufällig regnet, wenn ich gerade einen Gang ins Getreide getrampelt habe, und dadurch meine gesamte Arbeit zunichtegemacht wird. Ein anderes Mal hagelt es, es schneit oder der Blitz schlägt ein, ein Mähdrescher kommt, ein Rudel Rottweiler taucht urplötzlich auf, oder es wird auf mich geschossen.«

»Meinst du, dass dieser Dag Lok dahintersteckt?«, fragte Lea vorsichtig.

»Nein, das war auch schon, bevor ich …«, hier brach Moritz unvermittelt ab.

Vielleicht hätte Lea weiter nachgefragt, aber auf einmal sah Moritz sehr verletzlich aus. Es schien, als wäre in diesem Moment alle Energie aus ihm geflossen. Er wirkte leer. Allein. Lea wollte ihn in den Arm nehmen, ahnte aber, dass er das bestimmt nicht zulassen würde.

»Lass mich dir helfen«, sagte sie sanft.

»Ich will doch *dir* helfen«, entgegnete er.

»Wir helfen uns gegenseitig, okay? Ist das in Ordnung?«

Moritz nickte. Wobei Lea das mehr spürte als sah.

»Rumjammern bringt nichts, oder?«, sagte sie, um ihn aufzumuntern. »Wir brauchen einen Plan. Wir brauchen Logik und Fantasie.«

»Wenn du meinst«, murmelte er. Und in diesem deprimierten *Wenn du meinst* lagen all seine misslungenen Pläne, seine fehlgeschlagenen Versuche, seine vergeblichen Anstrengungen. *Wenn du meinst* machte Lea maßlos wütend.

»Dem werden wir's zeigen«, sagte sie. »Wir sind zwei. Daraus kann eine ganze Menge werden!«

Moritz nickte.

Lea dachte nach und sah sich noch einmal die Bilder auf ihrem Handy an. Sie öffnete Google-Maps und zoomte an ihren Standort, scrollte zurück zur Stadt.

»Diesen Irrgarten kann man aus allem Möglichen machen?«, fragte sie.

Moritz nickte und schwieg weiter.

»Der beobachtet dich wahrscheinlich, dieser Dag Lok, oder?«, fragte sie sehr leise.

Moritz nickte erneut.

»Die Betonung lag auf *dich*«, sagte sie noch viel leiser.

Moritz starrte sie an.

»Meine Mutter ist im Moment nicht mehr auf dieser Welt, mein Onkel und meine Tante wahrscheinlich auch nicht«, sagte Lea mit zitternder Stimme. »Ich will sie möglichst bald wiedersehen. Und ich glaube, wenn wir beide zusammenarbeiten, können wir es mit diesem Typen locker aufnehmen.«

Das klang überzeugter, als sie tatsächlich war, aber sie musste so klingen, um für Moritz stark zu sein.

Er sah sie zunächst ratlos an.

»In Ordnung«, sagte er schließlich. »Aber wie willst du anstellen, was ich die ganze Zeit nicht geschafft habe?« Es klang trotzig, doch Lea war froh, dass er langsam wieder in den Kampfmodus zurückkehrte.

»Du baust hier noch ein Labyrinth«, sagte sie.

»Was für eine tolle Idee«, stöhnte er laut auf. »Damit das noch mal in Asche verwandelt werden kann?«

Lea nickte. »Genau das ist der Plan«, sagte Lea vorsichtshalber wieder leise. Sehr leise. Obwohl sie eigentlich sicher war, dass niemand zuhörte.

»Brillant! Warum bin ich nicht selbst auf die Idee gekommen? Und was machst du in der Zwischenzeit?«

»Ich gehe mein Käsebrötchen zu Ende essen. Und wenn du fertig bist, holst du mich ab. Und zwar da, wo wir heute Morgen angekommen sind.«

»Wieso sollten wir uns bei –«

Lea legte ihre Hand auf seinen Mund.

»Denk nicht mal darüber nach. Mach einfach, was ich dir sage. Okay?«

»Aber es wird bald dunkel!«

»Umso besser.«

Damit stand sie auf und ging. Als sie an der Straße angelangt war, drehte sie sich noch mal um. Moritz war zu einem Teil des Feldes gegangen, das von den Flammen verschont geblieben war. Dort rupfte er bereits fleißig Maisstauden aus dem Boden und warf sie hinter sich.

Lea lächelte zufrieden und machte sich auf den Weg zurück nach Hessisch-Gemblingen. Ein Gefühl von neuer Hoffnung durchflutete sie. Sie hatte einen Plan, und der musste einfach klappen!

KAPITEL 19

Der Parkplatz war leer. Lea war froh, dass die Geschäfte hier nicht bis Mitternacht geöffnet hatten. Sonst hätte sie länger warten müssen. So aber war niemand mehr da.

Vorsichtshalber sah sie auch noch mal zum Himmel hoch. Nein, dieser Dag Lok war mit Sicherheit in der Nähe von Moritz geblieben. Und sie könnte in Ruhe ihren Plan ausführen. Sie würde Dag Lok schon zeigen, dass man mit Logik weiterkommt.

»Ist doch wohl DagLogisch.« Sie grinste, dann ging sie einmal um das Geschäft herum zu der Stelle, an der sie heute Morgen zu sich gekommen waren.

Die Kisten und Pappkartons waren noch da!

Leas Herz schlug schneller.

Der Parkplatz war riesig. Der Architekt hatte vorbildlich für den Fall vorgesorgt, dass eines Tages alle Einwohner Hessisch-Gemblingens gleichzeitig einkaufen wollen.

Lea sah sich um. Im hinteren Bereich des Parkplatzes war ein Teil, der nicht komplett von den grellen Lampen ausgeleuchtet wurde und wohin auch keine der Überwachungskameras zielte. Das war perfekt.

Lea arbeitete schnell und präzise. Sie nahm jeweils zwei Kartons von dem Stapel, auf dem sie heute Morgen gelandet waren, und trug sie zum unbeobachteten Teil des Parkplatzes. Dort stellte sie die Kartons erst mal willkürlich nebeneinander. Während sie hin und her lief, achtete sie sehr genau darauf, ob sie sich beobachtet fühlte. Sie tat das, ohne sich umzudrehen oder abrupte Bewegungen zu machen. Lea glaubte, dass dieser Dag Lok, der Moritz immer wieder ins Handwerk pfuschte, niemand war, der sich einfach so in der Öffentlichkeit zeigen würde. Sie war sich aber sehr sicher, dass sie ihn spüren würde. Sie spürte nichts.

Das war auch schon bevor … hat Moritz gerade gesagt.

Bevor was?

Sie verwarf den Gedanken, denn würde ihr Plan misslingen, wäre es ohnehin egal, wer oder was es letztlich auf Moritz abgesehen hatte.

Nachdem sie schließlich sämtliche Kartons in den dunklen Teil des Parkplatzes getragen hatte, war Lea nicht sicher, ob es reichen würde. In ihrer Erinnerung waren es heute Morgen viel mehr Kartons gewesen.

Sie sah sich um. Nebenan war ein weiteres Geschäft. Dort entdeckte sie zwar keine Kartons, dafür aber etliche Müllcontainer. Auf Rädern. Lea lief zu den Containern.

Zog an einem. Der bewegte sich nicht von der Stelle. Sie öffnete ihn und erbrach sich fast von dem Gestank, der ihr entgegenschlug. Alle Container waren bis obenhin gefüllt. Und wahrscheinlich stank es in den anderen genauso wie in diesem.

Trotzdem muss man die doch rollen können!

Lea ging in die Hocke und kroch zwischen die Container. Hier fand sie den Grund für die Unbeweglichkeit der Tonnen: Sie waren mit einem Stahlseil aneinandergekettet! Deshalb ließen sie sich nicht bewegen. Keinen Zentimeter. Und obwohl das Seil nicht sonderlich dick war, war es doch dick genug, dass man es nicht zerreißen konnte. Auch das Schloss wirkte sehr stabil. Lea hatte kein Werkzeug. Nicht mal eine Haarklammer, die lag nämlich noch auf dem Boden von Tante Maries Haus. Und wäre sie nicht aus dem Zimmer gegangen, hätte sie diese Tür niemals ... Nein, sie sollte nicht daran denken! Auf keinen Fall! Denn sie spürte, wie schon wieder Wut und Verzweiflung in ihr aufstiegen, dabei brauchte sie jetzt einen wirklich klaren Kopf.

Während Lea noch darüber nachdachte, dass die Rettung ihrer Welt unmöglich an einem dämlichen Stahlseil scheitern konnte, hörte sie Schritte. Dunkle, harte Schritte.

Lea kroch tiefer in den Schatten hinter den Tonnen. Wer auch immer das war, es würde wertvolle Zeit kosten.

Sie legte den Kopf auf den Boden. Unter den Containern hindurch sah sie zwei Paar Beine direkt auf sich zukommen. Waren das Wächter? Security? Oder waren es etwa Leute – *Leute?!* –, die Dag Lok schickte? Daran hatte sie nicht gedacht, dass der sicher die Macht hätte, irgendwen zu schicken. Jemand, der Dörfer auslöschte, würde das doch wohl nicht allein machen! Waren die jetzt auch hinter ihr her? Dann hatten sie vermutlich längst die Kisten auf dem anderen Parkplatz bemerkt und höchstwahrscheinlich vernichtet. Aber selbst, wenn es nur harmlose Sicherheitsleute waren, würde die ganze Aktion in wenigen Sekunden auffliegen. Sie kamen nämlich immer noch geradewegs auf Lea zu.

Die Gedanken rasten durch ihren Kopf. Sie brauchte eine Ausrede. Irgendwas, das erklärte, warum sie spätabends zwischen lauter Mülltonnen steckte, vollkommen abgerissen aussah und auch nicht überzeugend logisch erklären konnte, wie sie überhaupt in diese Stadt gekommen war. Was sollte sie später der Polizei sagen?

Lea sah nach rechts. Hinter den Tonnen war ein wenig Platz. Sie könnte sich dazwischen hindurchquetschen und versuchen, ungesehen in den tiefen Schatten zu verschwinden.

Das Problem war, dass sie diese Tonnen brauchte. Und zwar bald. Aber wenn das Security war, dann würden die unter Umständen noch den ganzen Laden abchecken und den Parkplatz und vielleicht sogar noch den ALDI-Parkplatz. Mit all den Kartons und Kisten. Sie würden sich

Fragen stellen, und sie würden sich noch genauer umsehen. Garantiert. Wie sie es auch drehte, sie saß knietief im Dreck. Und in Kürze würde zu allem Überfluss auch noch Moritz auftauchen, dem sie eigentlich eine Lösung präsentieren wollte und kein weiteres Problem.

Sie kamen näher. Schritte. Tuscheln.

Warum tuscheln die? Haben die mich schon gesehen? Besprechen die einen Plan?

Sie wünschte, schon viel früher abgehauen zu sein. Jetzt war es zu spät. Es gab kein Zurück. Man sollte Entscheidungen nicht ständig so lange vor sich herschieben. Die Gegenwart dauert drei Sekunden. Es gab kein Entkommen mehr. Sie konnte nur hoffen, dass die Männer nicht auf der Suche nach ihr waren. Hoffen, dass sie gleich weitergehen würden.

Sie gingen nicht weiter. Sie rüttelten an den Müllcontainern!

Lea presste sich tiefer in den Schatten. Hart gegen die Wand. Sie fürchtete, mit dem nächsten Pressen im Gebäude zu landen. Oder für immer in der Wand festzustecken. Jetzt kletterte eine von den Gestalten auf den vordersten Container. *Auf* den Container!

Welcher Security-Mann klettert auf *Mülltonnen rum?*

Es waren also Dag Loks Leute. Sie mussten es sein. Manchmal musste man den harten Fakten einfach kalt ins Auge sehen. Ignorieren oder verdrängen bringt einen nicht weiter. Es blieb keine andere Möglichkeit, denn niemand schleicht nachts über Parkplätze und klettert auf Mülltonnen, der nicht ein ganz bestimmtes Ziel verfolgt.

Moritz hatten sie wahrscheinlich längst erwischt und erledigt. Jetzt also war sie an der Reihe. Die Gegenwart dauert noch drei Sekunden.

Klack-Klack-Klack, Klack-Klack-Klack. Der andere, der vor den Containern stand, lud jetzt offenbar eine Waffe. Oder etwas Ähnliches. *Klack-Klack-Klack, Klack-Klack-Klack*, machte es wieder. Waren das Kugeln, die in einen Lauf geschoben wurden? Ein Maschinengewehr?

Lea schloss die Augen und hielt einen Arm schützend vors Gesicht. Sie wollte gar nicht wissen, wer sie entdecken würde. Sie wollte nicht sehen, was mit ihr geschähe. Sie wollte am liebsten gar nicht dabei sein, wenn es passierte. Sie wollte nur noch zurück. Nach Hause. Zu ihrer Mutter. Zu Sarah. Sie würde sich nie, nie, nie wieder in Dinge einmischen, die sie nichts angingen. Sie würde sich, wenn die sie am Leben ließen, aber auch nur dann, würde sie …

Weiter kam sie nicht.

Sie wusste nicht, wer mit dem Kreischen angefangen hatte. Der dunkle Schatten über ihr? Oder war sie es selbst? Jedenfalls kreischten sie. Alle beide.

Und der andere, der vor den Containern stand, zischte: »Ruhe! Bist du bescheuert?«

Ein Lichtstrahl blendete in Leas Gesicht.

»Was machst du hier?«, fragte jemand. Aber die Stimme

klang jung. Nicht nach Security, Polizei oder Leuten, die Zeitreisende umbringen.

»Und du?«, fragte sie deshalb spontan zurück. Und verfluchte sich im gleichen Augenblick, schon wieder so vorlaut zu sein. Wäre es nicht besser, zu schweigen? Die anderen erst mal reden zu lassen? Sie wusste ja nicht, was das für welche waren.

»Gehörst du zum Laden?«, fragte der, der über ihr mit der Taschenlampe hantierte.

Zum Laden? Was war das denn jetzt schon wieder für eine Frage? Sah sie aus wie eine, die *zum Laden gehörte?*

»Kannst du die Lampe mal ausmachen? Die blendet mich!«

»Oh, sorry.« Es wurde dunkel.

»Also, gehörst du zum Laden?«

»Und wenn?«

Der Junge mit der Taschenlampe drehte sich um. »Scheiße, die gehört dazu«, flüsterte er dem anderen zu.

Lea nutzte den Moment, um aufzustehen. Jetzt fiel das Licht der Parkplatzlaternen auf sein Gesicht, und sie sah ihn besser.

Er war jung. Vielleicht ein, zwei Jahre älter als sie. Komplett in Schwarz gekleidet. Schwarze Hose, schwarzer Hoodie, schwarzer Rucksack, der ihm halb von der Schulter gerutscht war.

»Was macht ihr hier?«, traute sie sich nun zu fragen.

Einen Moment blieb es still. Der mit der Taschenlampe weitete seine Augen, die Pupillen flogen hin und her, als würde er nach einer Antwort suchen.

»Kunst am Bau«, sagte der andere schließlich.

»Ja, ehrlich«, fügte der vor ihr erleichtert und entschuldigend hinzu. »Das sieht doch echt scheiße aus, diese graue Wand. Wir wollen es einfach nur ein bisschen bunter machen.«

»Graffiti?«

Der Junge nickte.

»Ich gehöre nicht zum Laden. Und eure Idee ist super.«

Jetzt sprang der andere auch auf die Container und balancierte zu ihnen. Auch er schien erleichtert, dass Lea nichts weiter war als ein Mädchen, das sich nachts auf Parkplätzen rumdrückte.

»Aber was machst du hier? Mitten in dem ganzen Müll?«, fragte er.

Da die beiden offenbar ehrlich zu ihr waren, dachte Lea, dass ein wenig Ehrlichkeit von ihrer Seite auch nicht schaden würde.

Ein wenig!

»Ich wollte die Tonnen haben. Ich brauche die.«

Der, der die Frage gestellt hatte, sah sie ratlos an.

Aber seinem Kumpel mit der Taschenlampe fiel etwas ein: »Ey, hab ich da was drüber gesehen. Auf YouTube«, sagte er. »Das heißt Containern, oder so. Die holen die guten Lebensmittel, also alles, was noch Haltbarkeit hat, aus den Tonnen und verteilen die Sachen an Leute, die nicht so viel Kohle haben.«

»Respekt!«, sagte der andere.

Lea witterte eine Chance. »Ja, aber blöderweise sind diese Container angekettet.«

»Schweine!«, zischte der mit der Taschenlampe.

»Aber wir haben Werkzeug.« Der andere lachte. »Und von einem Schloss lassen wir uns nicht abhalten.«

Na, geht doch, dachte Lea.

Das Drahtseil leistete eine Viertelsekunde Widerstand. Dann kniffen die beiden Jungen es einfach mit einer großen Zange durch. Sie boten Lea sogar an, mit ihr gemeinsam *die guten Sachen* aus den Containern zu holen.

Lea wollte den Deckel auf gar keinen Fall noch einmal öffnen und damit unter Umständen eine weitere Umweltkatastrophe auslösen. Also winkte sie ab und erklärte, das müsse sie schon alleine machen.

Das ginge nicht einfach so, dazu müsse man schon 'ne Menge Erfahrung mit solchen Dingen haben, sonst riskiere man schnell mal 'ne Lebensmittelvergiftung. Und dazu brauche man Ruhe. Am besten da drüben auf dem ALDI-Parkplatz. Dann würden sie sich auch nicht gegenseitig in die Quere kommen, schließlich hätten die beiden ja auch noch etwas Wichtiges zu erledigen.

Die Jungs verstanden.

Einen Container erbaten sie sich aber. Sie wollten die Wand schließlich bis zum Dach *schöner* machen. »Nur unten Namen taggen macht ja jeder Pfosten«, sagten sie.

Lea stimmte fröhlich zu und wünschte ihnen viel Spaß.

Im Gegenzug schoben sie die restlichen Container quer über den Parkplatz rüber auf das ALDI-Gelände. Über die unzähligen Kartons, die sie dort fanden, wunderten sie sich nur einen Moment.

»Ich brauch doch was zum Einpacken«, säuselte Lea unschuldig.

Die Jungs verdrückten sich rasch, und schon kurze Zeit später hörte Lea wieder das eindeutige *Klack-Klack-Klack, Klack-Klack-Klack* der Spraydosen.

Sie selbst arbeitete schnell und konzentriert. Die ersten zwei Container bildeten den Eingang, weitere Container schob sie zum ersten Gang zusammen. Dann holte sie die Kartons und legte sie in perfekten Winkeln auf den Boden. Zum Glück waren die Kartons unterschiedlich groß, so dass sie die Breite der Gänge ebenfalls nahezu perfekt nachbauen konnte. Der Rest wurde mit ein paar Fußtritten passend gemacht.

Wieder und wieder glich sie alles mit den Fotos ab, die sie in der Bibliothek gemacht hatte.

Das Labyrinth war perfekt. Sie war sehr stolz darauf. Und sie war sicher, dass es mit dieser Konstruktion kein Verfliegen in Raum und Zeit geben würde.

Was wohl Moritz dazu sagt?, schoss ihr durch den Kopf. Sie sah auf das Display ihres Telefons. Seit ihrer Trennung waren Stunden vergangen, ihm war hoffentlich nichts passiert. Oder hatte er sich verirrt? Das hätte ihr gerade noch gefehlt, dass sie ihn jetzt auch noch suchen müsste. Wo ihr doch das Labyrinth so gut gelungen war. Perfekt gelungen war. Überirdisch gut gelungen war!

»Sieht nicht schlecht aus«, sagte plötzlich eine Stimme hinter ihr.

Sieht nicht schlecht aus?!

»Ach, auch schon da«, sagte Lea, ohne sich umzudrehen. »Bin gerade fertig geworden. Und was ist mit dir? Hat mal wieder der Blitz eingeschlagen?«

»Nein«, antwortete Moritz, während er durch das Labyrinth aus Kartons und Containern ging. »Dieses Mal hat es geschneit. Aber frag nicht wie. Das sah einen Moment lang so aus wie damals während des Goldrausches am Klondike in Alaska. Aber das hier? Wirklich nicht schlecht.«

Wirklich nicht schlecht?!

»Wirklich nicht schlecht also«, grummelte sie.

»Lea!«, lachte Moritz laut auf. »Das Ding ist der Hammer. Sagt man so? Der Hammer?«

Lea nickte.

»Ich bin wahrlich schwer beeindruckt. Ich hatte keine Ahnung, was du hier vorhast. Das war vielleicht auch besser so. Aber mit so etwas habe ich nicht gerechnet. Man könnte meinen, du hättest das schon öfter gebaut.«

Ein stolzes Lächeln legte sich in Leas Gesicht. Sie zückte ihr Handy und zeigte Moritz das Foto vom originalen Labyrinth. »Na ja«, erklärte sie. »Mit so einer Hilfe ist das auch einfacher als aus dem Gedächtnis.«

Moritz ging noch ein paar Schritte, schaute in den ersten Gang, rüttelte an den Kartons, den Containern, dann ging er tief in das Labyrinth. Kurz darauf kam er wieder zum Vorschein. Er zuckte die Schultern, ging zurück zu Lea und sagte mit einem Lächeln: »Ob mit oder ohne Hilfe, das Ding ist famos. Aber …«

»Aber was?«, drängte Lea.

»Es ist mega! Echt super! Total geil, das Teil«, sagte jemand anerkennend. Aber das war nicht Moritz. Lea wirbelte herum. Die beiden Sprayer standen hinter ihr.

»Will der Typ was von dir?«, fragte der mit der Taschenlampe und hielt seine Spraydose drohend vor sich.

Der andere lief immer noch um das Labyrinth herum und besah es sich aus allen möglichen Blickwinkeln. »Hammer!«, rief er dabei immer wieder. »Der totale Hammer!«

»Wer sind die?«, fragte Moritz irritiert.

»Zwei nette Jungs, die mir geholfen haben«, erklärte Lea.

»Und die es nicht mögen, wenn irgendwer nachts Mädchen dumm anlabert«, sagte der mit der Spraydose in der Hand. Er ging noch einen Schritt weiter auf Moritz zu. »Oder?«, rief er seinem Freund zu.

Doch der interessierte sich offensichtlich mehr für das Labyrinth als für Typen, die nachts Mädchen *anlabern*. Mittlerweile lag er bereits auf dem Boden und betrachtete im fahlen Licht der entfernten Lampen den Aufbau aus dieser Perspektive. »Und ich dachte, du wolltest wirklich nur Lebensmittel verteilen«, sagte er zu Lea. »Aber das hier ist echt viel größer. Nicht, dass die Nummer mit den Lebensmitteln nicht groß ist, versteh mich bitte nicht falsch, die ist geil, aber hier legst du echt noch mal einen drauf. Das ist Kunst! Respekt! Vollen Respekt!«

»Wovon redet der?«, fragte Moritz noch immer irritiert.

»Das führt zu weit«, antwortete Lea knapp. Und an den Jungen mit der Spraydose gerichtet sagte sie: »Alles in Ordnung, du kannst die Dose ruhig wieder einpacken.«

Der sah noch einmal mit drohendem Blick zu Moritz, bevor er die Dose dann in seinem Hoodie verschwinden ließ. Da winkte ihn auch schon sein Freund zu sich.

Lea wurde die Situation immer unangenehmer. Schließlich hatten sie und Moritz noch etwas zu tun. Sie hatte nur leider überhaupt keine Idee, wie sie die beiden Jungs loswerden könnte.

Mittlerweile standen die nämlich vor dem ersten Container, also dem Eingang zum Labyrinth. Und wenn Lea nicht alles täuschte, hatten sie auch ernsthaft vor, da reinzugehen. Zum Glück war Moritz reaktionsschnell und schob sich zwischen die beiden und den Eingang.

»Tut mir leid, Leute, aber hier könnt ihr nicht rein«, sagte er und pumpte sich ein wenig auf.

Die Jungen sahen zu Lea. Vermutlich in Erwartung, dass sie etwas anderes sagen würde. Aber sie schüttelte den Kopf und sagte: »Echt nicht. Das ist gefährlich.«

»Gefährlich?«, fragten die beiden im Chor.

Für einen Augenblick herrschte gespenstische Stille auf dem Parkplatz.

Dann lachte der mit der Taschenlampe lauthals los und sagte: »Beinahe wäre ich drauf reingefallen! Gefährlich? Das ist gut! Echt gut! Ist das hier etwa der Eingang zur Hölle oder sind das die Pforten zur vierten Dimension?«

Beim letzten Wort schob er Moritz zur Seite und betrat das Labyrinth. Sein Freund folgte ihm.

»Moritz!«, zischte Lea. »Kann etwas …?«

»Ich weiß es nicht.«

»Megageil!«, hallte eine Stimme durch die Nacht.

»Ey, wenn das Ding auf dem langweiligen Marktplatz stehen würde!«, rief der andere.

Moritz und Lea sahen sich entsetzt an, dann riss Moritz die Arme schützend vor seine Augen.

Lea wandte den Blick ab.

Doch es blieb still. Kein Zischen, kein Sirren, keine Explosion.

Lea öffnete die Augen. Die beiden Jungen kamen vollkommen unbehelligt aus dem Labyrinth zurück.

Moritz nahm seine Arme wieder runter und kam zu Lea. »Das Ding scheint nicht zu funktionieren«, murmelte er. »Auch als ich drin war, habe ich nämlich nichts gespürt.«

»Was weiß denn ich?«, gab Lea entnervt zurück. »Ich habe es wenigstens versucht.«

Dann wurde ihr schlagartig bewusst, was es bedeutete, wenn dieses Labyrinth wirklich nicht funktionieren würde. Schon wieder sammelten sich Tränen hinter ihren Augen.

Moritz schloss seine Arme um sie. Lea legte ihren Kopf an seine Schulter. Ihre Schultern und Arme sanken hinab. Sie fühlte sich müde und kraftlos, fühlte sich durch die Mangel gedreht und geschlagen. Und wenn sie ehrlich war, wusste sie, dass sie in diesem Moment vollkommen am Ende war. Sie konnte einfach nicht mehr. Nicht mal mehr stehen. Sie sank an Moritz hinab auf den rauen Asphalt. Es war ihr egal. Alles war ihr egal. Sie konnte nicht mehr. Wollte nicht mehr.

Die beiden Jungen wären plötzlich still.

»Ey, sorry«, sagte einer von ihnen. »Ich wusste nicht, dass dir das so viel bedeutet. Tut mir echt leid. Wir wären da echt nicht reingegangen, wenn wir das geahnt hätten.«

Damit knuffte er seinem Freund in die Seite. Der räusperte sich und entschuldigte sich nun ebenfalls.

»Wir sind dann mal weg!«, sagte er und hob seine Hand zu einem letzten Gruß. »Man sieht sich. Aber noch mal: Echt geile Aktion von dir!« Dann verschwanden sie in die Dunkelheit.

Moritz kniete neben Lea und strich über ihr Haar. *Wie sanft seine Hände sein können*, dachte sie und wünschte, einfach einschlafen zu können. Schlafen. Einfach nur schlafen. Hundert Jahre. Tausend Jahre. Und wenn sie dann aufwachen würde, wären alle Probleme gelöst.

»Willst du jetzt aufgeben? So kurz vorm Ziel?«, drang Moritz' Stimme durch den trüben Nebel ihrer Gedanken.

»Ich will einfach nicht mehr«, seufzte sie.

»Wir müssen da nur reingehen, das ist alles. Ich nenne Zeit und Ort, und dann funktioniert es vielleicht oder eben nicht. Wenn es nicht klappt, finden wir einen anderen Weg. Aber wenn es klappt und wir wieder in Veldhaus landen: Was auch immer passiert, du darfst Dag Lok nicht in diese Welt bitten. Auf gar keinen Fall. Er kann nur kommen, wenn er eine Einladung erhält, verstehst du? Den Rest überlässt du einfach mir«, erklärte Moritz.

»Dir?«, entfuhr es Lea. »Wieso das denn? Ich habe das gebaut!«

Ihre Lebensgeister kehrten zurück.

Sie rappelte sich auf und wankte zum Eingang zwischen

den zwei Containern. »Komm schon!«, sagte sie mit leiser, aber fester Stimme zu Moritz. Der erhob sich und folgte ihr.

»Nimm meine Hände«, sagte sie, nachdem sie ein paar Schritte ins Labyrinth gegangen waren.

Er öffnete den Mund. »Aber ...«, sagte er.

Mehr brachte er nicht zustande. Leas Blick war eindeutig. Das hier war ihr Ding. Moritz nahm ihre Hände in seine. Sie konzentrierte sich.

Wann noch mal ist das alles passiert? Sonntag vor zwei Wochen. Vor fünfzehn Tagen also.

War das wirklich vor fünfzehn Tagen oder erst vor ein paar Stunden, als sie hier in diesem unsäglichen Ort landeten? Egal. Sie müssten nur irgendwann noch mal herkommen und das Brötchen bezahlen. Und den Kakao. Es konnte nicht sein, dass Rosa wegen ihnen Ärger bekäme.

Wo genau fing alles an schiefzulaufen? An der Tür? Oder vorher schon? Lieber vorher schon. Nichts riskieren. Nicht, dass wir an der Tür vorbeifliegen. Wirbeln.

Lea zwang sich, nicht mehr zu denken. Fürchtete, jeder falsche Gedanke könnte sie in eine unbekannte Zeit und eine weit entfernte Galaxie katapultieren.

Hör auf zu denken!

Einfacher gesagt als getan.

Hör auf, verdammt!

»Nach Veldhaus. Auf die Wiese an der Hütte, die neben dem See liegt ...«

Lea schloss ihre Augen und dachte an die Hütte am See. Sie dachte an den Nachmittag, an dem sie Moritz helfen wollte, ihn retten wollte und damit das Unglück in die Welt brachte. Sie dachte an ihren Onkel und ihre Tante. Sie dachte an das feuchte Gras der Wiesen, an den Geruch des Waldes, sie hörte das Summen der Insekten am Abendhimmel und den Flügelschlag der Schmetterlinge, sie hörte Schwalben über die Felder sirren und Laub im Wind rascheln.

Dieses Mal gab es kein Stürzen und Wirbeln. Dieses Mal war es ein Gleiten, ein sanftes Rutschen. Tiefer und immer tiefer hinab. Sie wurde schneller, aber hielt immer noch Moritz' Hände fest. Sein Griff wurde stärker, das spürte Lea.

Von wegen, das können nur Ausgewählte, dachte sie. Aber dann fiel ihr ein, dass sie es vielleicht nur konnte, weil Moritz dabei war. Was verband sie mit ihm? Warum überhaupt hatte sie ihm helfen wollen? Lea wollte all diese Gedanken nicht, sie wollte mitbekommen, was rund um sie vor sich ging, um später Notizen darüber anzufertigen. Sie wollte genießen. So etwas sollte man doch genießen. Und schon dachte sie wieder an Moritz und daran, wie verletzlich er im Grunde war. Ein Wunder, dass ihm nicht viel mehr zugestoßen war auf seinen Reisen durch Raum und Zeit.

Plötzlich hatte sie keinen Gedanken mehr. Ihr Kopf war wie leer gefegt.

Dafür spürte sie Gras unter ihren Füßen. Erde. Die Schwerkraft schlug zu. Sie musste laufen, um nicht hinzufallen. Sie ließ Moritz' Hände los. Sie lief. Laufen reichte nicht. Sie war zu schnell. Also rannte sie. Rannte über Wiesen, sprang über Bäche. Sprintete dem Wald entgegen.

KAPITEL 20

Lea rannte und rannte. Ihre Lungen schmerzten, ihre Seiten stachen.

»Lea, warte!«, rief Moritz hinter ihr.

Das könnte dem so passen, dachte sie. Dennoch drehte sie sich um. Da war er, kämpfte sich durch das kniehohe Gras. Er war zu langsam. Oder war sie zu schnell für ihn? Was machte sie überhaupt hier?

Du bist in Veldhaus. Auf dem Acker. Was gibt es da zu fragen?

Ich war doch gerade noch woanders.

Ernsthaft?

Sie drehte sich um –

Und knallte im vollen Lauf gegen eine Tür.

Eine Tür? Was macht diese Tür hier?

Ihre Schulter, mit der sie gegen den Türrahmen gerannt war, schmerzte höllisch. Vor lauter Wut trat Lea donnernd gegen die Tür.

Etwas klopfte zaghaft auf der anderen Seite.

Ein Echo?

Was auch immer passiert …, hörte sie eine Stimme in ihrem Kopf.

Sie sah hinter der Tür nach. Da war nichts. Was also klopfte da? Sie legte die Hand auf die Klinke. Mit der anderen Hand drehte sie den schweren, alten Schlüssel im Schloss. Das Schloss klackte leise.

Was auch immer passiert, du darfst Dag Lok nicht in diese Welt bitten …

Wo kamen diese Gedanken her?

»Nein!«, brüllte Moritz hinter ihr.

»Na, der soll sich wundern«, murmelte sie.

Lea drückte die Klinke herunter.

Was auch immer passiert, du darfst Dag Lok nicht in diese Welt bitten. Auf gar keinen Fall.

»Wer ist da?«, fragte Lea, nachdem sie die Tür einen Spaltbreit geöffnet hatte. Hinter der Tür blieb es still.

Zunächst.

Dann hörte sie genauer hin und erkannte näher kommendes Pferdegetrappel, schwere Hufe auf Waldboden, sie hörte Wolfsgeheul.

»Ja, ja, schon gut!«, rief Lea. »Pferde, Wölfe, kenn ich alles. Ich will trotzdem wissen, wer da ist!«

Es wurde kalt.

Bitterkalt.

»Also los, wer ist da?«, rief sie noch einmal.

Dann hörte sie Schritte. Schritte auf Gras. Im Türrahmen wurde es dunkel. Es folgte ein Räuspern. Lea zog die Tür weiter auf. Und wünschte sich sofort, es nicht getan zu haben. Ihre Erinnerung war wieder da. Sie musste sich gar nicht erst nach Moritz umdrehen, um zu wissen, dass das, was da vor ihr stand, Dag Lok war.

Er war riesig. Dunkel. Und strotzte vor Kraft. So wie die Bullen hier in den Ställen vor Kraft strotzen. Überhaupt kam er ihr vor wie ein Bulle, der sich aufgerichtet hat, um im nächsten Moment mit seinen Hufen alles in seiner Umgebung zu zertrümmern. Einfach, weil er es konnte. Weil es ihm Spaß machen würde.

Sein langer schwarzer Mantel wehte im Wind. Dabei war es windstill. Zumindest auf ihrer Seite. Unter dem Mantel quoll ein weites Hemd hervor. Beinahe so wie bei Piraten.

Lea sah noch einmal an ihm hoch. War er in den letzten Sekunden noch größer geworden?

Geht das?

Sein Gesicht war schroff, verwegen, uralt. Und sie kannte es. Ihr fiel nur zunächst nicht ein, woher. *Die Fliegen!* Die Fliegen hatten sein Gesicht an den Himmel gemalt. *Die Krähen auch!* Dieses Bild hatte ihr fürchterliche Angst gemacht. Aber das hier war echt. Das war sein wahres Gesicht. Und in Wahrheit war es noch viel grausamer.

»Oh, mein Gott!«, entfuhr es ihr.

»Nun ja, nicht ganz«, säuselte er. Seine Stimme war merkwürdig weich und passte eigentlich überhaupt nicht zu seinem Auftreten, seinem Körper oder diesem Gesicht. Lea hätte jetzt eher eine Reibeisenstimme erwartet oder etwas, das sich anhört, als wäre es einem Presslufthammer entsprungen. Doch bevor sie weiter darüber nachdenken konnte, fuhr er schon fort: »Aber sehr weit daneben liegst du nicht. Es gefällt mir übrigens, wenn junge Menschen allein sehr weit denken, und du scheinst eine zu sein, die überhaupt sehr gerne und sehr weit denkt.«

Lea merkte, wie sehr ihr das schmeichelte.

Trotz allem.

Der will dich nur einwickeln!

»Es wäre nett, wenn du mich nun hereinbitten würdest. Oder heraus, je nachdem, wie man es sieht«, säuselte er. Dabei wippte er von einem Bein aufs andere. Lea bemerkte, dass er in keinem Moment die Schwelle der Tür übertrat. Beinahe so, als wäre irgendwo im Türrahmen eine unsichtbare und sehr mächtige Schranke.

»Tu es nicht!«, brüllte Moritz von hinten.

Lea wirbelte herum, und fürchtete im selben Augenblick, Dag Lok damit die Möglichkeit gegeben zu haben, in ihre Welt zu treten. Ihr Kopf flog wieder nach vorn. Dag Lok stand hinter dem Türrahmen. Wie festgenagelt.

»Ach, der schon wieder«, raunte er merklich angefressen, zwinkerte Lea aber anschließend verschwörerisch zu.

Wir beide wissen, was das für einer ist, nicht wahr?, sagte sein Blick.

Lea schüttelte den Kopf.

»Bitte«, sagte Dag Lok und grinste dabei falsch übers ganze Gesicht.

Aber darauf fiel Lea nicht rein.

»Nö.«

Dabei hoffte sie, dass die unsichtbare Schranke tatsächlich so mächtig war, wie es schien. Und dass sie halten würde. Dieser Dag Lok würde Lea im Vorbeistürmen sicher einfach zertreten. Ohne das überhaupt zu bemerken. So wie Lea hin und wieder mal ein Insekt zertrat. Ihr tat das jedes Mal leid. Dag Lok sah allerdings nicht aus wie einer, der wusste, was Leidtun überhaupt bedeutete.

Während ihr diese Gedanken durch den Kopf schossen, bemerkte Lea eine drastische Veränderung in seiner Mimik. Jeglicher Ansatz, so etwas wie ein Lächeln zu zeigen, verschwand. Dag Lok sah bald so aus, als käme er geradewegs aus der Hölle. Ein Blick auf sein Gesicht würde ausreichen, kleine Kinder wochenlang nicht mehr schlafen zu lassen.

Und jetzt passte seine Stimme auch zu seinem Körper und seiner Mimik. Mit einem Sound wie ein rostiger Rasenmäher fuhr er Lea an: »Verdammt noch mal, lass mich jetzt sofort rein, du kleine Kröte.« Der Türrahmen erzitterte. Aber er blieb hinter der Schwelle

»Rein?«, fragte Lea deshalb so gelassen wie möglich

zurück, obwohl sie spürte, wie sich ihr Zwerchfell immer mehr zusammenzog. »Ist es nicht raus?«

»Das ist mir vollkommen egal. Wenn du mich nicht augenblicklich durch die Tür bittest, wirst du dein blaues Wunder erleben!«

»So wie ich das verstanden habe, funktioniert das anders. Jedenfalls passiert mir und uns hier nichts, solange ich Sie nicht ausdrücklich hierher gebeten habe,« sagte Lea sehr bestimmt. Und dann fügte sie mit dem schönsten Lächeln aller Zeiten hinzu: »Und das, mein Herr, werde ich ganz bestimmt nicht machen.«

Hinter der Tür brach die Hölle los. Die Wolken zogen sich im Bruchteil von Sekunden zusammen, grelle Blitze schossen aus ihnen und schlugen krachend in aufspritzende Erde. Ein Rudel Wölfe stürmte hechelnd, knurrend, Zähne fletschend zwischen den herumfliegenden Erdklumpen heran. Hinter Dag Lok stieg ein schwarzer Hengst mit glühend roten Augen und pumpenden Nüstern gegen einen brennenden Himmel empor.

Lea musste unweigerlich an Videos von Death-Metal-Bands denken. Nur dass man da sicher sein konnte, dass die nicht aus dem Monitor kommen würden.

»Freu dich nicht zu früh!«, brüllte Dag Lok über sein Inferno. »Irgendwer wird mich schon bitten. Und wenn das so weit ist, wenn diese Stunde gekommen ist, wirst du dir noch wünschen, dass du es getan hättest.«

Lea wurde eiskalt. Daran hatte sie nicht gedacht. Sie war natürlich keineswegs sicher. Sie hoffte, dass jetzt nicht Hinnerk vorbeikäme. Der würde Dag Lok bestimmt willkommen heißen. Sie sah sich um. Da war niemand.

»Wartest du auf Verstärkung, junge Dame?«, fragte Dag Lok. »Da kannst du lange warten. Keiner wird kommen, um dir zu helfen. Weil nämlich niemand weiß, wo du steckst. Und wenn das hier alles vorbei ist, wird dich auch keiner vermissen. Du bist sehr allein.«

»Ist sie nicht!« rief Moritz, der sich mittlerweile leise genähert hatte.

»Du willst ihr helfen? Ausgerechnet du, der das hier zu verantworten hat?«, grunzte Dag Lok. »Zu komisch. Wirklich, einfach zu komisch.«

»Was hat Moritz zu verantworten?«, fragte Lea wütend und so laut, dass sie hoffte, dass sich ihre Stimme dabei nicht überschlug.

»Frag ihn!«, forderte Dag Lok Lea höhnisch auf.

»Ich frage aber Sie!«, ranzte sie zurück. Wobei sie die ganze Zeit hoffte, Moritz würde sich vielleicht langsam auch mal in das Gespräch einschalten.

»Ich möchte nur mein Amulett, das ist alles«, sagte Dag Lok und sah dabei unschuldig wie ein Neugeborenes aus. Wenn auch wie das Neugeborene eines tasmanischen Teufels.

»Was für ein Amulett?« Lea gab sich ahnungslos.

Dag Lok mochte es eindeutig nicht, Dinge erklären zu müssen. Denn während er die nächsten Sätze rauspresste, verfinsterte sich sein Gesichtsausdruck mit jedem Wort noch weiter: »Das Amulett, mit dem ich ungestört durch die Zeit reisen kann. Das Amulett, mit dem ich jederzeit an jedem Ort dieses und jedes anderen Universums auftauchen kann. Das Amulett meine ich. Du wirst ja sicher schon begriffen haben, dass nicht nur dein neuer Freund Zeitreisen beherrscht.« Dabei nickte er in Moritz' Richtung.

Lea sah kurz besorgt zu Moritz hinüber, der mit geballten Fäusten und wütend zusammengekniffenen Augen ein paar Meter entfernt von ihr stand.

»Habt ihr euch eigentlich schon geküsst?« Mit dieser Frage überrumpelte Dag Lok Lea tatsächlich. Sie schnappte nach Luft. Dann fertigte sie ihn knapp ab: »Ich wüsste nicht, was Sie das angeht.«

»Also habt ihr!«, rief er und klatschte dabei mit seinen riesigen Pranken. »Ich wusste doch, dass er es nicht lassen kann. Ich wusste es! Ein gebrochenes Herz in jedem Jahrhundert. Ich könnte dir Geschichten erzählen –«

»Es reicht! Hör auf, diese dummen Lügen zu verbreiten mit diesem dummen Gelaber«, wurde er von Moritz unterbrochen.

»Ach, ist dir das unangenehm?«, fragte Dag Lok. »Dann kann ich ja gleich zu Shanghai 1928 kommen.«

»Was hat China damit zu tun?«, fragte Lea irritiert.

»Alles.«

»Hör endlich auf mit den alten Geschichten!«, rief Moritz, bevor Dag Lok erklären konnte, was es mit *alles* auf sich hatte. Dann wandte er sich zu Lea und sagte: »Lea, mach einfach die Tür zu, und der ganze Spuk hat ein Ende.«

Aber jetzt war Leas Neugier geweckt. Moritz erzählte ja nicht allzu ausführlich über sich: »Ich will das aber wissen.«

Dag Lok grinste, als habe er soeben den Oscar für die beste Darstellung eines Zeitreisenden in Empfang genommen.

»Danke, Lea«, säuselte er. »Dort, in einem Hinterhof in Shanghai, hat er mir mein Amulett gestohlen. Ich hätte es wissen müssen, alle hatten mich vor ihm gewarnt –«

Wieder wurde er von Moritz unterbrochen: »Ich habe es *getauscht*. Das ist alles!«

»Gestohlen!«, brüllte Dag Lok.

»Du hast es beim Pokern gegen einen Archäologen verloren, und der hat es umgehend bei mir gegen den Stab des Amun Re eingetauscht. Da wusste ich noch nicht mal, dass es deins war!«

»Jeder in jedem Universum zu jeder Zeit weiß das!«

»Ich wusste das nicht! Und das habe ich dir schon zig Mal in zig verschiedenen Zeiten erklärt. Es ist und bleibt meins.«

»Stab des Amun Re?«, fragte Lea verwundert.

»Ja, so eine Art Zauberstab«, antwortete Moritz knapp.

»Und den hattest du woher?«, fragte Lea.

»Aus Ägypten, tausend Jahre vor Beginn der Zeitrechnung«, gab Moritz zurück. So als sei es selbstverständlich, andauernd irgendwelche Sachen aus dem Ägypten von vor 3000 Jahren zu holen.

Jetzt mischte sich Dag Lok wieder ins Gespräch: »Es ist nicht zufällig so, dass du diesen Stab vielleicht auch mit etwas unlauteren Methoden in deinen Besitz gebracht hast?«

»Nein!«, rief Moritz. Dabei sah er Lea verzweifelt an.

Lea bemerkte, wie sich eine diebische Freude in Dag Loks Gesicht breitmachte.

Er will uns entzweien, schoss es ihr durch den Kopf.

Das durfte sie nicht zulassen.

»Also all das machen Sie nur wegen eines Amuletts?«, fragte sie Dag Lok.

»Was mache ich nur wegen eines Amuletts?«

»Die Welt vernichten!«

Dag Lok sah sie überrascht an. »Vernichten? Ich? Behauptet das etwa dein neuer Freund?«

»Ich habe es gesehen!«, rief Lea.

Dag Lok druckste ein wenig herum. »Na ja, manchmal, wenn ich wirklich wütend bin, habe ich mich nicht so ganz unter Kontrolle.«

Lea starrte ihn mit weit aufgerissenen Augen an. Das

konnte nicht wahr sein! Er vernichtete ganze Dörfer, weil er sich nicht unter Kontrolle hatte?

Ihr Blick war Dag Lok nicht entgangen. Besänftigend sagte er: »Ich kann mich ändern. Bestimmt. Und abgesehen davon, ist es nicht irgendein Amulett«, erwähnte er noch mal.

»Ja, damit kann man durch die Zeit reisen. Das habe ich verstanden.«

»Es geht um mehr!«, drängte er. »Ich brauche jetzt immer irgendwen, der mir Türen aufmacht. Mit gewissen Türen kann ich nämlich immer noch reisen. Jedenfalls brauche ich tatsächlich eine Einladung. Und einen Türöffner. Du hast keine Ahnung, wie peinlich und demütigend das alles ist.«

Lea sah ihn nur abwartend an.

»Ich ... ich hatte Reiche. Riesige Reiche in Raum und Zeit. Weil ich nämlich hingehen konnte, wohin ich wollte. Jetzt aber verlassen mich meine Männer, und meine Reiche zerfallen.«

»Aber Ihre Wölfe haben Sie noch?«, fragte Lea. »Und Ihre Pferde?«

»Siehst du? Genau darum geht es: Ich habe keine Pferde mehr. Nur noch das Geräusch von Pferden. Ich habe keine Heere mehr, sondern nur noch Fliegen. Fliegen und ein paar altersschwache Wölfe. Ich kann Geräusche in Telefonen machen, und wenn ich mir viel Mühe gebe, auch mal eine Tür verkeilen. Hast du eine Vorstellung, wie erbärmlich das ist? Ich konnte Universen vernichten! Verstehst du jetzt? Hast du schon mal so viel in deinem Leben verloren?«

»Und die Tierprozession?«, fiel Lea jetzt ein.

Dag Lok suchte offensichtlich nach einer Ausrede. Als ihm keine einfiel, stieß er hervor: »Das war ganz anders geplant, Kleine, ganz anders!«

Seinem Gesichtsausdruck entnahm Lea, dass es für sie sicher gesünder war, dieses *ganz anders* nicht erlebt zu haben.

»Wieso die Wölfe? Wieso haben Sie meine Tür verkeilt? Wieso?!«, wollte sie dennoch wissen.

»Ihr solltet euch nicht –«, hier brach er hustend ab.

»Was?«, fragten Moritz und Lea gleichzeitig. Doch das brachte ihn nur noch mehr zum Husten. Schließlich winkte er ab und grummelte, während er sich durchs Gesicht wischte: »Wenn Moritz zu mir durch die Tür tritt, dann sind wir quitt.«

Lea verstand nicht, was er damit meinte, und fragte: »Quitt? Wieso quitt? Und was wollen Sie plötzlich mit Moritz?«

Dag Lok wand sich hinter der Tür wie ein Aal, dann stieß er hervor: »Wenn ich Moritz habe, verschwinde ich!«

»Nachdem Sie das ganze Dorf in Schutt und Asche gelegt haben, nachdem Sie Hunderte von Menschenleben auf dem Gewissen haben, soll ich Sie einfach so gehen lassen?«, stieß Lea hervor.

»Ich habe dir das doch gerade erklärt«, sagte Dag Lok, ohne zu zögern. »Außerdem ist ja zurzeit alles wieder wie früher. Noch ist also nichts passiert. Die sind ja alle quicklebendig. Und was willst du schon mit diesem Stümper da hinten anfangen?«

Mittlerweile hörte er sich an wie ein trotziger Junge, dem man seinen Ball weggenommen hat, weil er damit eine Scheibe zerschossen hatte.

»Und wieso zerstören Sie immer wieder Moritz' Labyrinthe?« Lea wollte Antworten.

»Labyrinthe?«

»Sie machen sie kaputt, wie ein kleiner Junge. Nur weil Sie selbst nicht Zeitreisen können, sollen andere das auch nicht, oder was?«

»Das soll ich also auch gewesen sein?«, fragte Dag Lok empört.

Doch Lea ließ ihn gar nicht weitersprechen, denn sie hatte einen Vorschlag zu machen: »Und wenn Moritz das Amulett zurückgeben würde?«, fragte Lea.

»Niemals!«, rief Moritz. »Wieso sollte ich das tun? Hast du eine Ahnung, was er mit dieser Macht anstellen kann?«

»Ich werde jemanden finden, der mir die Tür öffnet und mich einlädt!«, zischte Dag Lok. Er holte tief Luft. Doch bevor er weiterreden konnte, unterbrach Lea ihn.

»Wissen Sie was?«, sagte sie leise und bedächtig. »Mit Ihnen kann man einfach nicht diskutieren.«

Mit viel Schwung warf sie die Tür zu.

So heftig, dass der Schlüssel im hohen Bogen aus dem Schloss flog und im üppigen Gras verschwand. So heftig, dass der Knall sämtliche Vögel im Wald aufschreckte, die wild flatternd zum Himmel aufstiegen.

»Na, endlich«, ächzte Moritz.

Lea wirbelte herum und sah ihn wütend an. »Wegen des Amuletts hat er das gemacht? Wusstest du das?«

Moritz druckste herum.

»Na ja, er hat sich damals schon ziemlich aufgeregt. Aber …« Er atmete schwer aus. »Ich dachte, ich schaffe das alleine. Ich wollte dich nicht mit reinziehen. Ich war ja auch kurz davor, ihn wieder von hier wegzulocken.«

Hinter der Tür polterte und rumorte es.

Dann löste sich das Bild der Tür langsam auf. Sie wurde immer durchsichtiger, bis sie am Ende ganz verschwand.

»Er kommt wieder«, sagte Lea. Sie wusste das in diesem Moment so sicher, wie sie wusste, dass sie noch am Leben war.

»Hierher? Ich weiß nicht«, meinte hingegen Moritz.

»Er würde keine Ruhe geben, selbst wenn er das Amulett wiederhätte, oder?«, vermutete Lea.

»Es steckt mehr dahinter als nur das Amulett. Oder das Amulett ist stärker, als du und ich es uns vorstellen können. Ich versuche schon lange rauszufinden, was es damit auf sich hat. Nur kommt er mir immer dazwischen, und dann muss ich weiter vor ihm fliehen.«

Voller Inbrunst sagte Lea: »Wir dürfen es ihm nicht geben. Niemals.«

»Wir *können* es ihm nicht geben.« Moritz lächelte etwas unbeholfen.

»Das heißt?«

Er holte tief Luft. »Ich habe es verloren«, sagte er so schnell, dass Lea kaum ein Wort verstand.

Als sie ihn verständnislos ansah, wiederholte er: »Verloren …«

»Moritz, mit so etwas macht man keine Scherze!«

»Wirklich wahr!«, rief er. Dann wühlte er in den Taschen der Jeans und zog das Taschenfutter heraus. »Du kannst dich gerne selbst überzeugen: Ich habe es nicht mehr!«

»Aber du hattest es doch noch, bevor wir den Zeitsprung gemacht haben. Oder hattest du es da auch schon nicht mehr?«

»Doch.«

»Ja, aber das war ja, je nachdem, wie man Zeit betrachtet, erst vor ein paar Minuten.«

»Je nachdem, wie man Zeit betrachtet«, wiederholte Moritz nachdenklich. »Wir waren letztendlich nur für einen Augenblick zu einer anderen Zeit in einer anderen Stadt und –«

»Moritz!«, unterbrach Lea ihn schroff. »Hör auf zu philosophieren! Denk lieber nach. Wo ist das Amulett, und was kann geschehen, wenn Dag Lok es findet? Du hast es in Hessisch-Gemblingen wirklich zu keiner Zeit aus der Tasche gezogen?«

»Nein!«, antwortete Moritz. »Ich habe es auch nicht aus der Tasche gezogen, als ich allein auf dem Feld war. Da war es nämlich schon verschwunden. Ich vermute, es ist beim Sturz in diese Pappkartons aus der Tasche gefallen.«

»Dann ist es doch noch da«, schlussfolgerte Lea.

»Ja, in vierzehn Tagen in Hessisch-Gemblingen.«

»Also kannst du es zurückholen.«

»Wenn nicht in der Zwischenzeit etwas dazwischenkommt«, gab Moritz zu bedenken.

Lea sah ihn fragend an.

Wird er es schaffen? Was kann alles dazwischenkommen? Dag Lok weiß nicht, wo wir waren, wann wir waren, oder?

Hör auf, du musst ihm vertrauen!

Sie fragte nicht weiter, denn ihr Kopf schwirrte vor lauter Zeitreisen, verlorenen Amuletten und widerlichen Bösewichten. Sie war müde. Einfach nur müde. Sie wollte jetzt nur noch nach Hause und ins Bett.

Nach Hause?

»Ist hier eigentlich alles wieder wie früher?«, fragte Lea.

Moritz sah sich um, nickte.

Dann nahm sie ihr Handy und tippte. Nach dem dritten Klingeln ging ihre Mutter an ihr Telefon.

»Mama, wo steckst du?«, fragte Lea.

»Das kann ich dich genauso gut fragen. Wir drei warten schon den ganzen Nachmittag auf dich. Wir wollten doch alle zusammen aufs Schützenfest gehen. Also, wo steckst *du*?«

»Mama?«

»Was?«

»Ich hab dich lieb. Ich hab dich wirklich und unendlich lieb.«

»Lea? Ist alles in Ordnung?«

»Ja, Mama. Alles ist in Ordnung. Du hast gar keine Ahnung, wie in Ordnung alles ist!«

»Kommst du?«

»Sofort.«

»Lea?«

»Ja?«

»Ich hab dich schrecklich vermisst. Und würde dich morgen gerne wieder mitnehmen.«

Lea merkte, wie Tränen in ihr aufstiegen. Sie steckte das Handy in die Hosentasche.

»Kommst du mit?«, fragte sie Moritz, wobei sie die Antwort schon ahnte.

Der schüttelte auch sofort den Kopf. »Ich würde gerne bei dir bleiben, glaub mir das bitte. Aber ich muss zurück.

Ich möchte meine Eltern auch mal wiedersehen. Und ich muss das Amulett finden. So bald wie möglich.«

Lea spürte einen Kloß im Hals. Und sie spürte, wie ihr Herz schneller schlug. Als Moritz ihren Kopf in seine Hände nahm und sie anschließend umarmte, meinte sie, dass ihr Herz gleich platzen müsse.

»Ich muss los«, sagte er und zeigte in Richtung Maisfeld.

»Warte«, sagte Lea. Sie sah auf ihr Handy und überlegte, wie sie das später ihrer Mutter erklären würde.

Dir fällt schon was ein.

Dann gab sie Moritz das Handy.

»Ein Andenken?«, fragte er.

»Quatsch, darauf sind die Bilder vom Labyrinth. Damit du dich nicht weiterhin ständig verwirbelst.«

Sie zeigte ihm, wie er das Handy freischalten konnte und zu den Fotos kam. »Du musst halt hin und wieder mal so etwas wie eine Bibliothek aufsuchen, um das Ding aufzuladen.« Lea lachte, obwohl ihr nicht danach zumute war.

Während Moritz das Handy in seine Tasche steckte, fragte sie: »Wo gehst du jetzt hin?«

Dieses Mal druckste er nicht herum. »Zuerst muss ich das Amulett holen. Nicht auszudenken, was passiert, wenn Dag Lok es vor mir findet. Ich habe Angst davor, dass er auf irgendeinem Weg erfährt, wo es liegt und es sich holt. Dann versuche ich, zurück zu meiner Mutter zu kommen.«

»Sehen wir uns irgendwann mal wieder?«

»Vielleicht schon vorgestern.«

Er drehte sich um und ging. Nach ein paar Schritten blieb er stehen und wandte sich ihr zu. Leas Herz setzte kurz aus.

»Kann ich die Sachen …?«, fragte er und zeigte dabei auf Leas Jeans und ihr T-Shirt.

»Natürlich!«, rief sie. »Wenn du mir versprichst, sie irgendwann zurückzubringen.«

»Mach ich!« Moritz lächelte sie breit an. »Du weißt, dass du sie auch jederzeit bei mir holen kannst, oder?«

»Ich?« Lea war überrascht. »Wie soll ich das denn machen?«

»Hör tief in dich rein, und du wirst feststellen, was du wirklich kannst.«

»Was?«, rief Lea. »Mein Zeitsprung vorhin war kein Zufall? Meintest du das mit *eine von uns*?«

Darauf bekam sie keine Antwort mehr. Moritz zuckte lächelnd seine Schultern, drehte sich wieder um und ging. Und er drehte sich nicht noch mal um. Lea wusste, dass es keinen Sinn hatte, ihm hinterherzulaufen.

»Warte nicht zu lange«, sagte sie. Aber leise. Sie war nicht sicher, ob Moritz das noch gehört hatte.

Aber wo war man sich bei Moritz überhaupt sicher?

Lea sog tief Luft ein. Stieß sie wieder aus und machte sich auf den Weg in die andere Richtung.

Sie war erst ein paar Schritte gegangen, als jemand von hinten ihren Namen rief.

»Lea?«

Ihr Herz stand still.

»Lea?«

Dann wurde ihr klar, dass es nicht Moritz' Stimme war.

Sie drehte sich um.

Mitten auf der Wiese stand Lennard. Mit hängenden Armen und einem Blick wie ein unglücklicher Bernhardiner.

»Hallo, Lennard«, sagte sie und stellte überrascht fest, wie sehr sie sich freute, ihn zu sehen.

»Die haben die Wölfe verjagt«, sagte Lennard mit Grabesstimme.

»Ja, ich habe damals … *vorhin* gesehen, wie sie sich mit Stöcken und Gewehren auf den Weg gemacht haben«, erwiderte Lea. »Die Wölfe haben sich aber ganz bestimmt irgendwo in Sicherheit gebracht. Die kommen wieder …«

»Das glaube ich nicht«, meinte Lennard. »Ich habe dir doch von dieser Viele-Welten-Theorie erzählt.«

Lea nickte.

»Natürlich habe ich dabei gemerkt, dass du mich für einen total abgedrehten Nerd gehalten hast, der irre Theorien in die Welt haut.«

Jetzt schüttelte Lea den Kopf und wollte etwas entgegnen, aber Lennard hob abwehrend seine Hand. »Deshalb habe ich noch mal drüber nachgedacht. Selbst wenn man annimmt, dass es so sein könnte, müsste man dazu ein sogenanntes Schwarzes Loch haben. Glaube ich. Und die gibt es auf der Erde nun mal nicht. Ich vermute, dass es für die Wölfe und den Regen eine viel naheliegendere Begründung gibt.«

»Nämlich?«, wollte Lea gespannt wissen.

»Zufall.«

Lea musste sich bremsen, nicht laut loszulachen. Der arme Lennard war so dicht an der Wahrheit, wie vermutlich kaum jemand vor ihm, und jetzt schob er alles auf den Zufall.

»Ich habe auch noch mal über deine Theorie nachgedacht«, sagte sie deshalb.

»Ist egal«, wieder winkte er ab.

»Nein, ich –«

»Lass gut sein«, sagte Lennard, und mittlerweile lächelte er wieder. »Die Hauptsache ist, dass wir beide Wölfe mögen, oder?«

»Ja, aber Parallelwelten –«

»Darf ich dich nach Hause bringen?«, unterbrach er sie. »Also zu deiner Tante?«

Lea nickte. Lennards Lächeln reichte jetzt wirklich fast von Ohr zu Ohr und gab eine Reihe perfekt blitzender Zähne frei. Dieses Lächeln war ihr vorher noch nie aufgefallen.

»Wo warst du heute Mittag?«, fragte er, als sie nebeneinander auf den Wald zugingen. Ein wenig leiser sagte er: »Ich habe dich beim Schützenfest vermisst.«

»Ach, überall und nirgends«, antwortete Lea. »Hab einfach mal ein bisschen rumgeguckt, was so los ist.«

»Nichts. Hätte ich dir gleich sagen können.«

»Ach, mir reicht es durchaus«, sagte sie.

»Das heißt, du kommst nächstes Jahr wieder?«, fragte Lennard hoffnungsvoll.

Lea nickte.

»Ich bin nicht Schützenkönig geworden«, sagte er unvermittelt.

»Sag nicht, der Typ, der auch gern auf Tiere schießt, ist's.«

Lennard nickte.

»Nächstes Jahr machst du's«, munterte Lea ihn auf. »Und wer weiß, vielleicht denke ich bis dahin anders über Schützenköniginnen.«

Die letzten Meter bis zum Haus von Tante Marie und Onkel Benno bekam Lennard das Dauergrinsen nicht mehr aus dem Gesicht. Er verabschiedete sich, als sie an der Wiese zum Hof ankamen.

»Kann ich dich morgen besuchen?«, fragte er.

»Meine Ma nimmt mich morgen wieder mit. Nach Hause. Schätze, ich brauch mal etwas Abwechslung.«

»Verstehe ich. Hier passiert ja auch wirklich nichts. Aber du kommst ganz sicher wieder?«

»Ja.«

»Lass dir nicht zu lange Zeit, wer weiß, vielleicht passiert hier doch noch mal was. Und das möchtest du bestimmt nicht versäumen.«

»Du kannst mir schreiben«, sagte Lea. »Wenn was passiert.«

»Das mache ich, ganz bestimmt.« Damit stapfte Lennard weiter über die Wiese in Richtung des Dorfes.

Des Dorfes, dessen unbeschädigte Dächer und leuchtenden Kirchturm Lea über dem Maisfeld sah. Es war alles so wie immer.

Und als Lea zum Haus von Marie und Benno schaute, sah sie durch das Fenster ihre Mutter, Marie und Benno am Küchentisch sitzen. Sie hatten Kerzen angezündet, und der Raum war warm erleuchtet. Über dem Dach des Hauses versank die Sonne wie ein glutroter Feuerball.

Es war alles so wie immer.

Nur viel schöner.

Und Lea dachte, dass das manchmal auch reicht.

Lachend lief sie über das feuchte Gras der Wiese dem Haus entgegen.

ENDE

Michael Engler studierte in Düsseldorf Visuelle Kommunikation und arbeitete zunächst als Szenarist und Illustrator. Anschließend war er mehrere Jahre lang als Artdirector in Werbeagenturen tätig. Heute lebt er mit seiner Familie in Düsseldorf und schreibt Bilder-, Kinder- und Jugendbücher, Theaterstücke und Hörspiele.

Das nächste Abenteuer ist nur einen Koffer entfernt …

L. D. Lapinski
STRANGEWORLDS -
ÖFFNE DEN KOFFER UND
SPRING HINEIN!
Aus dem Englischen
von Yvonne Hergane
336 Seiten
ISBN 978-3-8339-0635-0

Flick traut ihren Augen kaum, als sie das Reisebüro *STRANGEWORLDS* betritt: Nicht nur, dass sich hier unzählige Koffer in allen Farben und Formen stapeln – diese Koffer sind magisch! Durch sie kann man in fantastische Welten reisen! Flick kann ihr Glück kaum fassen. Doch Ladenbesitzer Jonathan und die *STRANGEWORLDS*-Gesellschaft sind in großer Sorge, denn das Gleichgewicht der magischen Welten ist in Gefahr. Und Flick ist die Einzige, die sie retten kann …